做生活

赵勇 著

四川人民出版社

图书在版编目（CIP）数据

做生活／赵勇著. — 成都：四川人民出版社，2025.1. —（60后学人随笔／李怡主编）. — ISBN 978-7-220-13830-0

Ⅰ.I267.1

中国国家版本馆 CIP 数据核字第 20241U7U05 号

ZUO SHENGHUO
做生活
赵勇　著

出 版 人	黄立新
出版统筹	李淑云
责任编辑	李淑云　孙　茜
封面设计	张　科
版式设计	张迪茗
特约校对	邓　敏
责任印制	周　奇
出版发行	四川人民出版社（成都三色路238号）
网　　址	http://www.scpph.com
E-mail	scrmcbs@sina.com
新浪微博	@四川人民出版社
微信公众号	四川人民出版社
发行部业务电话	（028）86361653　86361656
防盗版举报电话	（028）86361661
照　　排	四川胜翔数码印务设计有限公司
印　　刷	成都东江印务有限公司
成品尺寸	135mm×200mm
印　　张	12.125
字　　数	193千
版　　次	2025年1月第1版
印　　次	2025年1月第1次印刷
书　　号	ISBN 978-7-220-13830-0
定　　价	69.00元

■版权所有·侵权必究
本书若出现印装质量问题，请与我社发行部联系调换
电话：（028）86361653

作者简介

赵勇，1963年生，山西晋城人，北京师范大学文学院、文理学院中文系教授，兼任中国文艺理论学会副会长、中国赵树理研究会副会长等，曾任教育部人文社科重点研究基地北京师范大学文艺学研究中心主任，著有《走向批判诗学：理论与实践》《赵树理的幽灵：在公共性、文学性与在地性之间》《人生的容量》《刘项原来不读书》等学术著作、散文集、学术随笔集十余部。学术著作《法兰克福学派内外：知识分子与大众文化》曾获北京市第十五届（2018）哲学社会科学优秀成果一等奖、第八届高等学校科学研究优秀成果奖二等奖（2020）。

目 录

序一　我们共同的寻路记/阿来 ……… 1

序二　走出象牙塔的历史抒情/丁帆 ……… 7

第一辑　边走边唱 ……… 1

成为学者的早期训练

——一个"六八式"学人的自言自语 ……… 3

十年一读赵树理

——我的赵树理"疙瘩" ……… 41

一次"并肩作战"的阅读 ……… 78

四十年前的那堂写作课 ……… 83

依然"书里书外",还是"流年碎影"

——我的散文观及其他 ……… 89

附录

情信而辞巧　童庆炳 ……… 126

在高岸上　聂尔 ……… 131

第二辑　常青指路 139

"草灰"大伯郑允河 141

邢小群老师与我的处女作 158

《手稿》，夏之放，或马克思的幽灵 183

生命中不能承受之轻？

——亦师亦友姜静楠 206

考博未遂记，或张德林先生的橄榄枝 228

第三辑　戏比天大 273

做生活·写材料

——学术话语晋城话之后 275

告诉他们，要敢于跟高难度的理论叫板

——致喀什大学再纳汗·阿不多 292

做学问并无坦途可走

——致河北大学拟录取硕士生胡同学 304

暗恋北师无罪，转益多师有理

——致一名落榜考生 310

今天的博士论文应该写多长？ 316

本雅明的 Aura，张玉能的译法 332

做翻译也是搞创作

——就阿多诺译文致我的硕博士生同学 347

后记 360

序一 我们共同的寻路记

阿来

李怡兄说要写一本书,在某个有酒的场合说起。

他不喝酒,我与其他人喝。他只笑着说话,一如既往,话多,语速快。总能说得有理有趣,很下酒。等我喝到酣处,他说要写一本书。我说,不是写了好多本了嘛。他说这本有点不一样。随笔,回忆性质。你要写序。酒上头,加上语速快的话似乎更有说服力,就答应了。听他说构想,是我喜欢读的那类文字,是求学记,问学记,师友记。我出身偏僻,上学少,乡下学校的老师,人善良质朴,学问则就未必了。所以,我爱读学者写的这一类书。喜欢里头的学问和情趣,还加几分羡慕。

该读什么书,怎么读书,怎样做一个读书人,多是从这一类书中得来。

有酒壮胆，当时就一口应承了。酒醒时已经忘记。但李怡兄没有忘记。过一阵子重提此事，我一拍脑袋，想起来真有这回事。想推脱，却不能够了。李怡还安慰我，不急，慢慢写。他自己也正在写。

这一来就放心了。我想，你写吧，慢慢写，写到猴年马月，忘记了，这事就算过去了。这样的事，不是没发生过。当今之世，拖一拖，好些事情就过去了。单说写作这件事，有规划的多，真正能完成的人并不太多。

不想这个人，说话快，写起来，上手也快，某一天，就发了若干篇章过来。读过几篇，求学问学的经历，从某一件小事，忽然开眼，又从某一情境，恍然醒悟。写来有理有趣，有些情境，也是自己亲历过的，读来就十分亲切。

我比李怡，年纪稍大几岁，但少年时代，都从上世纪荒芜年代生活过来。幸运的是，青年时遇到改革开放，本要在农村胼手胝足，不意间，求学之门訇然洞开，从此入了另一片天地，语词为骑意为马，得以畅游在另一个世界。于是觉得这文章也写得。

不想，他还另有埋伏，再发一个文件来，发现不只是他一个人的一本书，而是60后学者的一套书，命名为"60

后学人随笔"。作者有赵勇、吴晓东、王尧、王兆胜、杨联芬,加李怡自己。这些人,隔当代文学近些的,一年里也会见上一两面,比如王尧,前两月还在杭州一所大学《收获》杂志的活动上,看他操着吴地口音浓重的普通话从容主持颁奖典礼。更多的人,却连面都没有见过。好在爱读书,都读过他们好些文章。读过,还喜欢。认真的专著不说,即便是一篇短文,都透出他们有师承、成系统的学问。不像我,野路子读书,拉拉杂杂,最终都还是一鳞半爪。要我为他们的书作序,真就叫佛头着粪了。

我是50后,50后的尾巴,若晚生一年,也是60后了。和他们经历的是同一个时代。无论向学的经历,还是在80年代突然面临更宽幅面的社会现实,尤其是其间所经历的文化荡涤与知识谱系的构建,都有很多相似之处。在此过程中,所有获得与遗憾,也算是庶几近之了。

中国学者,不像外国人,爱作严肃的传记。如卢梭写《忏悔录》,太严肃了,那种真实并不真正真实。当然,也有例外,南美诗人聂鲁达自传《我承认,我历尽沧桑》,其写法,就颇为亲切自然,所呈现的人生片段,关涉颇多,包含个人情感与信仰,国家政治与经济,特别是作为一个诗人,那些著名篇章的生成,读来亲切有趣,使人受益良多。

近百余年的中国，中国文化，中国人，也历经沧桑。特别是新文化运动以来，不论是有名的师长，还是求学的生徒，将个人经历融于国家命运，将一己思索系于文化流变，所关乎的内容更加深广，每一朵情感与智慧的浪花都是时代大潮的某一面相。所以，相较于古人，我更喜欢读这一时期文化人的种种随笔，师友同道，共求新知，共探新路，切磋琢磨，聚合离散。看似写在人生边上，其实反映时代在变迁中的动荡，社会在动荡中的变迁。自此，现当代中国学人，相较于古人，人生书写大变。感慨兴亡，却不再如张岱的《陶庵梦忆》，偏于意趣。搜奇志怪，也不再是纪晓岚的《阅微草堂笔记》，微言或有大义。

新文化运动，陈独秀、鲁迅、蔡元培、胡适，革命和改良，论而起行，何等激情张扬，何等忧思深广。

抗战时期，延安、重庆、桂林、昆明、李庄，学者们毁家纾难，跋涉千山万水，在流亡中图存，在漂泊中振作，种种弦歌不辍，读书种子不死，中国不亡。

这样的风云际会，留下那么多真情文字，相较于大而化之，试图宏大建构的历史书，读来，更亲切自然，更生动真实，是一个时代无数面生动的侧影。更重要的是，因为有学养的渗透，有求学问道的追求，便显得有理有趣。这是文章大道："状理则理趣浑然。"这还不算，还要加上,"状事则事情昭然,状物则物态宛然"。

所有这一切文字,都来自前辈学人。

改革开放以来的我们这代人,最大的幸运是得以在青年时代重新启蒙,以问求学,以学解问。"苟日新,日日新"。我们所经历的这个时代,变动不居的不只是学术,更强大的是社会现实,是历史惯性。这一代学者,种种追问,种种回顾,种种坚持或改弦更张,都是面对中国文化与世界文化的关系,都要思考,中华文化从何而来,又要往何而去。这也决定,一个学者,还必须选择,在新旧文化冲突交融中,在现实考量与学者本分间,如何安身立命。

这样的处境,这样的经验,值得记录,值得形诸文字。以前,也不是一点没有,但总归是过于零星了。所以,这一回,四川人民出版社要出版这一套书,黄立新社长也和我说起过。我说,好啊,这一代也开始回忆了。这一代人也应该开始回忆了。这一代人幸逢国策变易,民族新生,也曾风云际会,该留下这一时代学者的求学问学记,师友记,我想也是一部时代大潮中的探险记或漂流记。

蒙田说:"我喜欢磨砺我的头脑,而不是装满我的头脑。"

今天的教育，今天的很多书，往往偏重于装满我们的头脑，而不是磨砺我们的头脑。

我相信，从这一套新一代学人的书，正可以看到，我们这一代人，面对纷繁复杂的现实，面对"数千年未有之大变局"，如何提升自己，砥砺自己，成就自己。而我们这些暂时不写，或永远不写的大多数，也能从他们的书写中，照见自己。

这一套书，是这些作者他们自己的，也是我们共同的寻路记。

序二　走出象牙塔的历史抒情

丁帆

李怡兄嘱咐我为他主编的"60后学人随笔"丛书写个序言，心中不禁惶惶起来，一看作者名单，顿时让我肃然起敬，作者皆是我的朋友，他们也都是学界各个领域的顶级专家学者，学有专攻，学术成就卓著。

虽然我是50年代出生的学人，但在我的脑海里，60年代生人就是我们最亲近的心理同龄人，因为我们的世界观和价值观几乎都是相同的；作为学术界中人，我们和他们情同手足，可谓江湖兄弟；更为重要的是，在他们童年、少年和青年时代的记忆中，对共和国历史的感性认知是完整的，我们是手拉着手，唱着"同一首歌"，走过荒原和绿洲的历史见证者。所以，历史长镜头里的具象认知无疑就折射在我们共同的学术研究中，这些珍贵的记忆，就变幻成了一条紧紧相扣的价值链，时时显影的历史底片，锚定了我们共同对学术研究的严谨，以及对历史强烈的责任感。我们一起走过了几个重要的历史阶段，在大饥荒、"文化大革命"、改革开放里，一切苦难和幸福让我们看清了中国社会发展的本质。所以，无论是在教学活动中，还是在学术研究里，60年代学者那种正气凛然的人性化的性格特征，便牢牢地镶嵌在他们的灵魂深处。

无疑，当60年代学人进入花甲之年时，他们的危机感也就来临了。虽然，从当今人文社会学科年龄来说，60多岁正是学术研究的壮年期，其阅历和历史的经验，决定了这一代人的学术趋向于最成熟的研究状态，是抽象思维和哲学批判最活跃的年代。

然而，他们念念不忘的另一个领域——如何用形象思维，去再现和表现他们的童年、少年、青年、中年和老年生活情境，完成他们从事文学创作的一生梦想，这个夙愿几乎成为每一个学者晚境中总结人生的呢喃话语。

诚然，大多数从事文学研究工作的人，尤其是五六十年代的学人，在他们的心底，都藏着一个作家梦。文学研究如果离开了文学的本源，其属性就会发生质的变化，一个教书匠，倘若没有形象思维能力的支撑，他就无法让自己的教学和研究灵动活泛起来，这就是高等院校在呆板的理论模式下，按照条条框框的模板去教大学生写作课的后果——学生不爱听，导致各校纷纷取消了写作教研室。而如今大批的作家进驻了高校，尤其是北师大的本硕博都有了这门"创意写作"课程；教育部也将它升格为二级学科，这显然是对死板的抽象化文学教学的一种讽刺、冲击和调整。

难道高校和研究机构的教师和研究者，真的就是不懂也不能进行文学创作实践的冬烘先生吗？在我的目力范围中，50年代和60年代学者从事文学创作的很多，他们早就打破了杨晦在50年代定下的中文系不是培养作家的地方的潜规则，写长篇小说和散文，成为众多学者的选择。

现在，60年代学者公开站出来，群体性地挑战这一墨守成规的高校文学教育格局，正如主编此丛书的李怡兄所言："生于1960年代，目睹历史的跌宕起伏，长于1980年代，见证时代的风起云涌。即将步入中老年之列的一代学人，在学院教育下发展成长，但学术化的训练并不足以穷尽文学的人生感受和情感书写，他们重新汇聚在'抒情与描写'的世界里，重拾文学初心，探求思想和表达的另外一种可能。"李怡兄这个集结号的吹响，无疑是"学院派"自主创作的一种宣言书，尽管许多60后的个体学者早就在从事这项工作了，其"学者散文随笔"在90年代就引起过很大反响，但集体性地向文坛挑战还是第一次。

从文体上来说，带有自传性质的散文随笔成为学者文学创作的首选，是有内在原因的。他们沉淀了一生的学养和学识，往往是带着历史的记忆进入创作的，其中的哲思特征，成为一种特定的风格。我的同事莫砺锋是共和国的同龄人，在他的散文背后，隐藏着强烈的社会背景，同时亦将自己的抒情有机地融入了具有隐喻功能的描写之中，使之成为"学者散文随笔"的一种楷模。这种风格同样折射在50年代生人古代文学学者詹福瑞的散文创作和肖瑞峰的现实主义长篇小说三部曲之中。反观60年代这批学人的散文随笔创作，这样的风格特征也同样十分明显。浏览他们的散文随笔，我由衷地感叹他们不仅在学术上都有各自独树一帜的研究成果，而且在散文随笔的创作中，也同样显示了自身特有的才华。

无论是人物肖像描写，抑或是风景画描写，书中都漫溢着生动有趣的故事摹写，一扫象牙塔里的学究气，走进生活，走近人性，在虚构与非虚构的叙写中，彰显出一个历史在场者的真切感受，这是他们人生真性情的自然流露。

赵勇先生的散文随笔我在网上看过许多,《做生活》就是他将艺术匠心植入散文随笔的范例。其"书里书外"的"流年碎影",以生动的笔触见长,人性的柔软之处打动了许多读者,其"情信辞巧"的语言风格和灵动的描写,广受读者好评。一个学者能够将散文随笔"做生活"似的干得如此漂亮,均为"贴着人物写"的慧眼所致。

吴晓东先生是一个严谨的学者,他的《距离的美学》用娴熟的学术笔法,去观照文学作品中的人物,其中不乏"记忆的美学"的风范。从"孤独者"的风景,到"心灵的风景",都是一个学者思想反射"永远的绝响",距离之美,是作者凝聚哲思的释放。

王尧先生不仅是散文研究的大家,而且是散文创作的高手,同时还是长篇小说的创作者。从深刻的理论和评论圈子中突围出来后,他在形象思维的天地里,更是游刃有余,其创作的活力和数量自不待说,就许多散文随笔篇什中充满着语言修辞灵性的文字,足以让文坛惊叹不已。

王兆胜先生不仅是一个严谨的编辑家,也是一个散文研究的大家,从他的散文集《生命的密约》中,我们看到的是一幅幅人物的肖像画:从师长到生活困苦的贫农,从父母到兄弟姐妹,从"高山积雪"到"会说话的石头",从"老村老屋"到"我的书房"。我们看到的是大写的人性光芒的辐射，听到的是亲情中感天动地的灵魂呐喊和悲哭，感受到的是风景和风情中的博爱，闻到的是自我灵魂倒影中"最熟悉的陌生人"的气息。兆胜兄用他独有的视角和文字，完美地阐释了人性之美。

李怡先生是我多年的兄弟，我总以为他是一个"书呆子"类型的学者，如今读了他的散文集《我的1980》后，方才领悟了他的文学真性情，尤其是对北师大"大先生"们的描写生动感人，其人物素描显影出了一代又一代北师大学人的风范。而更加生动有趣的故事就在"蒙学记"的篇什中，尤其是儿时和青少年时期，观看电影、听电台广播评书的历史记忆里那些生动的场景描写，记录的是时代下个人思想历程的变迁。1980年代无疑是这一代人最最不能忘却的年代——用狄更斯的名言来说："那是最美好的年代！"也是60后人一去不复返的青春勃发的记忆岁月。

杨联芬女士也是我熟悉的朋友，我是从她的学术著述中认识这位女性的，但不曾想到的是，她的散文随笔写得亦很有味道，女性的独特视角一旦触摸到生活的日常形态，用细腻的笔调加以描绘，那就是一幅充满着情趣的水彩画。《不敢想念》中，其人生的每一次遭遇，每一次悲欢喜怒，都是情真意切的倾诉。"人与爱"构成的画面，奏响的是人类永不消逝的人性交响诗。

这套散文丛书共收集了60年代六位从事现代文学研究学者的散文随笔。作为现当代文学的创作实践团队集结人，我不知道李怡先生是否还会继续将此丛书编写下去，窃以为，这些学者散文在形象思维和抽象思维的交汇处书写发声，恰恰就是通过独特的视角和文体的变化，弥补了中国当代散文的些微不足——哲思的融入为散文的思想插上了翅膀，让它飞得更高一些。

2024年7月8日写于南大和园桂山下

第一辑 边走边唱

成为学者的早期训练

——一个"六八式"学人的自言自语

　　我出生于 1963 年 12 月,按照眼下通俗叫法,当属"60 后"学人无疑。但我也见过一个比较小众的说法——"六八式"。百度百科解释说,所谓"六八式",是"生于六十年代,在八十年代经历青春,在九十年代讨生活,在本世纪负责任的一代"。而把"六八式"用到《闪开,让我歌唱八十年代》中的张立宪显然更钟情于其中的"八",因为他在后记中如此写道:"所谓六十年代出生、八十年代成长的'六八式',谁对那个年代不心存感激呢?懵懂叛逆的青春,与时代激荡的风云一起左冲右突,那是一个意气风发的年代,那是一个太阳每天都是新的年代,那是一个人们需要诗而诗歌也可以被大声朗诵的年代,那是一个渴望冒险而社会也为你提供变化可能的年代……对于我们而言，那是一个最好的年代。"①

与出生于六十年代后期的张立宪相比，我似乎更有理由"歌唱"八十年代。同时，与"60后"相比，我似乎也更喜欢"六八式"这种表达，因为前者只意味着断代，后者却有了更丰富的语义信息。

那么，作为"六八式"学人，我是不是也可以讲一讲自己的八十年代？

一

整个八十年代我基本上都在读书，前半段读大学（1981—1985），后半段读研究生（1987—1990）。

陈平原曾经说过："记得三十年前，文科考生中，最聪明的进中文系、哲学系，至于念法学的、学商科的，大都成绩平平。如今倒过来，管理学院（商学院）高高在上，而哲学系的收分竟然是最低的。"② 他说这番话的时间是2010年，而所谓"三十年前"，正好对应着我的求学年代。我进的就是中文系。

---

① 张立宪：《闪开，让我歌唱八十年代：记忆碎片2.0（升级版）》，人民文学出版社，2008，第359页。
② 陈平原：《现代中国的述学文体》，北京大学出版社，2020，第163页。

强调这一点并不是说我多聪明，而是说我的选择如何暗合了时代精神，成了那个时代的幸运儿。我应该是怀揣着一个"作家梦"步入大学殿堂的，于是填报志愿时，我在所有大学的栏目里都写上中文系。个别学校第一志愿报中文系，第二志愿还写中文系，这种报法自然已逸出常规，却似乎也表明了我非中文系不上的决心。马克思在十七岁时写过一篇《青年在选择职业时的考虑》，我在十七八岁时应该没读过这篇文章，但此文结尾段却是抄过甚至背过的："如果我们选择了最能为人类福利而劳动的职业，那么，我们就不会被它的重负所压倒，因为这是为全人类所做出的牺牲；那时，我们感到的将不是一点点自私而可怜的欢乐，我们的幸福将属于千百万人。我们的事业并不显赫一时，但将永远存在，而面对我们的骨灰，高尚的人们将洒下热泪。"① 那个年代，抄写励志的名人名言蔚然成风，我把马克思语录抄在本子上，记在心里头，似乎就是要衬托自己"选择"的豪迈与悲壮，强化"穷人的孩

---

① 这是我记忆中的版本，另一个版本的翻译略有不同："如果我们选择了最能为人类福利而劳动的职业，那么，重担就不能把我们压倒，因为这是为大家而献身。那时我们所感到的就不是可怜的、有限的、自私的乐趣，我们的幸福将属于千百万人，我们的事业将默默地、但是永恒发挥作用地存在下去，而面对我们的骨灰，高尚的人们将洒下热泪。"参见《马克思恩格斯全集》第40卷，人民出版社，1982，第7页。

子早当家"的勇气和担当。

但我并没有走上创作之途。

大学四年，我还是疯狂写过一些东西的，比如诗，比如散文，甚至还试着写过小说。而之所以如此豪情万丈，斗志昂扬，是因为没有哪位老师像北大中文系主任杨晦那样告诉我们："中文系不培养作家，想当作家的不要到这里来。"于是我便膨胀着自己的写作热情，夸大着自己的写作天赋，却不知道我的那种虚高或虚张声势只不过是用诗与散文为过剩的荷尔蒙或力比多寻找到一个合理出口。经过一番折腾，我被录取为研究生的事情直到1987年暑假才基本敲定，却依然心血来潮，夜以继日地写出一篇几万字的中篇小说，名为《夏天最后一朵玫瑰》。然而，当我准备再一次面对它时，却突然意兴阑珊，再也提不起修改的兴致了。后来我意识到，那可能是青春激情的最后一次释放，它像分水岭，既结束了一种写作，也开启了另一种写作——学术性写作。

实际上，我的学术性写作在大学时代就已经开启，但现在看来，那既是规定动作的一种操练，也更像是一种试探。许多年之后，当我终于写出那篇《邢小群老师与我的处女作》(《山西文学》2021年第10期)时，我当然是在向年届古稀的邢老师致敬，却也是对自己另一种写作开端的遥望和确认。萨义德说:"'开端'常常是被留在身后的东西;思考开端的时候,我们有时就像莫里哀笔下的茹尔丹先生,通过回顾我们平日里一直循规蹈矩做的事而获得尊敬。"① 是不是要获得尊敬我并不在意,但为每天循规蹈矩所做之事赋予某种意义,却很可能是我藏得很深的写作动因之一。因为回望开端,就是以现在的名义为遥远的过去赋形,也是让遥远的过去为现在的一切埋单。

现在看来,这一开端却是比较寒酸的。记得有人曾问海明威:"一个作家最好的早期训练是什么?"他的回答斩钉截铁:"不愉快的童年。"② 这实际上是"穷苦之言易好"的美式说法。然而,一个学者最好的早期训练却不应该与种种缺失性体验(不愉快)相依为命,而应该像朱光潜那样,十五岁之前就"读过而且大半背诵过四书五经、《古文观止》和《唐诗三百首》,看过《史记》和《通鉴辑览》,偷看过《西厢记》和《水浒》之类的旧小说,学过科举时代的策论时文"③;或者像阿多诺那样,十五岁就随克拉考尔

---

① 爱德华·W. 萨义德:《开端:意图与方法》,章乐天译,生活·读书·新知三联书店,2014,第55页。
② 欧内斯特·海明威:《谈创作》,董衡巽译,载董衡巽编:《海明威研究》,中国社会科学出版社,1998,第92页。
③ 朱光潜:《朱光潜美学文集》第一卷,上海文艺出版社,1982,第5页。

研读康德的《纯粹理性批判》。也就是说,对作家而言,从小就"五花马,千斤裘"不一定是件好事,但对学者而言,至少衣食无忧才能饱读诗书。而从小就开始"读书破万卷"之旅,则是成为学者的前提条件。

但在求知若渴的七十年代,我们这代人却无书可读。韩少功曾经写过他在"文革"时期偷书、抢书、换书、说书、护书、教书、抄书、骗书、醉书的经历。[1] 朱学勤则告诉我们,1974年前后,一批"灰皮书"曾在书店出售,而凭借一张"省军级"的介绍信,他甚至买到了费正清的《美国与中国》。正是凭借这批"内部书籍"甚至"反动书籍",他觉得自己被启蒙的时间至少提前了五年。[2] 这意味着相对于偏僻的乡村世界,长沙、上海这样的大城市更容易搞到书,所谓的"三大差别"确实存在;这也意味着韩、朱作为"50后"知青一代,他们更具有搞到书的本事。而与他们相比,我们则不仅饥寒交迫,而且也处在绝对的精神贫困之中。我曾写过《我的学校我的庙——七十年代纪事》[3] 一文,那无疑是对我的双重贫困的一种描

---

[1] 参见韩少功:《漫长的假期》,载北岛、李陀主编:《七十年代》,生活·读书·新知三联书店,2009,第563—585页。
[2] 参见朱学勤:《书斋里的革命:朱学勤文选》,长春出版社,1999,第58—63页。
[3] 参见拙书:《人生的容量》,广东人民出版社,2022,第3—46页。

摹。当然，那只是晋东南农村一个小小少年的写照，但它又何尝不是我们这代人在荒芜中成长的一个缩影呢？

所以，我们这代人如果后来有幸成为学者，"先天不足"必须成为一个被人正视的基本事实。当然，这种"不足"并非我们这代学人所独有，而是新中国成立之后几代学者的一个通病。我曾认真琢磨过我的导师童庆炳先生青少年时期所受的教育，结果是不容乐观。童老师是1936年生人，他的经历在"30后"学者中或许具有某种代表性。童老师之后是"40后""50后"学者，他们的教育环境更是每况愈下了。童老师曾经讲过"文化大革命"时期的"天天读"——每天集体阅读一小时《毛主席语录》（后来扩大到《毛泽东选集》《列宁选集》《马克思恩格斯选集》），他说他之所以想起"天天读"，是因为看到胡适在担任上海中国公学校长时有过一个讲话。胡适说："每天花一点钟看十页有用的书，每年可看三千六百多页书；三十年读十一万页书。诸位，十一万页书可以使你成为一位学者了。可是，每天看三种小报也得费你一点钟的工夫；四圈麻将也得费你一点半钟的光阴。看小报呢？还是打麻将呢？还是努力做一个学者呢？全靠你们自己的选择！"童老师接着说："每天都读一小时，三十年后，你就可以使自己成为一位学者。"① 但这里所谓的成为学者，也就是一般性的学者而已，成为大学者是需要童子功的。台湾学者王财贵曾经讲过，胡适四岁开始读古诗，六岁上私塾就开始背古文，十一岁读完了《资治通鉴》，十三岁读完了《左传》……二十八岁留学归来，在北大当上了教授。"他凭什么当教授？十三岁之前的功力"。然而，"在他成名之后，建议我们的教育部，不要再让儿童读古文。从此以后，中国人没有胡适之。出不来了，出不来了！"②

王财贵的观点涉及"废文言，兴白话"的是非功过问题，这个问题太大，不容我在这里讨论。但一个基本事实是，那些学贯中西、卓然成大家的人物，哪一个不是带着童子功行走学术江湖的？鲁迅、胡适是如此，朱光潜、钱锺书也是如此。而我们这代人，在"破四旧"的风浪中出生，在西学国学被打入"封资修"的冷宫中成长，是鲜有童子功的。先天面黄肌瘦，营养不良，后天再怎么大鱼大肉，恐怕也很难补上身体的亏空。所以，我们这代人是很难做出大学问的。正视这一点绝非谦虚谨慎，而是要提醒我的同侪明白，我们可以努力，但有些东西并非努力就可

---

① 童庆炳：《又见远山 又见远山：童庆炳散文集》，高等教育出版社，2016，第157页。
② 王财贵：《一场演讲，百年震撼》，https://www.bilibili.com/video/BV1Uv4y1w72E/.

以得到。在著书立说的事情上，黄鼠狼娶媳妇——小打小闹，很可能就是我们这代人的宿命。

二

只有经历过七十年代的贫困，才能感受到八十年代的富有。非常幸运的是，当我准备步入青年时代时，恰好赶上了这样的好时候。

在谈到八十年代时，李泽厚的弟子赵士林曾论及感性解放的重要性，他说：

> 任何解放都首先是感性的解放，都不能不落实到感性的解放。当代中国从毛泽东时代进入邓小平时代，伴随着基本国策的重大改变，意识形态重心、伦理价值取向、社会文化氛围、国人精神面貌都逐渐地发生着深刻的变化。这些变化都很快就在感性的世界——情感的世界张扬开来，从而也都不能不被历来是得风气之先的文艺所首先捕捉、表现和预演。如宗福先《于无声处》创作演出于四五平反之前（1978年初），舒婷《珠贝——大海的眼泪》写于1975年11月，北岛《回答》写于1976年4月……从蓝蚂蚁到喇叭裤，

> 从《沙家浜》到《追捕》……从中世纪式的禁欲主义到弥漫国中的春心烘动,迪斯科、披肩发、流行歌曲、朦胧诗、裸体画、伤痕文学、星星画展……抗议、暴露、颠覆、挑战、戏弄、转型,一切"新感性"的"新的崛起",都在1979年和1980年发生了!感性的解放和思想的解放相互激荡,给中国社会带来了无穷的想象与渴望。①

说得好!这就是八十年代初的历史语境。而对于我来说,感性的解放或许是从诗歌鉴赏观念的变革开始的。上大学之前,我除了背过一些古体诗外,对新诗的审美感受基本上是挂靠在李季、贺敬之那里。于是,要么"几回回梦里回延安,双手搂定宝塔山",要么"吃一嘴黄连吃一嘴糖,王贵娶了李香香",觉得这就是天下好诗,崇拜得一塌糊涂。然而,上大学之后,我先是被校园诗人边新文(他是1977年山西高考作文《心里的话儿献给华主席》的满分获得者)的油印诗集(《潇潇集》)迅速击中,接着便沉浸到朦胧诗的意绪里,如醉如痴,达三五年之久,以至读诗、抄诗、模仿着写诗,成了我大学时代的主要功

---

① 赵士林:《对"美学热"的重新审视》,《文艺争鸣》2005年第6期。

课。顾城的《初夏》，抄！杨牧的《我是青年》《我骄傲，我有辽远的地平线》，抄！大学同学李杜的《在黄土地上》，抄！舒婷的整本诗集《双桅船》，抄！北岛的诗，更是见一首抄一首。"即使明天早上/枪口和血淋淋的朝霞/让我交出青春、自由和笔/我也决不会交出这个夜晚/我决不会交出你/让墙壁堵住我的嘴唇吧/让铁条分割我的天空吧/只要心在跳动，就有血的潮汐/而你的微笑将印在红色的月亮上/每夜升起在我的小窗前/唤醒记忆"——这样的诗真气饱满，风神朗朗，念着它，我仿佛就是那个殉道者，周身充满了无尽的力量。许多年之后，我在课堂上用查建英的《〈今天〉片断》作导语，其意是想让学生走进八十年代的历史现场。此文收束处引用北岛的这首《雨夜》，但她只写了最后五句，另六句则是我顺嘴滑出的。一学生很是惊奇，她小声嘀咕道："居然能背。"

是的，能背！不仅仅是《雨夜》，也不仅仅是《宣告》《回答》，我甚至背到了台湾诗人纪弦的那首很现代派的《你的名字》那里。后来诗歌界又有了后朦胧诗、民间写作、知识分子写作、下半身写作等等，很是热闹，但我的诗歌欣赏观却没有与时俱进，而是永远停留在朦胧诗阶段。对于自己的愚钝和固守，我并未觉得怎样内疚；对于那些软塌塌、黏糊糊的所谓诗，我也未因自己欣赏不了而感到有多么遗憾。

以此为例,我是想说明八十年代的拨乱反正、思想解放给我们带来了怎样的精神洗礼。这种洗礼是全方位的,不仅仅是我们的世界观、价值观和人生观发生了翻天覆地的变化,而且我们的文学观、审美观之类的"感觉结构"也焕然一新。我曾经在《一个人的阅读史》[1] 大致写过我在大学阶段的阅读状况,这种状况今天看来依然显得穷酸饿醋。部分原因在于,那个时候许多书还没有翻译过来。张立宪说过:"我悲哀地发现,终于让自己生活在一个伸手就能拿到书的地方后,读书的巅峰状态却已经过去。像《追忆似水年华》这样的重体力活,要不趁着年富力强的时候啃下来,就一辈子也看不动了。"[2] 说得很有道理。我上大学的时候,大部头的作品只有《静静的顿河》或《基督山伯爵》,普鲁斯特的作品则还是天方夜谭,于是直到现在,《追忆似水年华》我都没有读完,尽管我现在手头有两套不同的译本。

但是,不需要翻译的最新的中国当代文学作品,我却像今天的"追剧"者一样,追着它一路走来,从"新时

---

[1] 参见拙书:《书里书外的流年碎影》,中国人民大学出版社,2011,第3—60页。
[2] 张立宪:《闪开,让我歌唱八十年代:记忆碎片2.0(升级版)》,人民文学出版社,2008,第93页。

期"跟读到了"后新时期"。现在想想，我的这种阅读习惯，一是得益八十年代那种文学阅读的总体氛围——当文学在人们的生活中扮演着重要角色时，关注当下活生生的文学就像月落沙滩、风行水上那样自然而然；二是与我的当代文学课老师邢小群有关。许多年之后我才意识到，一个好老师对其弟子的影响可能是终生受用的。邢老师善思考，会讲课，她让我学会了与当代文学亲密接触，对当代文学就地消费。于是，许多年里，我都成了文学杂志的忠实读者，这个习惯一直保持到世纪之交。只是到我又一次当起学生读博士之后，它才开始渐行渐远。这可以解释为什么这么多年来我一直对当代文学念念不忘。尽管我不在这个专业混饭，却不时会写出一些"很当代"的文章，抢了别人的饭碗。

我的饭碗是什么呢？当然是"中国语言文学"之下的二级学科"文艺学"，这个饭碗是从我读研究生时就基本搞定的，但它的根源却在大学时代。像那个年代许多中文系的课程设置一样，我们的文学概论课同样开在大一。记得此门课刚刚开始，任课教师董静茹女史就把打印出来的《苦恋》剧本分发给我们，供我们批判。而她讲授的内容则是围绕着蔡仪主编的教材《文学概论》闪展腾挪。我记得她说过："只要把我讲的内容学会了，记熟了，以后考研究生就毫无问题。"但一来那个时候我对考研毫无兴趣,二来她的讲法并无多少新意,所以,尽管我的这门课考分不低,却不能说修成了正果。

改变我对理论看法的是程继田老师和他的两门选修课——"美学"和"马列文论"。我们上大学那几年,正是"美学热"如火如荼之际,程老师的美学课可谓适逢其时。因为这门课,我们有了王朝闻的《美学概论》和杨辛、甘霖的《美学原理》两部教材,但程老师却依然能讲出自己的见解,这让我对理论顿生好感。而"马列文论"这门在今天看来很古板的课程,也让我开了天眼。在我们的意识形态话语中,马克思和恩格斯原本都是"很政治"的人物,但没想到他们对文学那么熟悉,谈起文学就像砍瓜切菜那样干脆利落。许多年之后我面对阿多诺的《阅读巴尔扎克》,忽然看见他如此写道:"上了年纪的恩格斯曾给玛格丽特·哈克奈斯写过一封信,他在信中赞扬了巴尔扎克的现实主义,不幸的是,这封信在马克思主义美学中已被奉为经典。"[1] 这让我好奇心大增。我想弄清楚恩格斯的经典言论何以被阿多诺奚落,但刚准备找书时,恩格斯的语录却已滔滔汩汩,从我脑海中涌出,不由得让我心中窃喜。而因为

---

[1] Theodor W. Adorno, "Reading Balzac", in *Notes to Literature*, Vol.1, trans. Shierry Weber Nicholsen, New York: Columbia University Press, 1991, p. 131.

"马列文论",我甚至把列宁的"不是为百无聊赖、胖得发愁的'几万上等人'服务"① 也记在心里,以至后来写文章还不时用"胖得发愁"显摆一下,但可惜的是,已经没有多少人知道这个"马列梗"了。

就是在这种氛围中,我把《美的历程》大致抄了一遍。如今,让我说清楚李泽厚是如何走进我的视野中的,我又是如何听说《美的历程》好到值得抄写的,已不大可能,但不得不抄却是一个不折不扣的事实。因为待我想读这本书时,一是书店早已售罄,二是图书馆的大库里亦无此书,唯一的一本还是放在阅览室里。阅览室的书也是可以外借的,但那里规定,每人只能外借一天,且当天不得续借。为了不让它在一段时间内旁落他人之手,我与同宿舍好友樊占栋合计一番,制定出一个周密的借书计划——我还他借,他还我借,借来就抄,轮番作业。如此奋战十数日,便把这本书的内容搬到了我们各自的笔记本上。此书再版,我也终于在1985年3月将它请回,那个抄它的本子也就完成了历史使命,被我弃之不顾了。许多年之后,偶然发现那个抄写的笔记本依然"健在",让我大喜过望。打开瞧,发现我是从"盛唐之音"抄起的,但这本

---

① 列宁:《党的组织和党的出版物》,载《马克思恩格斯列宁斯大林论文艺》第2版,人民文学出版社,1986,第187页。

书的后半部分抄完后,我又另起炉灶,从"龙飞凤舞"一直抄到"魏晋风度"。这也意味着为了据为己有,此书的前半部分也被我抄了个七七八八。2010年11月,我翻阅《南方周末》,发现上面有一篇对李泽厚的访谈,其中的一张配图出自向春之手,他在图注中写道:"1981年一个夜晚,本漫画的作者,一个'伪文学青年',一边听邓丽君的歌曲一边在抄录李泽厚的《美的历程》。"① 我立刻从网上找到电子版,把这张图保存下来,然后用到了讲课的PPT中。这张图画的是他自己,但所摹写的又何尝不是一代人的痴迷?如今,我可以大言不惭地说,我与我的同学就是其中的素材。

许多年之后,我读本雅明的《单行道》,偶然看到他对抄写的论述,顿时心花怒放,因为那一刻,我的抄写活动忽然被其论述照得通体透亮:

> 一条乡村道路,你徒步在上边行走和乘飞机从它头顶飞过,其力量是截然不同的。同样地,一个文本被人阅读与被人抄写,其力量也大不一样。坐在飞机上的人,只能看到道路如何用力穿过风景,

---

① 李泽厚:《改良不是投降,启蒙远未完成》,《南方周末》,2010年11月4日。

如何随物赋形，延展自己。而徒步跋涉者则能体会到路的掌控之力，以及在飞行员看来只是一马平川的景观中，它是如何在每一个转弯处呼唤出远景、观景楼、林中空地和全景图的，就如同一个前线的指挥官在排兵布阵，发号施令。因此，被抄写的文本也统领着抄写者的灵魂，而纯粹的读者则绝不会看到文本内部新的面向，也绝不会发现文本怎样穿过密集的内部丛林所开辟出的那条道路：因为阅读者只是在白日梦般的冥想中顺着自己的思绪与心徘徊，而抄写者则遵循着文本的指令。①

在本雅明的思考中，一般性的阅读容易使人想入非非，只有抄写才能深入到书的肌理和褶皱之中，既被书所同化，也看到书中风景。幸运的是，八十年代中前期还是一个没有复印机的时代，于是我不仅抄过《美的历程》，还整本抄过朱光潜的《悲剧心理学》，而这种抄写也一直延续到世纪之交我用开电脑之时。我的大学老师梁归智先生临终之前曾告诫儿子："要抄读几本书——一本古书，一本洋书，一本理

---

① Walter Benjamin, *One-Way Street and Other Writings*, trans. Edmund Jephcott and Kingsley, London: Verso, 1992, p.50. 译文参考孙冰编：《本雅明：作品与画像》，文汇出版社，1999，第21—22页；瓦尔特·本雅明：《单行道》，王涌译，华东师范大学出版社，2016，第14—15页。

论，主要是培养对语言的感觉，提高写作能力。"作为抄写的过来人，这个建议我没有理由不举双手赞成。因为抄写就是遵循文本的指令，眼到、手到、心到的过程，于是不仅书中思想与我融为一体，而且那种情理兼备的行文，气充文见的表达，"如果说……那么……"之类的复合句式也会潜移默化，润物无声，成为我以后写作的范本。所以，假如以前有人问"一个学者最好的早期训练是什么"我不知如何回答，那么现在我可能会说："抄几本书吧。"

三

当然，光抄书是成不了学者的，更重要的是写起来。

童庆炳老师当年留校任教后曾被他的老师钟子翱先生如此告诫：要做卡片，不要急着写文章。什么时候写呢？等你活到五十岁成了饱学之士再写不迟。如此倡导做学问，自然让童老师很是疑惑，于是他既向中文系其他老师请教，也对朱光潜先生那条"边读边写"的经验心领神会，终于打破了只读不写的魔咒。他说："写作有一个过程，不是我学得多了，然后就会喷涌而出，这是不可能的。要边学边写，写了再学，然后再写，这样就会慢慢地积累经验,越写越好。"①

我年轻的时候,没人提醒过我"只读不写",也没人传授给我"边读边写"。在我这里,一切都是盲打误撞,摸着石头过河。然而,庆幸的是,不经意间,我也走进了"边读边写"的流程之中,如同《命若琴弦》中的老少瞎子在"边走边唱"②,读研期间居然发表了七篇文章。

需要谈谈我就读的高校和我的导师了。

我的研究生读在山东师大文艺学专业,导师是李衍柱老师。为什么会投考到李老师门下,其实许多年之后我已记忆模糊。还是程继田老师过世后我整理其来信,才找到了一些线索。在1986年12月2日的一封信中,程老师给过我如下建议:"信中提到的指导教师,有一些在会议上见过面。据我看,李衍柱、栾昌大、叶纪彬三位导师可以报考。他们均为研究文艺理论。根据你的情况,以报考文艺理论为重,美学需要外语水平较高。南开也可以考虑。"那个时候,我对文艺理论界两眼一抹黑,向程老师请教自然是顺理成章。程老师列出三位导师,并且把李老师列在最前面,顿时让他有了一种"黑社会老大"之感。而跟着老大混,不会挨钢

---

① 童庆炳:《朴:童庆炳口述自传》,罗容海整理,广西师范大学出版社,2022,第116页。
② 《命若琴弦》是史铁生1985年推出的一个短篇小说,后被第五代导演陈凯歌改编成了电影《边走边唱》(1991)。

程勇：

来信收悉。

信中提到的几所学校，方一些在我说些具体印象。据我看，李衍柱、李昌大、叫化榭三位导师可以报考，他们均为研究生导师。根据你的情况，以报考文艺理论比较合适。这当然对外语水平较高。南开也可以考虑。

准备时抓好几门主要课（各科基础）并对报这些上过关则准备，你有一定基础，只要认真准备，是可以考取的。

祝好！

程继田
12.2

程继田老师来信，为我考研指点迷津。1986年12月棍，很可能这就是我选择李老师的主要原因。

李老师是山东青岛人，嗓门大，口音重。我不记得他操着浓浓的胶东话说过"边读边写"，只听他经常念叨读原典的重要性。第一学期，他就给我们开设了"西方文论专题研究"，从柏拉图一直讲到黑格尔，我也就跟着这门课读开了原典。后来，我见李老师的书里引用叔本华的一段文字，深入阐发，就觉得他果然是读原典的信奉者。叔本华说：

> 只有从那些哲学思想的首创人那里，人们才能接受哲学思想。因此，谁要是向往哲学，就得亲自到原著那肃穆的圣地去找永垂不朽的大师。每一个这样真正的哲学家，他的主要篇章对他的学说所提供的洞见常十倍于庸俗头脑在转述这些学说时所作的拖沓含混的报告；何况这些庸才们多半还是深深局限于当时的时髦哲学或个人情意之中。可是使人惊异的是读者群众竟如此固执地宁愿找那些第二手转述。[①]

---

① 叔本华：《叔本华文集·生命与意志》，任立、潘宇编译，华龄出版社，1997，第18页。

这段文字曾被我放在讲稿中，一次次展示给学生，这既是在强调原典的重要性，也似乎是在向我的青春岁月遥遥致意。研究生期间是必须读许多书的，但假如你不知道读什么书，那么读原典就是只赚不赔的不二之选。我啃过不少西方原典，尽管啃得不轻松也不一定看得很明白，但啃过和没啃过肯定大不一样。而我对西学的兴趣也从八十年代一直延续至今，那既是因为导师的率先垂范，也是因为八十年代西学东渐，本身就掀起了一个又一个"窃火煮肉"的高潮，身临其境者不可能不闻风而动。一位叱咤风云的人物曾经在他的博士论文后记中说："我只能老老实实地承认，在西方的那些世界性的大师小师们面前，我无地自容。有一大段过长的空白不是我现在，甚至将来所能填满的。而且，差距不是程度上，而是实质上；不是学术上的，而是人的素质上的；不是对同一问题的不同角度的回答和讨论，而是人家提出的问题（甚至有些已经是老问题了），我压根就连想都没想过。"我相信，这种坦白以及他所谓的"输得太惨"和"落伍了太久"，就是八十年代诸多学人的普遍心态。那个年代，没有国学热，也没有学术义和团，更没有谁会膨胀到要去"讲述中国故事"。我们只有一无所有和两手空空，而这种"空故纳万境"的状态，也正是充实自己的大好时机。

就是在这种大面积的吸纳之中，我也蠢蠢欲动起来，开始了所谓的论文写作，但问题意识却还是来自大学时代。我在大学的最后阶段对悲剧产生了浓厚兴趣，于是毕业论文选题定为《论中国当代悲剧观》，是想从新时期文学的代表性作品进入问题，去分析中国当代悲剧的审美品格。而在李老师的课堂上，悲剧依然是我苦思冥想的一个问题，但问题意识已转换为"悲剧不快感"。在西方悲剧理论中，"悲剧快感"从亚里士多德就开始谈论，可谓顺理成章，但对于这一命题，我却既没"照着讲"，也未"接着讲"，而是上来就要"对着讲"，这当然是年少轻狂，却似乎也说明那个时候的我浑身是胆，并不惧怕任何东西。当然，"大胆假设"之后我还是"小心求证"过一番的。如今我查阅笔记，发现那时我看过《索福克勒斯悲剧二种》《欧里庇得斯悲剧二种》，也读过《德伯家的苔丝》《西线无战事》，以及《罪与罚》《诉讼》等小说。因为从理论到理论不放心，我就想从自己的审美体验出发，通过感性材料说话。但两年之后我读刘东的《西方的丑学》，才意识到"悲剧不快感"实际上就是"荒诞感"，这其实是一个现代主义的命题。我用老眼光看新问题，自然就只能隔靴搔痒，而不可能入木三分了。

但尽管稚嫩，这篇文章还是发表了出来，认领它的是老东家山西省作协的《批评家》杂志。在《青春的沼泽——我与〈批评家〉的故事》①中,我已详细写过我在毕业时的遭遇,这个故事的梗概是这样的:一个偶然的机会,我与我的大学同学六七人到省作协当实习编辑,我被分在刚创刊的《批评家》编辑部。经过一个月左右的朝夕相处,主编董大中与副主编蔡润田大概觉得我还算是可造之才,便去计委为我跑了一个分配指标,想让我"混进"编辑队伍。但一个同班同学来头很大,她占用了这个指标,我则被分配到远离省城的晋东南师专。董大中等见报到者不是我,便不顾来自省委省政府的压力,坚决把这位同学拒之门外。而为了断其后路,他们宁愿又跑省计委,亲自作废了这一指标。正是因为这一变故,我与董、蔡二位老师结下了深厚友情;而我的大学毕业论文能发表在那里并荣获《批评家》首届新人优秀论文奖,便与他们的厚爱与关照有关。于是当《论悲剧不快感》收拾停当后,《批评家》便成为我首先想到的去处。

关于发文章,我读博士时的一位师弟曾发过如下高论:三分之一名气,三分之一关系,三分之一文章质量。他的意思是,只要有这三个三分之一保驾护航,文章就能

---

① 参见拙书:《人生的容量》,广东人民出版社,2022,第85—113页。

安然面世。但那个年代我刚刚起步，不可能有任何名气，便只能靠关系和文章质量了。这样，是不是水涨船高之后二者的比重分别变成了二分之一？《批评家》总共存活五年，我在上面发文四篇，不算太多也不能说少。记得最后一篇是《论感情异化》，那是跟随夏之放老师研读马克思《1844年经济学哲学手稿》的产物。而关于夏老师及其课程，我已写过万字长文，这里就不再赘述了。①

但我的"能写"在那一届研究生中似乎已小有名气，其证据之一是有两位老师同时向我约稿，搞得我人五人六的，像是个名流。当其时也，《文学评论家》杂志创办不久，稿源不足，编辑部就让师大中文系杨守森与姜静楠两位老师代为组稿。适逢萨特《想象心理学》（光明日报出版社，1988年版）面世，杨老师约我写一书评，我欣然从命。关于萨特，此前我虽已读过柳鸣九编选的《萨特研究》，但对他的感觉并不强烈。只是到细读《想象心理学》时，才觉得萨特很是了得。"即使我现在的举动似乎是爱着安妮的，我依然对她忠贞不渝，每天给她写信，经常想到她，怀念思慕着她，但也还是有某些东西丧失了，而我的爱也还是极为枯竭的。这种爱是贫瘠的，是程式化

---

① 参见拙文：《〈手稿〉，夏之放，或马克思的幽灵》，《中国图书评论》2021年第11期。

的，是抽象的，是指向在本身已失去个别性的那种非现实对象上的；它缓缓地演变成为空洞、绝对的东西。"① ——这种论述既很现象学，也似乎很切合我彼时的恋爱境况，难怪我会把它抄录到书的扉页上，以示重要。因为要写，不仅这本书被我读得更透，而且这个人也被我"粉"得太久。后来我对萨特继续迷恋，以至于他那篇《什么是文学?》读到了印在脑子里，落实在行动中的程度。此事抚今追昔，也许都要上推到1988年。谁让我为萨特的书写过那么一个书评呢?

姜老师供职于现当代文学专业，他则是希望我写一篇有关当代文学的文章。那个时候，山西的郑义、李锐如日中天，山东的张炜、王润滋也正风生水起。作为当代文学的跟读者，我对他们的作品自然毫不陌生，于是以他们为对象，比较其得失，思考其成败，似乎也就成了我这个跑到山东混文凭的"寇老西儿"的一种责任。此文值得一提的是，我在比较中抬山西作家，踩山东作家，却又要把这抬与踩刊发到山东的刊物上，这种做法在今天实为写作大忌。是一些以"夸夸"为主业的批评家都要掂量一番的。但从那时起，我似乎就不会作媚时语，说过年话，加上姜

---

① 让-保罗·萨特：《想象心理学》，褚朔维译，光明日报出版社，1988，第222页。

老师支持，刊物也没说有何不妥，我的文章便一路绿灯，顺利面世。这至少说明，地方保护主义在八十年代还没有抬头。更值得一提的是，此文我有意模仿他人笔法，是我"论文随笔化"的开端。我在《赵树理的幽灵》一书的后记中说过："我读研究生期间，曾自费订阅过《文学评论》和《文艺理论研究》两种期刊，有一期见有王晓明先生文章：《不相信的和不愿意相信的——关于三位"寻根派"作家的创作》（《文学评论》1988年第4期），题目就很特别，打开读，又见他以第一人称行文，文中既有理性之思，又有感悟之笔，而疑惑、追问、反思、理解，乃至了解之同情，情感之温度，都如山涧泉水，汩汩而出，又如山西人唱起《走西口》，深情绵邈。读着读着我就叫起来了：艾玛！论文还可以这样写！"① 于是我便东施效颦，邯郸学步，连标题——《失去的和得到的——山东山西作家抽样分析》——都学得很像。此文刊发于《文学评论家》1989年第2期，但不知何故，那篇《想象心理学》的书评也非挤进这期刊物不可。编辑大概觉得一个人在同一期刊物同时刊发两篇文章不合常理，就自作主张，在书评之下用了个"肖力"的笔名。收到杂志后我乐了，这位

---

① 赵勇：《赵树理的幽灵：在公共性、文学性与在地性之间》，中国人民大学出版社，2018，第408页。

编辑显然是从繁体"趙"中取下"肖",又从"勇"中拎出"力",才组合出一个很像姓名的笔名的,这让我对齐鲁大地的文化底蕴顿生好感。但可惜的是,"肖力"后来虽然也被我用过,却终因势单力薄笔画少,并没有被叫响,辜负了编辑的精心设计。

还值得一提的是,《失去的和得到的》一文被人大复印资料《中国现当代文学》(1989年第4期)复印,成为我首篇被转载的文章。许多年之后,我两度被评为"复印报刊资料重要转载来源作者",似乎都没有1989年那次那么兴奋。也许,它们只是对我许多年来一直坚持"边读边写"的一种鼓励。于是,我找到朱光潜的说法(很可能这就是让童老师恍然大悟的那个作文宝典)犒劳自己,也录入2014年我读叶兆言小说时产生共鸣的一段文字提醒他人。前者说:"做学问光读不写不行。写就要读得认真一点,要把所读的在自己头脑里整理一番,思索一番,就会懂的较透些,使作者的思想经过消化,变成自己的精神营养。根据这点教训,我指导研究生,总是要求他们边读边写。他们也因此取得了较好的成绩。"[1] 后者道:

---

[1] 朱光潜:《我是怎样学起美学来的》,载《朱光潜全集》第五卷,安徽教育出版社,1989,第349页。

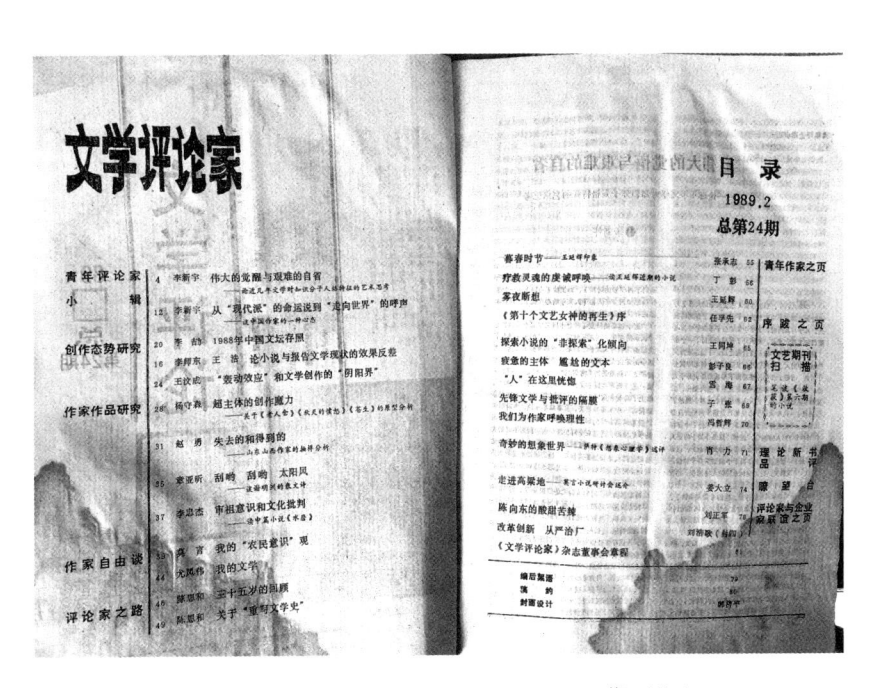

我的两篇文章分别以本名和笔名刊发于同一期刊物上：
《文学评论家》1989 年第 2 期

很多年前，刚开始写作的时候，有着多年写作经验的父亲告诉我，写作就一个字，就是"他妈的写"。父亲从来不是个喜欢爆粗口的人，可是忍不住用"他妈的"来加重语气。似乎时不再来，写作的最大秘诀是想写就写，想写赶快写。少壮不努力，老大徒伤悲，多少年来，我一直用父亲的话激励自己，排除任何干扰，不顾一切地用心去写。对于一个作家来说，所谓灵感都是骗人鬼话，只有货真价实地写了，才能思如泉涌，才能找到好的开始与结局。文章就是用文字将思想的火花固定下来，想得再好，不写出来都白搭。真正的写作就跟做爱一样，要真枪实弹身体力行。[1]

话糙理不糙，就是这么回事。

四

朱学勤当年写过一篇《思想史上的失踪者》（《读书》1995年第10期），影响蛮大。他在此文中用"六八年人"这一说法来代指1968年前后对"文化大革命"

---

[1] 叶兆言：《很久以来》，《收获》2014年第1期。

产生怀疑、形成诸多问题的"思想型红卫兵"。他甚至引用其博士论文《道德理想国的覆灭——从卢梭到罗伯斯庇尔》的后记中言,坦陈"六八年人"的问题意识:"我清楚地记得,当年上山下乡的背囊中,不少人带有一本马迪厄《法国革命史》的汉译本。从此无论他们走到哪里,都难摆脱这样一个精神特征:以非知识分子的身份,思考知识分子的问题,用梁漱溟总结他那一代人的话来说,1968年的这一代人是'问题中人',不是'学术中人'。尽管他们中间后来有人获得知识分子身份,但是1968年产生的那些问题始终左右着他们的思考,甚至决定着他们的思想命运。"①

借助这段文字来反躬自省,我们这代人该称为"问题中人"还是"学术中人"?他们的问题意识来自1968年,我们的问题意识是不是来自1980年代?

1980年代发生了太多的事情,我们仿佛也经历了浴火重生的过程。记得准备写毕业论文时,我的导师就提醒我们:毕业论文选题不要涉及政治,不要触碰敏感话题!那个年代的研究生教育还谈不上规范,例如,我们就没开过题。只是到研三时,我们才有了写毕业论文的概念。而为

---

① 朱学勤:《书斋里的革命:朱学勤文选》,长春出版社,1999,第69—70页。

了落实导师的指示，我把论文选题圈定到接受美学的审美阅读方面。

许多年之后，我的学生徐晓军博士访谈我，开口便问《介入偏离与阅读倾斜》一文的写作语境，并问我能否将此文看作我所谓的"批判诗学"的一个早期开端？我答复他说：这篇文章是我硕士学位论文的一部分，但能否把它视为"批判诗学"的开端，我却有些犹疑。这篇学位论文写得学术性颇浓，其他"性"寡淡，但我又确实借用了萨特的"介入"理论。不过，"当我把它引入读者之维时，又尽可能削去了它的政治锋芒，让它成了审美阅读中读者的一种美学姿态。因此，如果把此文以及其中的介入看作批判诗学的早期开端，我只能说，那里面隐含着我在八十年代形成的某种问题意识；虽然介入这一概念已经过我的处理，但只要它关联着萨特的思想，就必然会在文章中成为一种燃烧的地火。或者也可以说，虽然我接受了李老师的忠告，但一不留神，还是露出了狐狸尾巴。"[①]

这条狐狸尾巴是什么？大概就是成为知识分子的诱惑。我曾在课堂上反复讲过作家、学者和知识分子的简

---

① 赵勇：《走向批判诗学：理论与实践》，浙江工商大学出版社，2022，第286页。

单区分：假如左拉埋头于《小酒店》之类的文学创作，那他只是一位作家；假如萨特叼着烟斗，沉浸在《存在与虚无》的哲学思辨中，那他只是一位学者。然而，一旦前者写出了《我控诉》，后者走上街头散发《人民事业报》，或是写出了具有强烈介入色彩的戏剧作品，那么，他们就成了知识分子。也就是说，知识分子当然首先必须有知识，但光有知识是不够的，他还必须有思想，有担当，关键时候能挺身而出，敢拍案而起。张德林教授回忆徐中玉先生，说1957年秋，上海作协召开批判徐中玉大会，巴金主持会议，语调温和，但姚文元却杀气腾腾，跳出来批判徐中玉的"反党反社会主义"罪行。没想到的是，徐中玉不但不认账，而且是"姚文元批判一条，徐中玉就反驳一条。两人的嗓门愈来愈大，后来双方拍桌子，形成对骂的局面！徐是处在一种极为不利、任人宰割的位置，可是他毫无惧色，应对如流，完全把生死置之度外。"① 而在八十年代后期，童庆炳老师为了保护学生，也有向校党委书记方福康拍桌子的壮举。在我看来，这就是知识分子的举动。于是从2006年起，我开始与南方报业集团合作，在《南方都市报》开设专

---

① 张德林等：《时代见证——张德林八十华诞纪念集》，时代国际出版有限公司，2010，第126页。

栏，写开了豆腐块文章。许多人以为我不务正业，但其实我是在学萨特，是想"学会用这些新的语言表达我们书中的思想"①。也是在那时候，我写过一篇文章，题目是《成为学者，还要成为知识分子》②，那很可能是我的一次自我曝光。我像是一个潜伏的地下工作者，伪装了好多年后，终于还是暴露了。

进入我毕业论文并且也经过处理的还有米兰·昆德拉。昆德拉是从1989年开始流行起来的，据说当年《生命中不能承受之轻》印了70万册，此外还有《为了告别的聚会》和《生活在别处》。那一年的后半年，我连着读了昆德拉的这三本书，从此成了他的忠实粉丝，也开始了对他的持续关注和漫长阅读。许多年之后，我心血来潮，准备在课堂上讲一讲"昆德拉笔下的kitsch"，便重读其作品。那个时候我已不是为了疗伤，而是为了反思——我想搞清楚kitsch这个关键词究竟在他的小说中扮演着怎样的角色，冷战期间两个阵营对kitsch的理解有何不同，为什么翻译家杨乐云说："这个词的含义中重要的不是俗，而是蛊惑性的虚假。西方一位评论家把它定义为'故作多情

---

① 萨特：《什么是文学?》，施康强译，载《萨特文集》第7卷，人民文学出版社，2005，第289页。
② 参见拙文：《成为学者，还要成为知识分子——关于人文学科与价值中立问题的反思》，《社会科学论坛》2008年第4期。

的群体谎言（a sentimental group lie）'，似较为准确。"①然而在1989年，昆德拉却成了治疗我们精神抑郁的"百洛特"和"派迪生"。姜静楠曾经告诉我，《生命中不能承受之轻》他读过五六遍，正是在对昆德拉的不断体悟与玩味中，他度过了精神上的困顿期。而《生活在别处》的一段文字则被我抄在本子上，成为我不时温习的昆氏语录：

> 我亲眼目睹了"由刽子手和诗人联合统治"的这个时代。我听到我所崇敬的法国诗人保尔·艾吕雅公开正式地与他的布拉格朋友脱离关系，因为这位朋友即将被斯大林的最高法院法官送上绞刑架。这个事件（我把它写进了《笑忘录》）使我受到创伤：一个刽子手杀人，这毕竟是正常的；而一个诗人（并且是一个大诗人）用诗歌来伴唱时，我们认为神圣不可侵犯的整个价值体系就突然崩溃了。再没有什么是可靠的了。一切都变得成问题、可疑，成为分析和怀疑的对象：进

---

① 杨乐云：《"一只价值论的牛虻"——美国评论界看昆德拉的小说创作》，《世界文学》1993年第6期。

步与革命。青春。母亲。甚至人类。还有诗歌。①

昆德拉在这里提到了创伤。如果说"布拉格之春"是昆德拉们的创伤,奥斯维辛是阿多诺们的创伤,那么,我们这些人也有创伤记忆。而关于这种记忆,很可能是第一次面对它的张志扬曾下过如此定义:"'创伤记忆'可一般描述为不幸经历的嵌入所造成的'意义中心'的瓦解。'意义中心'是一个人的意识立义活动的生存论参照,具有潜意识的'先验性'与'自明性'。所以,'创伤记忆'是意识的否定性因素。"② 这个解释太学术了,反而不容易让人把握。如果让我来说,"创伤记忆"就是潜入人身体之内的一种病毒,它看不见摸不着,许多时候也能与人安然相处,却时刻寻找着发作的机会。或者用古人的话说,"创伤记忆"就是"意皆有所郁结"的心理疙瘩,抚平它、驱散它的办法之一是不断地言说——作家用文学遣怀,学者用思想去松动块垒。阿多诺一辈子做的事情似乎就是面对"奥斯维辛之后"命题,反复呼吁"对所有教

---

① 米兰·昆德拉:《生活在别处》,景凯旋、景黎明译,作家出版社,1989,第2—3页。
② 张志扬:《创伤记忆——中国现代哲学的门槛》,上海三联书店,1999,第42页。

育的首要要求是奥斯维辛不再发生"①。因为这种"创伤记忆",他的哲学、美学和音乐社会学等思考无不显得掷地有声,鞭辟入里。

于是也可以说,"创伤记忆"就是陈平原所说的"压在纸背的心情"。

1990年盛夏,我们举行了毕业论文答辩。然后,我离开了山东师范大学,带着失落也带着某种希望,带着一纸文凭也带着刻骨铭心的心理创伤。那个时候,我并不知道成为学者还有很长的路要走,也不知道成为知识分子在当下中国近乎迂阔之举。那个时候,我大概只能用兰波的"生活在别处"宽慰自己,但心里却涌动着昆德拉式的绝望和绝望后的无所谓和爱谁谁。

但那个时候我知道,一个时代确实已黯然落幕。而"新的时代到了,再也没人闹了/你说所有人的理想已被时代冲掉了/看看电视听听广播念念报纸吧/你说理想间的斗争已经不复存在了"(《混子》)被崔健唱响虽然还要经过七八个年头,但它那种嘈嘈切切的 rap 式节奏仿佛已弥

---

① Theodor W. Adorno, "Education After Auschwitz", in *Critical Models: Interventions and Catchwords*, trans. Henry W. Pickford, New York: Columbia University Press, 1998, p.191.

漫开来,成了新的时代已被开启的重要信号。

  为"六〇年代:学问与人生"文化沙龙而作

  2023年1月8日写,11月7日改

  2024年6月1日再改

十年一读赵树理
——我的赵树理"疙瘩"

一

我的出生地是山西省晋城县（现为泽州县），这个县与赵树理的故乡沁水县接壤。我出生后的第三年，赵树理离京返乡，担任晋城县县委副书记。一年之后，"文革"爆发，他被晋城的红卫兵揪斗出来，被批判、折磨了好几年。我家乡那带流传着不少与赵树理有关的故事，但我小时候却从未听说过，或许那时的他因其敏感，已是一个讳莫如深的话题了吧。

大概是1974年前后，我家的西小屋里多了一个大纸箱。箱子是长方形的，宽约一尺半，长约一米五，样子不新不旧，颜色不灰不白。那个年代，这种纸箱子并不多见，但它究竟来自何处，我却说不清楚。箱子里堆放着一些旧书旧报旧杂志，乱糟糟的，却也颇为可观。杂志我记得有《红旗》，还有《无线电》。那时我父亲在公社做电话维护工作，《无线电》这本杂志我记得他订了多年。

那个时候我已经能够读书了，而且常常处在无书可读的饥渴状态。于是过一阵子，我就去那个箱子里倒腾一遍，看是否能有些收获。无功而返的时候，我也会瞅一瞅报纸上的"最高指示"或"毛主席语录"，但那些文字对于一个小毛孩子并无多大吸引力。倒是有一次看到毛主席写的一封信，那几句话文绉绉的，颇让我感到新奇。来来回回读几遍之后，居然一下子就记住了。信里毛主席说寄上300元，聊补无米之炊，全国此类事甚多，容当统筹解决。那是1973年4月25日毛泽东写给李庆霖的回信。如今我说起那个纸箱，首先想到的竟然是那封信。

不知是第几遍倒腾的时候，忽然发现了一本破破烂烂的书。书的封面、封底已不知去向，一前一后的书页也残缺不全，封脊秃噜了之后裂成了几道缝，上面自然已找不到文字。但读了几页，我还是很快被它吸引了。那是发生在一个山洞里的故事，洞外面是兵，兵荒马乱，一片喧嚣；洞里面却仿佛成了桃花源。男女主人公被堵在洞里出不去，只好在里面过家家。黑灯瞎火，日夜不分，饿了做饭，困了睡觉。后来，他们终于还是被敌人发现了。敌人拎着枪进了洞,他们拎起手电筒往洞里的深处走,往高处爬。忽遇一条水筒粗的蟒蛇,白花花的,动静还挺大,俩人吓得够呛,缓过神来才意识到是一股泉水。就这样,他们摸索着、帮衬着也鼓励着,一直朝着那个可能的出口走去,一路是山重水复的紧张与刺激,柳暗花明的激动和欣喜。终于,他们走出了那个山洞,但长时间在黑暗中蜗行牛步,一见太阳,晃得他们的眼睛都睁不开了……

这个故事有意思,我几乎是一口气把它读完的。那里面有我还读不懂的朦胧爱情,更有我看得懂的探险之旅。它们交织在一起,真真切切又奇奇幻幻,仿佛后来的少年儿童读《哈利·波特》。这本没头没尾没封脊的书不知被我翻了多少遍,它成了我的启蒙读物之一。

但是,许多年里,我却不知道它的作者和书名。直到后来有一天我读小说,忽然惊叫起来:天哪,《灵泉洞》!赵树理!这不是我小时候读过的那本书吗?那一刻,我像遇到失散多年的老友一样兴奋。

这就是我阅读赵树理的开端。萨义德说,一件事情的"开端"很重要,而且,"开端"又总是产生于回溯之中。[①] 如今,当我回顾对赵树理的阅读时,如此隆重地确

---

① 参见爱德华·W. 萨义德:《开端:意图与方法》,章乐天译,生活·读书·新知三联书店,2014,第55页。

认下这个"开端",或许也不无意义吧。现在想来,是不是因为这样一个"开端",才让我有了所谓的"赵树理情结"?——情结?当我闪出这个念头时,忽然才意识到感觉不对。用"情结"拽大蛋做甚?分明是"赵树理疙瘩"嘛!说成心里长了颗"疙瘩",才符合赵树理式的表达,才算是接上了晋城、沁水的山药蛋地气。记得尘元(陈原)先生说过,把 complex 译成"疙瘩",简直妙不可言!①

然而,整个七十年代,我也就读过那本缺胳膊少腿的《灵泉洞》。我上小学的时候,赵树理已被批倒斗臭,含冤而死,课本里自然是不可能选他的作品的。我父亲说他年轻时读过《三里湾》,但我怀疑那是一本过路书。否则,在我翻箱倒柜找书看的年代里,为什么它却不见踪影?有一位叫范巨通的晋城老乡回忆说,"文革"之初他回乡务农,苦闷之余读闲书,居然找到了《小二黑结婚》《李有才板话》《李家庄的变迁》和《三里湾》。② 他很幸运,或者是那个时候赵树理的书还没被扫荡。而在"文革"后期,这些"大毒草"却很难在农村找到踪影了。例证之一

---

① 参见尘元:《在语词的密林里》,生活·读书·新知三联书店,1991,第 149 页。
② 参见范巨通:《难忘老乡赵树理》,载杨占平、赵魁元主编:《新世纪赵树理研究:钩沉 考证》,北岳文艺出版社,2016,第 81 页。

是1975年那个春天我烧伤了腿，养伤期间我曾让我父亲四处找书，但他找回来的却只有《虹南作战史》之类的作品。

1978年10月，赵树理的冤案平反了，他又可以被公开谈论，他的《田寡妇看瓜》《小二黑结婚》也将再度进入中小学教材。而那时我也即将高中毕业，准备告别七十年代了。

八十年代我是否读过赵树理的作品？如今已记不清了。可能的情况是，上大学期间我也浮皮潦草地读过一点他的代表作，却并未留下太深印象。那个时候，现代文学史的课程由王德禄老师主讲，他的研究兴趣主要在鲁迅那里，整个文学史似乎就成了鲁迅专题。他讲过赵树理吗？我现在已印象全无。讲授当代文学史的是邢小群老师，她是北京老插，赵树理似乎也不入她的法眼。我记得她在课堂上拿上党梆子举例，说，上党梆子太高亢，嗷嗷嗷吼着，直眉愣眼就蹿上去了。她连说带比画，笑眯眯地摇摇头，那是听不惯的表情，也仿佛是颇有点不屑的调侃。这番评点我不但不反感，反而是正中下怀。上党梆子是我家乡的地方戏，赵树理爱它爱到了骨头缝里，但我却对它没什么感觉。我是听着有线广播中的革命现代京剧长大成人的，这很可能意味着，在我幼小的心田里，不仅播下了革命的种子，而且还播下了京剧这一剧种。而现在我却越来越意识到，不熟悉上党梆子，理解赵树理就缺了一块重要内容；或者至少，我们会与他作品里那些被上党梆子滋养过的成分失之交臂。

关于赵树理，整个八十年代让我印象最深的事情是什么？现在搜索记忆，似乎只剩下郑波光先生的那篇文章了。郑文名为《接受美学与"赵树理方向"——赵树理艺术迁就的悲剧》，刊发于《批评家》1989年第3期。承蒙《批评家》正、副主编董大中和蔡润田二位先生厚爱，从创刊至停刊我能期期收到这本杂志，似已享受着专家待遇。而这期杂志中的这篇文章，我是在第一时间读完的。如今打开这期杂志，见此文勾勾画画的部分不少，那应该是阅读时的现场记录，可见当时读得多么仔细。

郑波光这篇文章中说了些什么？只要把我勾画过的部分略加呈现，就大体清楚了。他说："中国农民的文化水准是很低的，是一个低文化层，赵树理对这个低文化层是一味迁就的。"他还说："在赵树理的作品中大多是扁平型的人物，像三仙姑、二诸葛，多少被夸张和漫画化了，在赵树理的全部作品中，没有一个严格意义上的典型人物。"他更刺激的话是："被动地适应，消极地迁就，严重地限制了赵树理的艺术视野，限制了赵树理艺术才能更大的发挥。……从文学的观念和艺术的水准上衡量，赵树理创作较之他的前辈们，是个倒退，是从鲁迅、郭沫若、茅盾等的现代文化的高层次，向农民文化的低层次的倒退。这是不容置辩的事实。赵树理的艺术成就不但不能与鲁迅、郭沫若、茅盾、巴金、沈从文、老舍等人相比，而且比丁玲的《太阳照在桑干河上》、周立波的《暴风骤雨》也有所逊色。"——厉害了 word 哥！多么让人血脉偾张的文字！尽管今天看来，此文已把问题大大简化，但我当时却读得心潮澎湃。我觉得郑波光说出了我的心里话，也给了赵树理一个合适的定位。

现在想想，这种观点其实是与八十年代的时代精神捆在一起的。一方面，在新启蒙运动的浪潮之中，知识界接通的是中断多年的"五四"新文化传统，自然，鲁迅等人的写作无疑便被视为标高与正统，而相比之下，赵树理的作品也就成为等而下之的东西了。戴光中那时撰文，甚至认为赵树理的小说是一股"逆流"[1]，显然也是以"五四"新文学为参照系的。另一方面，八十年代的文学观念是"向内转"——回到文学自身，倡导艺术自主。赵树理在"文艺为政治服务"的年代曾经被标举为"方向"，这大

---

[1] 参见戴光中：《关于"赵树理方向"的再认识》，《上海文论》1988 年第 4 期。

概是"向内转"时学界无论如何都没办法接受的。于是把赵树理拉下神坛,一切也就显得顺理成章了。加上八十年代后期有了"重写文学史"的讨论,赵树理既反"五四"新文化传统,又与政治纠缠在一起,他就更成了"经典重构"活动中的倒霉蛋。那时候一些比较激进的学者,很可能大有把赵树理请出文学史的冲动,或者,起码是想把他打发到文学史中的一个低位,以免他太扎眼而让大家都跟着他丢人现眼。

就是在这样一种时代氛围中,我经受了一场身心世界的全面洗礼。那时候我虽然还没有拉开阅读赵树理的架势,却仿佛已有了对其作品的初步判断。而这种"预判"或"前见",无疑关联着八十年代的精神遗产,也将伴随在我对赵树理的正式阅读之中。

二

我对赵树理的真正阅读始于 1996 年,本来我可以提前六年,但或许是天意,我并没有赶上那班车。

1990 年,我研究生毕业后又回晋东南师专工作。师专在上党古城长治市,而这座城市既是赵树理年轻时求学的地方,又是他后来活动的根据地之一。或许就是因为这层关系,这里的人们对赵树理都不陌生,有点文化的人说不定就是赵树理研究专家。我所在的师专中文系，尤其是搞现当代文学专业的老师，一说起赵树理，似乎人人都有两把刷子。

那一年的12月，由山西省作家协会、晋城市文联和沁水县委县政府联合主办的"第三次（国际）赵树理学术研讨会"在赵树理的故乡沁水县举行。据我的大学同学陈树义写的会议综述①，这次会议有一百多人参加，还有来自日本、美国、苏联、罗马尼亚、挪威等国的学者与会，但我却没能成行。可能的原因是，会议通知寄到了中文系，由系主任分配参会名额。名额给了四五位老师，没有我的份。

我现在提起这件事情，是因为它关联着我的一个情绪记忆。我读研的时候，已与所在学校的姜静楠老师混成了朋友。他参会了，而且还要找我叙旧，顺便慰问一下我这位回到革命老区的战友，却没想到我躲在二百里开外，愣是不见他。于是姜兄很生气，后果很严重。回去之后他便写过信来，问罪于我。我只好赶快解释，言其处境，请他谅解。我说，我哪里会想到"蒋委员长"（我们上学时对他的戏称）要大驾光临啊，若知你不远千里，来到"晋

---

① 参见陈树义：《第三次（国际）赵树理学术研讨会综述》，《延安文艺研究》1991年第4期。

国"，我就是连滚带爬，也得前去拜见。

而更重要的是，因为没参加成这次盛会，也让我对赵树理的阅读延宕了整整六年。我的设想是，假如我去开会，肯定是要提交论文的；若要写论文，自然就要读赵树理的书。这是一个顺理成章的逻辑链条。如今，我把没读成赵树理的书怪罪于没开成会，似乎有点蛮不讲理——你怎么就那么功利？不开会就不能读读老赵的书了？但也许我想表达的意思是，那时候的赵树理并不在我的关注视线之内。我需要外力推动，才能启动对他的阅读。

或许是与这次创伤经历有关，六年之后我与山西大学合作，亲自操办了一次有关赵树理的会议。1996年是赵树理诞辰90周年，那个时候我在晋东南师专已混出点模样，就琢磨着借机开会，弄出点动静。开会是一个花钱的事情，所幸得到了时任校长王守义先生的大力支持。会议在当年6月举行，名为"山西省高校纪念赵树理诞辰90周年暨学术研讨会"。我虽然遍撒英雄帖，参会者也只有二十多人，这固然与我的号召力不够有关，却似乎也说明了一个问题：九十年代，赵树理研究已进入萧条期。

这次会议从省外来了两位年轻人，我需要在此提及。一位是来自武汉《通俗文学评论》杂志社的钱文亮，另一位是山东师大中文系的白春香。我当时并不认识钱文亮，为什么能把他"忽悠"过来呢？说不清楚了。但就是因为这次参会，他相中了我们的三篇论文，我的文章《可说性本文的成败得失——对赵树理小说叙事模式、传播方式和接受图式的再思考》也在其中。这是我研究赵树理的首篇文章，此文见刊后，很快又被人大报刊复印资料《中国现代、当代文学研究》（1997年第1期）全文转载，让我小激动了一番。但其中有一处改动，却让我不甚满意。我在文章的起笔处写道："现在看来，赵树理的作品之所以在20世纪中国小说的形式革命中具有特殊的地位，主要是因为他以一种'反革命'的话语方式创造了一种有意味的小说形式。"文章见刊后，发现"反革命"变成了"非革命"。一字之差，味道已大不一样，我所需要的修辞效果也化为乌有。另一个不满意的地方是我后来才意识到的。八十年代的text有"本文"与"文本"两种译法，又因为我引用的文字中有"可写的本文"之说，便干脆选"本文"而弃"文本"，其中的标题和关键词自然也成了"可说性本文"。而实际上，后来通行的却是"文本"而非"本文"。这个事情怨我，与刊物并无任何关系。我与文亮兄那两年还偶有联系，后来就相忘于江湖了。只是去年要推送他的一篇译文，我才转圈打听到了他的联系方式。借此机会，我要向他说一声谢谢。

白春香当时还在读研究生，师从于我的硕导李衍柱老师。李老师得知我在办会，就把她推荐过来。导师发话，我自然是满接满待，以尽地主和师兄之谊，她则提交了一篇不错的文章：《深厚的"农民情结"——赵树理创作心态分析》。几年之后，她来北师大攻读博士学位，一不留神又成了我的师妹。而她的博士论文最终决定与赵树理较劲，是不是与她当时参加过那次会议有关？2008年，她把刚刚出版的博士论文《赵树理小说叙事研究》（中国社会科学出版社）送我一本，读得我两眼放光。此书由董大中先生作序，是国内第一部从叙事学视角研究赵树理的专著。我觉得她功夫下得足，也把赵树理研究推向了一个新高度。

而对于我来说，更重要的收获是因为那次会议，让我真正开始了对赵树理的阅读。那个时候，我手头还没有《赵树理全集》，只好把北岳版《全集》从图书馆借回来，挨个儿读他的小说，第四卷的"文艺评论"部分尤其读得细。也买回戴光中的《赵树理传》，配合着此前董大中先生送我的《赵树理评传》来来回回读。经过大半个学期的阅读和琢磨，我写出了上面提到的那篇论文。

今天回看这篇文章，我依然不觉得它有多寒碜。但是我也必须指出，由于八十年代所形成的那种"前见"，我这篇文章的核心观念中显然弥漫着一股精英主义的气息。我的题目中是"成败得失",而我更想弄清楚的恐怕还是"可说性文本""败"在哪里,"失"在何处。这当然不是故意找碴,而是我们这代读者阅读赵树理的必然感受。我把赵树理的作品归结为"可说性文本",意味着他的写作初衷是要作用于人们的听觉器官,但我们毕竟已非古典听众,而是被八十年代欧风美雨的文学洗礼过的现代读者。而八十年代的中国也有了所谓的先锋文学:马原玩着"叙事圈套",余华写得血呼啦差,洪峰在《奔丧》,莫言正《爆炸》……。读过这些作品再去读赵树理,就觉得他那些老老实实讲故事的小说确实土得掉渣,拙得可爱,很难给人带来审美愉悦与心灵震撼。或许也可以说,赵树理的作品本来是写给那些没有多少阅读经验的农民读者听的,如今却与我们这种读了不少现代小说的读者狭路相逢,这时候,文本与读者很可能就会双双扑空,错位也就变得在所难免了。

大概,这就是我真正阅读赵树理时的真实感受。这种感受陪伴我多年,直到我后来多了一些"了解之同情"。

那次会议结束后不久,我实际上又写出一篇关于赵树理的文章。记得开会的一项任务是出专辑,发论文。而在当时,通过正常渠道集中发表一批关于赵树理的论文则几无可能，唯一的解决办法是找一家杂志合作，我们出钱，他们出版面。可能还是通过校长的关系，我开始与《山西师大学报》主编陈建中先生联系，为此还专门跑了一趟临汾，敲定了在这家学报出增刊（名为"纪念赵树理诞辰九十周年"）之事。这期增刊一家伙刊发论文27篇，可谓赵树理研究成果的一次集中展示。但我的论文已被钱文亮拿走，必须重写一篇才能补上这边的窟窿。也是因为这次会议，董大中先生送我一套《赵树理全集》，他又赠送给与会者一批《赵树理年谱》。这些书在我写第二篇文章时已派上了用场。经过一番思考，我在收看亚特兰大奥运会的过程中完成了关于赵树理的第二篇论文：《完美的假定 悲凉的结局——论赵树理的文艺传播观》。此文自然首发于《山西师大学报》，但因为是增刊，那一期好像成了内部刊物，文章似也委身未明，委屈得紧。于是五年之后，我只好打发它重新上路，让它在《浙江学刊》（2001年第3期）上正式亮相了。

这就是我琢磨赵树理的起点，也可以说是我真正阅读赵树理的"开端"。

但我并非坚定不移的赵树理研究战士。写完这两篇文章之后，我就移情别恋，等再一次面对《赵树理全集》，已是十年以后的事情了。

三

因为读过一番赵树理，我后来谈及他时便有了一些底气。比如，读博期间，我在北师大继续教育学院讲过中国现代文学史课程，用的教材是钱理群等人主编的《中国现代文学三十年》。讲到赵树理的"现代评书体"小说时，我立刻就来了情绪。又比如，从2003年起，我们八九位弟子跟随导师童庆炳先生编写高中语文教材。教材分必修与选修两种，必修教材中，我力主让《小二黑结婚》重新进入课本，理由是让学生体会一下说书讲故事的魅力。选修教材我负责《20世纪中国短篇小说选读》，于是《登记》又成为其中的一课。为编好这两篇小说，那一阵子我又开始跟赵树理较劲。或许是正在编写教材的兴头上，或许是也正好读了藤井省三的《鲁迅〈故乡〉阅读史》，一位教育硕士找不到毕业论文题目，我便给她布置一道：考察一下《小二黑结婚》在中学语文教科书中的出没情况。在我的想象中，《小二黑结婚》阅读史说不定比《故乡》阅读史更有写头。

我需要提一提席扬先生的《多维整合与雅俗同构——赵树理和"山药蛋派"新论》（中国社会科学出版社2004年版）了。席扬是赵树理研究专家，也是我在山西时就认识的一位朋友。1996年我办会时,曾邀他出席,他不但参加了会议,还给师专学生带去了一场精彩讲座。但自从我北上京城,他南下福州,我们就断了联系。他这本书刚一上架就被我发现,并立马请回家来,既是因为赵树理,也是因为与他的那份友情。记得拿到这本书时,我先是翻阅一番。见他反驳范家进先生,其中引用我那两篇文章的观点作为论据,达一个半页码之多,让我顿生他乡遇故知之感。但随后我又读范家进文,觉得他虽稍嫌偏激,却也提出了一个值得重视的问题。[①] 席扬驳他既有些吃力,似乎也有点情大于理。因为在我的心目中,席扬不仅是赵树理的研究者,还是他的铁杆粉丝,可谓名副其实的"学者粉"(scholar-fan)。如此双重身份,他眼里哪能揉得下沙子?

更需要提及的是这本书中收录的另一篇文章:《角色自塑与意识重构——试论赵树理的"知识分子"意义》。此文力论"赵树理所恪守的身份并不是'农民性'和'干部性',而恰恰是'知识分子性'",读后让人感觉分

[①] 范家进的文章名为《为农民的写作与农民的"拒绝"——赵树理模式的当代境遇》,原载《中国现代文学研究丛刊》2002年第1期。席扬的文章名为《农民,何曾"拒绝"过赵树理?——面对"唐弢青年文学研究奖"感言》,载《多维整合与雅俗同构——赵树理和"山药蛋派"新论》,中国社会科学出版社,2004,第122—134页。

量很重，可谓席扬研究赵树理的一篇力作。但我读着既有共鸣，也有一些疑惑。赵树理固然坚守着自己的良知说话，但因此就能说他是一位知识分子吗？如果把他看作知识分子，我们该从哪个层面释放其义涵？是毛泽东所论"知识分子比较无知识"①还是萨特倡导的"知识分子必须介入"②那一层？在"知识分子性"面前，赵树理的"农民性"和"干部性"又该如何摆放？或者在席扬所谓的三"性"之中，它们究竟是何种关系？是相互支援还是相互制衡？当它们成为一股合力时，又给赵树理的写作带来了怎样的影响？——2006年年初的一个夜晚，当我困惑于如何给赵树理定位时，我又读开了席扬的这篇文章，以致浮想联翩，夜不能寐。一年多之后的一个深夜，我偶然读到昌切先生的《谁是知识分子？——对作家身份及其功能变化的初步考察》（《文艺研究》2005年第2期），此文开篇便说："谁是知识分子？鲁迅还是赵树理？赵树理还

---

① 毛泽东说："有许多知识分子，他们自以为很有知识，大摆其知识架子，而不知道这种架子是不好的，是有害的，是阻碍他们前进的。他们应该知道一个真理，就是许多所谓知识分子，其实是比较的最无知识的，工农分子的知识有时倒比他们多一点。"参见毛泽东：《整顿党的作风》，《毛泽东选集》第三卷，人民出版社，1991，第815页。

② 萨特说："对知识分子来说，介入就是表达他自己的感受，……而今天比任何时候都更必须介入。"参见萨特：《现在比任何时候都更需要介入》，转引自何林编著：《萨特：存在给自由带上镣铐》，辽海出版社，1999，第198页。

是卫慧？卫慧还是张承志？张承志还是韩东？仔细想想，问题大了。"这一连串设问煞是有趣。而当我读出"赵树理不是知识分子，而是官员型作家"这层意思时，却又吃惊不小，很受刺激，便立刻找出席扬的这本书复习，又是一番思前想后，结果失眠至凌晨四点。

但2006年前后，我并没有把赵树理的身份问题搞清楚，待琢磨出点眉目，已又过了一个十年。遗憾的是，我的思考结果已无法与席扬兄分享了。他在2014年那个冬天溘然长逝，享年56岁，实在是令人痛惜！

就是在这种断断续续的关注中，我跨入了2006年，那一年是赵树理诞辰百年，赵树理研究界可谓动静不小。记得2005年秋，傅书华先生已张罗着为《山西大学学报》组稿，计划在来年推出一组研究赵树理的文章，以作纪念。他邀请我加盟，我答应得痛快。当时我刚进一套《汪曾祺全集》，又差不多把汪老的作品通读一遍，就觉得可以在赵树理与汪曾祺之间做文章。于是我搬出《赵树理全集》，第二次面对他的作品。

又一次读赵树理，我主要关注的是他的语言。赵树理的语言是独特的，这方面的文章已谈得不少。但他的语言观又该如何理解，却鲜有人谈及。而汪曾祺作为卓有成就的作家，其语言不仅同样独特，而且还形成了一种稳健的语言观。这样，把两位作家的语言观放到一起进行比较，似乎就有了充分理由。我在后来形成的论文摘要中说："赵树理的文学语言观出现于现代文学语言成型的第二阶段，对于第一阶段文学语言中盛行的书面化、西洋化来说，它是一次必要的否定。但由于这种语言观独重口头/民间传统而排斥其他传统，致使文学语言失去了充分的发展空间。出现于第三阶段的汪曾祺，其文学语言观既借助口头/民间文化传统又依靠书面文化传统，很大程度上扬弃和超越了赵树理的文学语言观，并完成了第二次否定。经过了这样一个否定之否定的过程后，现代文学语言才算真正确立了自己的民族形式。"此文最终确定的题目是《口头文化与书面文化：从对立到融合——由赵树理、汪曾祺的语言观看现代文学语言的建构》（《山西大学学报》2006年第2期），给了傅书华老师之后，他在邮件中连夸我是"大手笔"。傅老师也是赵树理研究专家，他如此给我"阳光"，我岂有不"灿烂"之理？于是，我立刻就找到了陈景润攻克哥德巴赫猜想的感觉。但这篇文章发表之后似无多大动静，倒是我紧接着写出的《汪曾祺喜不喜欢赵树理》（《当代作家评论》2007年第4期）刚一发表，就被《新华文摘》转载了。

后来，我在课堂上谈到文学语言问题时，这两篇文章已变成了一次课的个案分析。每当我报出《汪曾祺喜不喜欢赵树理》这个题目时，学生们就哄笑起来，仿佛那是一对好基友的话题。但实际上，我要谈论的是一个严肃的问题：作为沈从文的学生，当汪曾祺写出那些"散文化小说"时，他是如何看待赵树理的"评书体小说"的？而"看待"的基础，既有汪曾祺写的那两篇怀念文章（《赵树理同志二三事》和《才子赵树理》）撑腰，也有人们不太在意的散见于汪文中的其他文字打气。怀念赵树理的文章我差不多都读过，我觉得写得最好的是孙犁的那篇《谈赵树理》（《天津日报》1979年1月4日），其次就是汪曾祺这两篇和严文井的《赵树理在北京胡同里》（《中国作家》1993年第6期）了。谈到赵树理爱唱上党梆子时，汪曾祺还将了严文井一军："严文井说赵树理五音不全。其实赵树理的音准是好的，恐怕倒是严文井有点五音不全，听不准。"[①] 严文写尽了赵树理在北京的憋屈，但在五音全不全的问题上，我觉得汪曾祺说得更靠谱。他可是与京戏打了大半辈子交道的"老司机"啊。

除以上两文外，我在2006年还写了篇《民间进入庙堂的悲剧——以赵树理为例》（《南方文坛》2006年第3

---

① 汪曾祺：《才子赵树理》，载《汪曾祺全集》第6卷，北京师范大学出版社，1998，第322页。

期），但实际上那只是篇半拉子文章。那一年的年初，我读洪长泰著、董晓萍译的《到民间去》，读霍长和与金芳合著的《二人转档案》，实际上是想写篇《脆弱的民间》的大文章。我想象中的副标题是"从赵树理小说、东北二人转与长沙歌厅看民间文化的真实处境"。记得读过《二人转档案》后，我给霍长和先生写邮件请教，我说："二人转是正宗的民间文化，但因为它的粉词脏口却几乎遭殃。后来倡导绿色二人转，我觉得可能更多是不得已而为之的生存策略。我没看过原汁原味的二人转，但似乎能想象到一点它的性话语和性表演给人们带来的欢乐。也许这正是民间文化的魅力所在，巴赫金所谈到的民间文化就是这种样子。只有这种样子的民间文化才是生机勃勃的，而去掉了所谓的粉词脏口，二人转就像去势之后的大老爷们，男不男女不女的，不成样子了。"霍老师则这样回复我："你对二人转问题的基本估计是正确的。作为一种民间文化，二人转离开了'脏口'，就像相声没有了讽刺，一点看头也没有。我在写这本书的时候，也曾想多搜集一些民间的没经去势的有生命力的东西，但十分困难。……'绿色'二人转纯属胡扯，就像反对盗版光盘一样，完全是做给人看的。"这番讨论之后，我动笔了，却只是写出了第一部分内容。大概还是准备工作不足，后面的内容并没有跟上趟。

就是因为这次琢磨，我又想到个好题目：《从赵树理到赵本山：中国当代大众文化的演变轨迹》，以此谈论农民文化的更新换代，谈论革命群众文化如何转变成了商业大众文化。这个问题若想谈透，应该是一本书的规模，于是我又马上想到该去做怎样的前期准备。这个题目让我激动了一上午，此后的十年，我也不时会想起它，玩味一番，甚至在2010年还买了有关赵本山的几本书和一堆碟，但是却一直没有付诸行动。而就在这十年中，赵本山也盛极而衰，变成真正的赵"老蔫儿"了。

四

过完2006年，《赵树理全集》就被我请到了踩上梯子才能够得着的最上一层书架，一副刀枪入库、马放南山的架势。

实际上，那时候我已有了两套《赵树理全集》，一套是五卷本，黄皮，软封面，北岳文艺出版社1990年出版（第五卷出版于1994年）；另一套是六卷本，精装，硬封面，大众文艺出版社2006年9月出版。放到书架最上层的是六卷本全集。2006年9月，"纪念人民作家赵树理诞辰100周年大会暨创作研讨会"在晋城举行。我回家乡赶赴这次盛会，参加赵树理文学馆开馆典礼，又一次参观赵树理故居，甚至还在某领导的讲话中听到一个句型："我们缅怀赵树理同志，就是要……"这个句型反复出现，马上就弄成了"高大上"的排比，像是法拉利组成的豪华车队。官方话语的铺张或排场由此可见一斑。

六卷本的《赵树理全集》就是这次会议的赠书。董大中先生在这套全集的编后记中说："二十年前，在开始编《赵树理全集》的时候，我心目中的《全集》就是现在读者看到的这个样子。它不分体裁，完全按写作时间编排次序。人的一生是怎样走过来的，书也就怎样编排。我们读着书，就像站在历史的大道旁，看着主人从这头走到那头，从年轻走到年老。"[1] 这一编后记我当时就读过，我也非常理解董老师如此编辑"更适于研究者阅读"[2] 的用心，但我还是把它束之高阁了。也许我并不认为自己是赵树理的研究者，也许我更喜欢平装书而不是精装书，总之，这套书高高在上，一搁就是十年。

十年之后的那个春天，现任赵树理研究会会长赵魁元先生给我打来电话，说9月开会一事，嘱我写文章参会，

---

[1] 董大中：《赵树理全集·编后记》，载《赵树理全集》第六卷，大众文艺出版社，2006，第Ⅰ页。
[2] 同上书，第Ⅲ页。

我很感慨。又一个十年过去了,我对赵树理的思考却依然停留在十年之前。我也想立刻投入对赵树理的再阅读中,无奈琐事缠身,待我打开《赵树理全集》,已是开会前夕了。

这一遍读,我终于启用了六卷本全集,果然就意识到董老师所谓的编年体的好处。我从后三卷读起,又逐渐向前三卷游弋,不仅重读他的全部文学作品,而且也反复读他的非文学文本。因为这种里里外外的打量,一些想法也在我心中潜滋暗长。我在《2016:阅读遭遇战》(《中国图书评论》2017年第4期)中说:"这次重读赵树理,最让我兴奋的发现其实是在文学场域之外。赵树理的小说固然是值得分析的——事实上,这么多年来研究者感兴趣的无疑还是他的小说;但是,小说之外的各类非文学文本(如各类会议的发言或讲话、书信、检讨书等)却更耐人寻味。我以为,如果要对赵树理做出全面解读,仅仅面对他的文学创作是远远不够的,更需要重视的是他在文学场域之外的所作所为。因为赵树理不仅是文学中人,更是组织中人和农民中人,许多时候,赵树理其实并不以作家的身份出场,而是作为一个'通天彻地'的干部亮相。那么,在尽党员之责和为农民说话的层面上,赵树理又有哪些表现呢?他的那些文学之外的声音如何与文学之内的话语构成了一种复杂的互动关系?"实际上,这也正是我写作《在文学场域内外——赵树理三重身份的认同、撕裂与缝合》(《文艺争鸣》2017年第4期,《新华文摘》2017年第19期转载)的动因。因为席扬的那篇文章曾让我困惑,也因为读过钱理群先生的长文(《赵树理身份的三重性与暧昧性——赵树理建国后的处境、心境与命运(上)》,《黄河》2015年第1期)之后我依然很不满足,所以就想亲自解惑。尽管我不大同意席扬和钱理群先生的一些观点,但他们的文章还是让我深受启发。当我在文章的末尾特意写下"为纪念赵树理诞辰110周年而作,亦以此文怀念英年早逝的席扬先生"时,我觉得我既完成了一篇致敬之作,十年前的那只靴子也终于落地了。

但我依然心存困惑。赵树理1956年曾写有《给长治地委××的信》,向上反映了农民的吃不饱问题。而两年之后,他又写出了小说《"锻炼锻炼"》,塑造了落后人物李宝珠,人送外号"吃不饱"。我的困惑是,为什么赵树理在给这个××写信时敢于对农民的"吃不饱"秉笔直书,而到了小说里却变成了对"吃不饱"的调侃嘲弄?这究竟是文学与现实之间的裂痕,还是赵树理的一种话语策略?

带着这个问题,我开始向董大中先生请教了。自从1985年我在《批评家》编辑部帮忙,结识董老师后,他就成了我的良师益友。而当我开始关注赵树理时,董老师更是给了我很大支持。后来,每每遇到赵树理方面的问题,我都会向他求援,他也总能为我解疑释难。这一次,他给我提供的答案是"赵树理写李宝珠,是正话反说,表面是批评这个人,实际上说的是一种现实情况。不然,你如何理解《十里店》的主题?"于是我又反复读《"锻炼锻炼"》,读董老师关于这篇小说的论述,读陈思和先生的那篇著名文章:《民间的浮沉:从抗战到文革文学史的一个尝试性解释》。陈文收在《鸡鸣风雨》一书中,这本书是我1996年夏天去临汾商量赵树理增刊时买回来的。此文及其相关文章曾经让我很受启发,但我当时并未在意陈先生对《"锻炼锻炼"》的评论。后来,文中主要观点变成他主编的《中国当代文学史教程》中的一节内容——民间立场的曲折表达:《"锻炼锻炼"》,其"晚年绝唱""正话反说""诱民入罪"等说法的影响也越来越大。但我读来读去,却依然无法同意董老师和陈先生的判断。犹豫再三,我还是决定写一篇文章:《〈"锻炼锻炼"〉:从解读之争到阐释之变——赵树理短篇名作再思考》(《文艺研究》2017年第9期)。

这篇文章的背后或许已加入了我自身的一些感受。我出生在农村,从小便与农民为伍,对他们的生活习性自然不能说不熟悉。而在"教育必须为无产阶级政治服务，必须同生产劳动相结合"的号召下，我从十一二岁开始，又不时参加生产队里的劳动，这样我又熟悉了农民们田间地头的生活。我以七十年代的少年经验想象《"锻炼锻炼"》中五十年代的农村风貌与人物描写，就觉得杨小四、小腿疼、吃不饱、王聚海等人我都见过，我所在的生产队里就有这样的人物。但杨小四这个愣头青真有那么坏吗？小腿疼那种骂法真能上升到"激越、刻毒的不平之声"的高度吗？说实在话，这些推断与我的少年经验并不吻合。为了让我的推断落到实处，我想到了我的老父亲。我父亲高小文化程度，1958年时二十岁左右，正是赵树理所预想的那种农民读者。既如此，何不让他读读《"锻炼锻炼"》，问问他是何种感受？于是我把这篇小说打印出来，邮寄回去，并修书一封，给他布置几道作业题：一、赵树理这篇小说主要表达了怎样的意思？他想表扬谁，又想批评谁？或者是这里面有没有他要表扬的人物？二、读过小说后，你对王聚海、杨小四、小腿疼、吃不饱等人物的直感如何？你是如何看待这几个人物的？三、返回到1957—1958年那个年代，你觉得赵树理如此写的用意是什么，能否推测一二？四、你在读此小说时，能否感觉到赵树理有"正话反说"的意味，或者是不是言在此而意在彼?

父亲很认真,不仅是他在读,而且他还念给我母亲听。随后他在电话里对我说:王聚海这个人就是个老调和、和事佬,但从今天的眼光看,他想把大事和小,小事和了,不让矛盾激化,这种想法和做法也是有道理的。当年的农村里确实有小腿疼和吃不饱这路人,这种人就是爱占巧(晋城方言,讨便宜之意),喜欢挑肥拣瘦,治一治他们也是应该的。至于杨小四,这个人主要是年轻气盛,心直口快,性子也急。作为一个农村干部,他必须得工作,不能占着茅坑不拉屎。但他的文化程度不高,加上是那种性格,遇上小腿疼那种胡搅蛮缠的人,只能拿政府、法院去吓唬她。而小腿疼等农村妇女也恰恰没文化,不懂得自己的做法够不够犯法。所以杨小四一吓唬,她就被唬住了。农村嘛,一着急就日娘诅奶奶的,哪里会像城里人那么斯文,所以说这种做法谈不上有多粗暴,杨小四也上不到"坏干部"那种高度。

父亲完全没读出"正话反说"的意味,于是我开始引导他,讲董、陈二人的观点。父亲道:要是这么说,兴许赵树理真有什么想法,但他又不敢写,只好模糊一下,打个掩护。当时的情况确实是吃不饱。我记得当年的说法是"三百八,少不少,统购统销好不好"。那时候开会,我说了实话：每人一年380斤口粮，那可是不很够吃啊。结果给了我留团察看的处分。但有人会说话，说可以"擀细切薄，多待俩客"，这样就能解决吃不饱的问题。这种说法很滑头，所以人家就没事。

我是在写完这篇文章才想起"访谈"一下我父亲的。他这番朴素的读后感当然谈不上有多深刻，却大体上体现了一个农民读者的真实感受。于是我便想到，后来者通过《"锻炼锻炼"》想象农民的世界时，往往会从知识分子的价值立场出发，预设一些前提，然后请君入瓮。这是不是对赵树理写作境界的一种拔高？是不是又很容易让他笔下的人物变形走样？

写出这篇文章后，我想趁热打铁，再写一篇，却没料到颇不顺畅。我写写停停，磨叽了两个多月。此文最终定题为《讲故事的人，或形式的政治——本雅明视角下的赵树理》(《文学评论》2017年第5期)。

能写出这篇文章，或许与童庆炳老师的提醒有关。2014年7月上旬，我们中心的成员在大觉寺开务虚会，主要议题是讨论学科发展。童老师发言时，先是为一些年轻老师提建议，帮他们规划发展方向，后来又点了我的名。他说，你这个人呢，毛病是兴奋点太多。你这种情况，不妨学学王元骧，走他的路子。王老师也不申报课题，但他会不断写文章，一段时间对付一个问题，每年出一本论文集。你不是研究过"西马"吗？你可以把"西马"这面照妖镜用起来，东照照，西照照，说不定就能照出一些东西来。比如，你们老家的赵树理就很现成嘛。我说，照赵树理咱名正言顺啊，一不留神，我已混成中国赵树理研究会的副会长了。我刚说完，童老师便哈哈大笑。

一年之后，童老师去世了。又一年多之后，当我重新阅读赵树理时，他口口声声提到的评书、故事再一次吸引了我的注意。我想到了本雅明那篇《讲故事的人》，我开始读列斯科夫的小说，我在知网上读了我的大学同学宋若云博士的一篇论文，仍觉得不过瘾，又干脆找她要来早已成书的博士论文：《逡巡于雅俗之间：明末清初拟话本研究》（中国社会科学出版社2006年版）。当我终于写出这篇文章后，才突然想起童老师的那番点拨，忽然觉得冥冥之中他仍在指导我写论文。

那么，赵树理很老土，本雅明太洋气，用本雅明这架"探照灯"（我得修改一下童老师的说法了）照赵树理合适吗？我觉得合适。赵树理是农耕时代的说书人，本雅明恰恰呈现的就是这方面的思考（Storyteller实际上就可以翻译成"说书人"）。赵树理又是"政治上起作用"的实践者，本雅明恰恰也在"艺术政治化"的层面五迷三道过。这样一来，启用本雅明的视角就有了充分理由。我的学生撰文谈论过本雅明美学观念与中国艺术的交往问题①，由此我便想到，假如本雅明不是在1940年自杀身亡，他是不是也会像布莱希特关注毛泽东的《矛盾论》那样关注到赵树理的《小二黑结婚》或《李有才板话》，然后丰富他对"说书人"和"艺术政治化"的思考？这当然只是一种假设，却也并非信口开河，游谈无根。于是，在这篇文章中，我固然是在通过本雅明看赵树理，但又何尝不是通过赵树理看本雅明呢？我在文章的结束部分说本雅明耍了个滑头，悬置了矛盾，而赵树理却不得不知难而上了，结果他也就成了这一矛盾的冤大头。但我依然认为，尽管赵树理的"问题小说"本身就很成问题，但他还有光晕，他依然可以"回家"，而丁玲、周立波乃至柳青等人却无家可归。或许，这就是我用"讲故事的人"重新定位赵树理的用意所在，因为唯其如此，我才能把他从同时代的作家中"区分"出来。而按照布迪厄的观点，"区分"或者"区隔"，其中隐含着"阶级"与"趣味"的重大斗争。

当我如此琢磨着赵树理时，我发现我对他的态度已发生了一些变化。如前所述，我在第一篇研究他的论文中更

---

① 参见李莎：《"Aura"和气韵——试论本雅明的美学观念与中国艺术之灵之会通》，《文学评论》2017年第2期。

多聚焦于他的"败"与"失",而这篇文章,我已在考虑他的"成"与"得"了。这是不是意味着经过二十年的星移斗转我已学会了心平气和?或者,这是不是也算一种"长进"?

五

必须承认,我并非合格的赵树理研究者。因为这二十年里,我大面积地读他的书不过两三回,用心写他的文章也只有七八篇,这其实是很不成样子的。但是,我也必须同时承认,赵树理确实是我心中的一颗"疙瘩"。为了解开这"疙瘩",我不得不一次次地走近他;我似乎解开了一些,却仿佛又长出了新的"疙瘩"。

于我而言,很可能这就是赵树理的魅力所在。我当然清楚,在中国现当代文学史上,赵树理肯定不是第一流作家,但他绝对是一个非常有个性、有特点、有人格操守的作家。也因此,他才显得独一无二。我在《赵树理三重身份的认同、撕裂与缝合》的结尾处写道:"这样,赵树理的'问题小说'也就成了那个时代'成问题'的典型文本,他本人则成为作家队伍中除不尽的余数,成为'同一性'美学与文学中'非同一性'(non-identity)的顽固堡垒。时至今日,他的所作所为依然值得我们深长思之。"这一判断其实已借助了阿多诺的观点。阿多诺说:"布莱希特的说法——政党有上千双眼睛，而个人却只有一双——像任何陈词滥调一样虚假。一个异议者的精准想象要比上千双戴着同样粉红色眼镜、把自己之所见和普遍真理混为一谈的退化之眼看得更清楚。"① 可以把这一说法看作是"同一性"和"非同一性"的形象注脚。布莱希特强调的是集体的力量，所以他落入了"同一性"思维的窠臼，而所谓的异议者，显然又可以成为"非同一性"思想的代表。

赵树理就是那个异议者。你看他给赵军（长治地委书记）、邵荃麟（中国作协党组书记）和陈伯达（中央政治局候补委员）写信上书时是多么的不顾一切言词峻急！你看他在"大连会议"上发言时又是多么地胆大包天怒发冲冠！当然，他为此付出的代价也是惨重的。陈徒手在《1959年冬天的赵树理》中指出，因为那几封信，赵树理成为作协党组整风会上被"帮教"的重点对象。然而，"整风会一开始，赵表现了令人惊诧的顽强性，他相信自己的眼睛，坚持原有的观点"。而翻开当时会议记录，也依然能闻见浓烈的火药味："真理只有一个，是党对了还是你对了，中央错了还是你错了？这是赵树理必须表示和

---

① 阿多尔诺：《否定的辩证法》，重庆出版社，1993，第46页。据英译文有改动。Theodor W. Adorno, *Negative Dialectics*, trans. E. B. Ashton, London and New York: Taylor & Francis e-Library, 2004, pp.46-47. "阿多诺"也译作"阿多尔诺"。

回答的一个尖锐性的问题,必须服从真理……"① 这不是"同一性"与"非同一性"的中国版本吗?坦率地说,读着陈徒手笔下的赵树理时,阿多诺已向我迎面走来。他的哲学思考极大地丰富了我对赵树理的理解。

而赵树理之所以如此奋不顾身,全都是为了农民。

我想起我的朋友聂尔兄的一个说法了。2014年,当他准备解读陈徒手的那篇文章时,曾在我们那个"锵锵三人行"的群发邮件中这样写道:"这两天为了写关于赵树理的文章,翻看了他的全集里面一些非小说类文章,感觉这人就是个实受人,太实受了。东杰知道不知道'实受'这个词?""实受"是我们那个地方的方言,网络上解释为"忠厚老实",我觉得并不准确。实受应该是实在、实诚的升级版。说一个人实受,就意味着此人绝不会偷奸耍滑,偷工减料,能喝一斤喝八两,而是能塌得下身,受得了累,干活肯卖力,说话无妄语。具体到赵树理,这实受又关联着他的思维方式和话语风格,其含义显然更加丰富。那是不虚美不隐恶的秉笔直书,是不吐不快有甚说甚的仗义执言,是小胡同赶猪般的直来直去。而在那个政治气候阴晴不定的年代里,这样的实受人注定是要吃亏的。

---

① 陈徒手:《人有病 天知否:1949年后中国文坛纪实》,人民文学出版社,2011,第162—163页。

如今的作家堆里，还有赵树理这样的实受人吗？

我又想起赵魁元先生给我出的那道作文题了。去年夏天，他在电话中邀我参加纪念赵树理诞辰 110 周年的会议。说完正事，他开始考我：你觉得莫言与赵树理有没有关系？我说：应该有吧。他紧追不舍：哪里有关系？我斩钉截铁：民间文化！他说：好，那你就好好考虑考虑这个问题，给咱弄成它一本书。

我在哈哈一笑中收了电话。事后想来，莫言与赵树理之间的关联不能说不可以琢磨，但若往根儿上说，又会遇到很大的麻烦。我在本雅明的视角下把赵树理看作"讲故事的人"，而莫言获"诺奖"做演讲的题目恰好就是《讲故事的人》。赵树理一生都在实践着评书体的"说—听"方案，莫言写到《檀香刑》时已在"大踏步撤退"，也想制造一种适合于在广场"高声朗诵"并"用耳朵阅读"的叙事效果。① 然而，这种表面的相似并不能掩盖其深层的不同。在赵树理那里，他所有的叙事技巧和语言运用都因农民而起。农民听不懂"然而"，他就换成"可是"；农民喜欢听故事，他就增加故事性。我甚至认为，赵树理习惯于使用的白描手法也是遵从了农民勤俭节约的美德。白描自然是寥寥数笔，不可能浓墨重彩，铺陈渲染，但也

---

① 参见莫言：《檀香刑》，作家出版社，2001，第 517—518 页。

唯其字数少，才能让书本变得比较薄；唯其比较薄，才能让定价变得相对低；只有定价低下来，农民兄弟才买得起。这样一来，赵树理已把小说写成了"经济学"——如何才能把它写得经济实惠，"花钱最少，得东西最多"①。其实，这也是实受的一种体现。但是，莫言预设的读者对象已不可能是农民，他也不会这样实受了。在泥沙俱下的语言洪流中，莫言撑大了小说的叙述空间，也延续了说书的民间传统，可是真实的听众已从广场撤离。

更重要的区别在于，赵树理宁愿写不成小说，也要在文学之外为农民说话，而莫言却早已表白，他"谨小慎微、沉默寡言"，"用非文学的方式说话，是我的性格难以做到的"②。于是到目前为止，我们只看到莫言在文学作品之内伸胳膊撂腿，却没听到他在文学文本之外还有怎样的表达。而种种迹象表明，在今天，能像赵树理那样敢于在 1962 年就实实受受地喊出 1960 年是"天聋地哑"③ 的体制内作家已越来越少，甚至几近于无。也许这就是今天的作家与赵树理的差距。当然，话说回来，这也未尝不是一种"进步"。因为血的教训已让作家们变得世故起来，

---

① 赵树理：《不要急于写，不要写自己不熟悉的》，载《赵树理全集》第六卷，大众文艺出版社，2006，第 145 页。
② 参见《莫言对话新录》，文化艺术出版社，2010，第 169—170 页。
③ 参见赵树理：《在大连"农村题材短篇小说创作座谈会"上的发言》，载《赵树理全集》第六卷，第 82 页。

学会了自我保护。毕竟，明哲保身也是一种生存策略。

而所有这些，假如我要掰开来揉碎地写，写到极权主义和犬儒主义的份上，很可能会触及时代痛点，给我们这个社会添堵。于是，我决定暂时不写了。同时我也准备把摊放达半年之久的《赵树理全集》放回书架，让那里面的歌哭暂时消停。也许我还会启动对它的阅读，但是不是又要在十年之后，就很难说了。

2017 年 3 月 30 日写毕

2017 年 12 月 13 日改定

一次"并肩作战"的阅读

第一次高考失败后,我走进了晋城一中的文科复习班,那是1979年9月。

1979年的文科复习班已名声大噪,因为65位复习生考中了64人。许多人大概觉得,一旦进入这个复习班,便可旱涝保收,高枕无忧。语文老师袁东升告诉我们,别把高考的语文看得那么神秘,你只要背会了50篇古文,我准保你们语文考高分。于是,他一篇篇讲解古文——《劝学篇》《伤仲永》《卖油翁》《晏子使楚》《桃花源记》《宋定伯捉鬼》《廉颇蔺相如列传》……我们则一篇篇背诵、翻译。结果,那一年我的古文阅读能力突飞猛进。

也写作文。比如,1979年的高考作文题是"细读《第二次考试》,把它改写成一篇'陈伊玲的故事'。要求做到:1.按原文内容写一篇以陈伊玲为中心的记叙文,不要另外编造情节，不要写成《第二次考试》的缩写，否则扣分。如写成诗歌，读后感之类，均不给分。2. 要有明确的中心思想……"。袁老师说，你们也练练改写吧，写个六七百字的陈伊玲的故事给我瞧瞧。改写之后我交上作文，袁老师惜墨如金，只写了一句评语："初试根本没写，如何能表现出陈伊玲的才华呢？"

历史、地理、数学、政治课的老师也都轮番上阵，轰炸我们的大脑。还有英语，尽管我们都不学英语。

复习生活是枯燥的，只有礼拜天将要来临的时候，才显出几分逸出常规的生动。王同学平时布衣加身，但是一到礼拜六的下午，他就会换上一条咖啡色的涤纶料子裤，高高兴兴回一趟家。

"又要去相亲了？"宋同学撂出这句话后，王同学就乐呵起来，嘴一歪一咧的。他正一正裤子上被压得笔直的缝线，拎起一只旧书包，哼唱着《我们的生活充满阳光》，摇摇摆摆走出了我们的视线。

王同学大我四五岁，他正在处对象。在他眼中，我大概还是个小屁孩，我们的关系也就不远不近。

宋同学也大我四五岁，却与我打得火热。

又一个礼拜六到了，王同学照例穿上咖啡色的裤子，我们照例不敢挪窝，准备挑灯夜战。晚自习后回到宿舍，宋同学很神秘地对我说："我搞到一本小说，《第二次握手》，你看不看？"

"第二次……握手？不是《第二次考试》？看啊。"

"但是……书只能在我们这儿待一天。"宋同学沉吟道，"我也是刚拿到，还没来得及看，据说写得不歪。"

"我们一起来读，怎样？"情急之下，我想出了这个主意。

"好，明天找个清静地方！"宋同学爽快地答应了。

第二天，我与宋同学走到学校的大操场上，在压着篮球架的一块条石上并排坐下来。他从书包中小心翼翼地掏出书，捧在手上打开，我们迅速扫过目录，就直奔正文而去："一九五九年。深秋的北京，金风萧瑟。原本浓绿苍翠的香山，倏忽间便被熏染得一片赭红紫黛，斑斑驳驳。……"

我那时十五六岁，正对小说充满着饥渴，但复习的重任却把我捆在教科书和无穷无尽的练习上，让我不敢有丝毫轻举妄动。这样，《第二次握手》的到来，于我便不啻是久旱逢甘霖。丁洁琼、苏冠兰、叶玉菡、爱情、科学家、原子弹……那里面的故事也如同天方夜谭，牢牢吸引住了我与宋同学的目光。"这页看完了吗？""完了。"一开始宋同学总要问我一句，才急忙翻页。渐渐地，我们已能步调一致，配合默契了。有时候我读得快了些，等待时就会咂摸一下里面的句子："丁洁琼那大理石般洁白的面庞则添上了一抹风尘,这可能是从那金黄色的大戈壁滩上带来的痕迹吧!"大理石般洁白……一抹风尘,作者可真会整词啊!我们这样写作文可以吗?

就这样,在1980年的春天,在晋东南的一座小城里,两位后生把一本小说读得杂花生树,群莺乱飞。他们固然没有王同学幸运,但是通过丁苏之恋,也已提前领略了一番恋爱的滋味。那种爱虽然高贵得单纯,静穆得伟大,远没有邓丽君的歌曲来得直接,但至少对于懵懵懂懂的我来说,却也依然是一次不折不扣的情感启蒙。

十多年后,我买回一本《文化大革命中的地下文学》(杨健著),才知道《第二次握手》也曾以"手抄本"的方式秘密流传,作者张扬则因此书而锒铛入狱。专案组向他宣布:《少女的心》是砒霜,《归来》(即《第二次握手》)是鸦片。该鸦片有四大毒素:第一是"反党";第二是吹捧"臭老九";第三是鼓吹"科学救国";第四是"你明明知道不准写爱情了,为什么还硬要写?!"。张扬辩驳无果,被关了四年,直到1979年年初才平反出狱。是年7月,《第二次握手》正式出版,一时洛阳纸贵。

读到这里,我先是倒吸一口凉气,接着又不禁想入非非:假如我提前几年读到过"手抄本",是不是会成为一个"大烟鬼"?

又十多年后,我在课堂上谈及文学阅读,开始引经据典：陈平原教授说，读小说和听说书是不一样的，前者更孤独，因为一般情况下，阅读只是单个人的活动，是挑灯闲看《牡丹亭》，但是也有例外。你们有过与人并肩作战读完一部长篇小说的经历吗？——没有吧？我有！那是1980年春天……

讲完这个故事，我往往要补充一句："与我并肩作战的可是男同学啊。"

学生大笑。

"男生更有问题。"一位同学小声嘟囔道，脸上露出了腐女般迷离的笑容。

2022 年 5 月 22 日写
2022 年 10 月 19 日改

四十年前的那堂写作课

我上大学的时候,中文系是要开一门写作课的。这一课程开在大一,是必修课。于是听老师讲讲写作知识,再隔三岔五写一篇作文,就成了我们的例行功课。

教我们这门课的是曹玉梅、赵文浩与魏丕一三位老师,也发了四本"疑似教材的书":《写作论文选》《短篇小说》《报告文学》《怎样修改文章》。1980年,吉林人民出版社推出了这套"写作知识丛书"。该丛书由27所高等院校中文系写作教研室编写而成,总共14册。为什么只给了我们四册而且是这四册?当年没人解释,如今我更是说不清楚了。

三位老师像陆文婷那样,都已人到中年,但讲课却很卖力气。曹老师似乎是研究现代文学的,因为她的课基本上是在拿鲁迅说事。讲《肥皂》时,一说到"咯吱咯吱",她自己先就抿着嘴乐呵起来。

"这个高尔础啊——"曹老师讲开了《高老夫子》,她不断用这句话承上启下,穿针引线,声音悠扬宛转,中气十足。于是下课之后,张三揪一揪李四耳朵,"咯吱咯吱"发出怪叫。李四一瞪眼,对着张三就是一串复仇的子弹:"你这个高尔础啊——"

哈哈哈哈。那个时候,宿舍里就欢乐起来,笑声一片。

作文也与鲁迅先生有关。

我写的第一篇作文是《读〈答北斗杂志社问〉有感》,第二篇是《对〈伤逝〉和〈终身大事〉立意的分析比较》。因为对鲁迅先生"写完后至少看两遍,竭力将可有可无的字,句,段删去,毫不可惜"那句话有些感触,我在第一篇作文中还举了个例子:"曾听说这样一个故事:欧阳修在一次和朋友游览时,目睹了一条狗被一匹受惊的马踢死的场面。他的朋友在描述这个场面时说:'有犬卧通衢,逸马蹄而死之。'而欧阳修只用了六个字就完成了描述:'逸马杀犬于道。'古人炼字方面的功夫由此可见一斑。"

曹老师表扬我了:"文章写得自然活泼流畅生动。说明你对鲁迅《答北斗杂志社问》一文钻研得较深。第二自

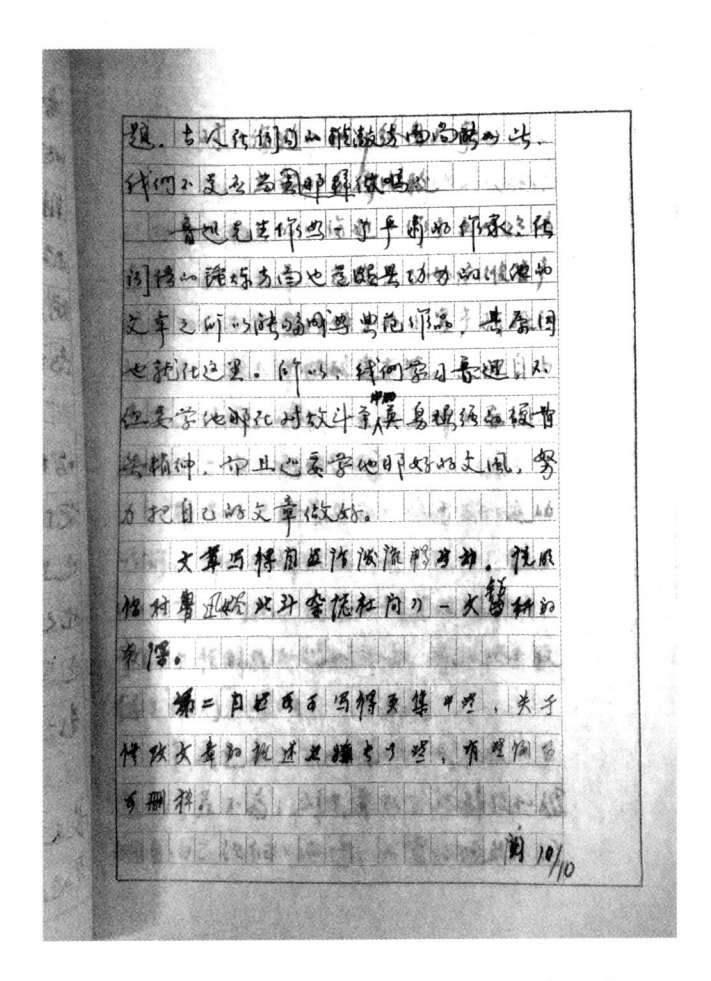

上大学后的第一篇作文及曹老师评语，1981年10月

然段可写得更集中些,关于修改文章的论述也嫌长了些,有些例子可删掉。"——她的批评是和风细雨的,我能够接受。

这一评语写于1981年10月10日。

第二学期由魏老师主讲,但魏老师都讲了些什么,我差不多已忘光了。

没有忘记的是他的一堂作文讲评课。

魏老师似乎对散文颇有研究,他布置作文也就以记叙文为主。一次作文之后,他在课堂上甲乙丙丁,讲开了同学们文章的成败得失。"有位同学的作文喜欢写长句子,"魏老师忽然提高了分贝,"你是中国人呢,说的也是汉语,为什么要用那种修饰性成分很多的欧式表达呢?那是翻译腔!你老是那么行腔运调,岂不是成了假洋鬼子?……"

妈呀,魏老师是在说我。我一激灵,小脸已开始发烫。那一阵子,我正在猛读外国小说,对翻译腔喜欢得一塌糊涂,便有意在作文中显摆一番。但我究竟写出的是"噢,我的老伙计,看在上帝的份上,我发誓我会用我的靴子狠狠地踢你的屁股",还是像赵树理杜撰的那样——"啊,昨晚,多么令人愉快的除夕,可是我那与愉快从来没有缘分,被苦难的命运拨弄得终岁得不到慰藉的父亲,竟挨到人们快要起床的时候,才无精打采地拖着沉重的脚步踱回家来。从他那死一般的眼神里，可以看出他有像长江黄河那样多的心事想向人倾诉，可是他竟是那么的沉默，以至使人在几步之外，就可以听到他的脉搏在急剧地跳动着。"——我已经忘了，因为第二学期的作文本早已失踪，我已无法把那些句子捉拿归案。

但魏老师的意思是清楚的，在他看来，只有"昨晚爹爹转回家，心中有事不说话"才是纯正的汉语。你摆弄洋腔洋调，那不叫 fashion（时髦），而是 kitsch（媚趣）。

魏老师的话疾言厉色，又语重心长，仿佛一记重锤，砸在我十九岁的额上，震得我头皮发麻，眼冒金星。但因为自负，也因为被人逮个正着心有不甘，他的说法并没有让我服气，而是激起了我的逆反情绪。我在课堂上支棱着脑袋，愤愤地想，凭什么就不能那么写？你说东，我偏向西，你要打狗，我就追鸡……

然而，也许只是一年半载之后，我就意识到魏老师是对的。而后来更让我意识到的是，夸饰和矫情往往是年少轻狂的左膀右臂，它们膨胀了身心，侵蚀了表达，让语言变得臃肿，肥大，松松垮垮。明白了这个道理后，我忽然对大学时代的那堂写作课心生感喟。我知道，那是一个写字的人对语言生发出的特殊敬畏。

上网查了查，魏老师出生于 1933 年。而最近一条关于他的消息,是他把自己的藏书捐给了山西大学文学院图书馆,时在 2019 年 5 月。

2022 年 5 月 16 日

依然"书里书外"，还是"流年碎影"
——我的散文观及其他

一

《书里书外的流年碎影》[①] 的责任编辑刘汀打电话给我，说这本散文集将有一次稿费，三千多块。我好奇，问什么稿费。他说网上点击超过一定的数字之后就要给作者开稿费，因为读者是付费阅读的。而这本书放在网站里，点击量已超过某个数字，中国移动要与出版社和作者分成。他说他还是第一次给作者开这种稿费。

我有点惊喜，不是因为这意外的稿费，而是因为我这种书在网上居然还有较高的点击量。

第二天，我乘开往郊区的一辆大巴，去参加我们自己

---

① 拙书《书里书外的流年碎影》由中国人民大学出版社 2011 年出版，以下凡引此书，只随文标注页码。

组织的一次学术研讨会。南京大学的赵宪章教授坐在我的前面，与我的硕士生导师聊得正欢。忽然，他扭过头来对我说："赵勇啊，你的那本散文集我读过了。这么多年我完整读完的两本散文集第一是高尔泰的《寻找家园》，第二就是你的这本《书里书外的流年碎影》。"我的这本书书名较长，说出书名时他中间似乎还停顿了一下。开会期间在一起吃饭，我去敬酒，他又开始向围坐者发布他的重要发现了：这个赵勇啊，他首先是个写散文的，其次才是个写论文的。这么多年我完整读完的两本散文集第一是……。

赵老师嘻嘻哈哈着，但他显然是在夸我。他私下夸我时我似乎还是能扛得住的，然而觥筹交错之间，大厅小众之下，他又来一轮，我就有些不自在了。这种夸法，仿佛是把潘长江和姚明放在一起比高低，让我惭愧。

而且，我也有些困惑。赵老师能读完《寻找家园》似有特殊原因，但为什么他也把我的这本书从头读到了尾？赵老师曾经研究形式美学，如今又在研究图像理论，莫非是我这本书里插了许多图？

我想起来，我的这本图文书里其实是提到过一次赵老师的，我说：

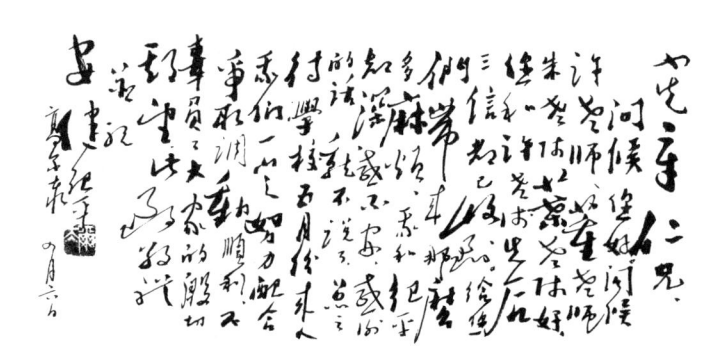

高尔泰先生写给赵宪章教授的信，1989年

  会议近尾声,《寻找家园》我也读了过半。那天晚上,三五好友又聚在一起,却是在面朝大海的酒楼上。适逢南京大学的赵先生在场,我就把话题引到高尔泰身上。赵先生开始了神话的讲述,如同部落里的长老。他说出事的时候高尔泰如何暗示浦小雨处理信件;他说高尔泰在夹边沟写于烟盒纸上的文字如何得以幸存;他说高尔泰会木工,亲手打了一套好家具,自己却没来得及用一用;他说高尔泰花了很长时间给他画了一幅画,却因突然远离,他只拿到了那幅画的照片……。我们喝着"草原白酒",听着高尔泰的故事,仿佛又回到了那个遥远的年代。所有人的心情似乎都黯淡下去,只听见不远处潮涨潮落的涛声响成一片。(第111页)

  那是2006年的一次会议,文中所说的赵先生就是赵宪章教授。而高尔泰的故事从赵老师嘴里说出,后来我至少还听到过两次。一次似乎是在开会的大巴车上,他给坐在旁边的朋友讲述着,高分贝大嗓门,坐在后几排的我就又把那个故事温习了一遍。我似乎提醒过赵老师读《寻找家园》,尤其要读网上可以找到的台湾版,因为那个版本最完整，里面的一些叙述可与他的讲述互为补充。但这一次，我却忘了问赵老师读的是哪个版本。

而《寻找家园》，我是读过三个版本的。读北京十月文艺版时，书中凡提到赵宪章处，我还在那里画红杠做记号，以此回想赵老师讲述的故事。比如书中说："特别是赵宪章，三天两头跑，送这送那。有一次他给办了个煤气本，拉来一罐煤气，特别沉重，扛着爬上三楼，累得直喘。我们过意不去，想将来给他送一幅好画，表示我们的感谢。"① 这时候我就想起了赵老师所说的那幅画。一面是当事人自己的书面叙述，另一面是目击者的口头讲述，双重的叙述视角交相辉映，细节的死角就被照亮了，那个故事仿佛也变得丰满了许多。

可是，为什么赵老师不把他经历的故事写出来却只满足于口头讲述呢？我有些好奇，却没有提出建议，毕竟我与赵老师还谈不上很熟悉。

但我却是给我的导师童庆炳老师提出过建议的，起因也是《寻找家园》。

又一次写出《寻找家园》的书评后，我给童老师推荐了这本书，并给他写邮件说："高尔泰的《王元化先生》

---

① 高尔泰：《寻找家园》，北京十月文艺出版社，2011，第388—389页。

中提到了刘某某的那场答辩,其实您是最有资格回忆这段往事的(记得您说过,您还保留着当年王元化先生的来信),如果能把这些东西写出来,我觉得是最有价值的一件事情。"童老师答复我说,他确实有珍贵记忆,但刘现在是敏感人物,王在某些人那里也是敏感人物,现在似不宜匆忙下笔。于是我们又在电话里长谈,我依然不依不饶地向童老师献计献策,力论即便发不出来也要写出来的重要性。我大概觉得,与他写的那些论文相比,与他反复修改的童话作品相比,这种写作要更有意义。我甚至觉得,倘若老师仓促有所不讳,那些往事岂不是会永远失踪?

终于,我把老头儿逼急了,他在电话里不紧不慢地敲打我:"你怎么知道我没写?"

二

我劝童老师把那些事情写出来,是觉得童老师他们这代人有故事,写出来就是对历史的一个交代。像童老师的同龄人高尔泰先生,他写"梦里家山",写"流沙堕简",写"天地苍茫",既是一代学人的心灵史,也是一个民族的罹难史。一个人能把自己的苦难人生凝结成文字,且篇篇出彩,字字珠玑,在我看来不仅伟大光荣正确,而且简直就是功德无量。我们甚至可以说,高尔泰写出了《寻找家园》,他可以死而无憾了。

当然,我也知道高尔泰是老黑格尔所说的"这一个"。他似乎遭遇了新中国成立以来所有的苦难,却又大难不死;晚年写散文,偏偏又有老到的文笔。韩愈说:"夫和平之音淡薄,而愁思之声要妙;欢愉之辞难工,而穷苦之言易好也。"他自己的故事本来就足够惊心动魄,何况他又国学功底深厚,懂得计白当黑,纯棉裹铁。如此惨痛经历,如此艺术修养,他写不出好散文谁能写出?

但我们这代人的经历、阅历与生命体验却大都乏善可陈。我们没有扛过枪渡过江下过乡,没有沦落为右派的惨痛经历,没有三年困难时期的饥饿记忆,没有在"文革"期间挨批被斗或像红卫兵那样"造反有理"。我们的青春往事融到八十年代的宏大叙事之中,那种基调似乎是"我们的生活充满阳光",又仿佛是"在希望的田野上"。与高尔泰他们这代人相比,我们简直可以说没经历过苦难,或者说,我们的所谓苦难在他面前不值一提。缺少了生命中的"重大题材",我们写什么呢?

记得《书里书外的流年碎影》出版不久,我开始准备写那篇《〈我与地坛〉面面观》的长文。又一次面对史铁生的文字,我的一个强烈感受是他的散文随笔好于他的小说,而散文随笔好是因为他有那么多的缺失性体验。这种体验逼着他不停地感受,不歇气地思考,这样,他对生命的感受与思考也就逼近了一个特殊的高度。我感叹说:"像烧水那样,普通人可能也会去思考生命,但他们只能烧到五六十度,顶多到七八十度,而有了那么多的缺失性体验后,史铁生把这壶水烧开了,他烧到了一百度。"①

与史铁生相比,我们也缺少他那种缺失性体验。我们是正常人,我们在二十一岁那年通常在大学校园里活蹦乱跳,没有"活到最狂妄的年龄上忽地残废了双腿"②。我们在四十七岁那年可能会肾虚,但不可能每周三次去医院透析,以致变得"职业是生病,业余在写作"。我们在人生的每个阶段都很正常——正常地读书求学,正常地谈婚论嫁,正常地娶妻生子,然后正常地一日三餐柴米油盐生老病死。这种正常往往又会让我们堕入庸常,然而这大概也就是大多数人的日常生活,甚至很可能就是央视记者所期望听到的"幸福"生活,但是对于写作者来说,这种生活不一定就是幸事,因为他失去了逼近自己心灵的许多机会。

于是,同样的问题依然让我困惑:没有或缺少缺失性

---

① 赵勇:《〈我与地坛〉面面观》,载《文学与时代的精神状况》,花木兰文化事业有限公司,2017,第143页。
② 史铁生:《我与地坛》,载《记忆与印象》,北京出版社,2004,第208页。

体验，我们又能写什么呢？

三

但我确实是写了一些什么的，收在《书里书外的流年碎影》中的那些东西，白纸黑字，便是铁证。

然而，在高尔泰先生的《寻找家园》面前，我的《流年碎影》又何其苍白！我无法"梦里家山"，只能"家长里短"；我没有"流沙堕简"，只好"书里书外"；我不可能"天地苍茫"，也就只有那些"旧人旧事"了。也许，收在这本集子里的篇章，恰恰映现出我们这代人记忆的贫困与寒酸。很可能，这就是我们这代人的宿命。

集子中有一篇《一个人的阅读史》，两万五千字。那是一篇让人读后还觉得满意的长文，它也因此获得了《山西文学》的一个散文奖。然而当初我去写它时，却对自己的从实招来没有多大把握。为了让这篇文章具有一些可读性，我穿插了一些因书而起的故事，但即便如此，它也依然是寒酸和贫困的。记得童老师读过之后跟我说：没想到你的童年、少年时代是那个样子。这么说童小溪要比你强许多，我当时可是给他买过不少书的。

童小溪是童老师的儿子，和我是同龄人。

这意味着在六七十年代，北京与偏远的农村确实存在着所谓的"城乡差别"。但反过来想,即便童老师给他的儿子买书不差钱,在一个"封资修"全部刀枪入库的年代里,他又能买到多少像样的好书呢?

集子中还有一篇《过年回家》,篇幅也不短。这篇东西似乎让一些人看得唏嘘不已,那该是另一个层面的寒酸与贫困吧。我八年没有回家过年,但回了一趟家,过了一个年,却感慨万千,进而陷入无法自拔的沉痛之中,长达一个多月。我的故乡我的家庭还处在贫困与寒酸之中,我的舅舅、姨姨、姑姑也将在寒酸与贫困中走向生命的终点。就在我写出那篇长文的第二年,他们先后去世了。而《过年回家》写到中途,甚至还出现了"叙述问题"。那确实是不折不扣的叙述问题,因为"我找不到叙述的调子。我无法将那些故事背后的沉痛转换为语言。我意识到一种表达的困难,前所未有"。(第216页)

我写到我去看望妻子的姥姥,姥姥已患食道癌,不久于人世,但她依然穿戴整齐地接待了我们,我说"这个故事我不知如何叙述"。紧接着我写道:

> 妻弟的媳妇去年得了肺癌,化疗了很长时间。我见她面色红润,忙前跑后,与没生病时并无两样,就想询问她身体的恢复状况。我的问话

被家里人及时打断了。他们一直没敢告她真实的病情,他们也担心着盛极而衰,生命之花突然凋谢。

临走的时候,我才意识到她戴的是假发。

这个故事我也不知如何叙述。

但是成书时,这些文字被我删掉了。妻子说,如果出书后被她看到,她就知道了自己的病情,还是删了吧。我明知道删去这些文字就删去了一重困厄,后面那句"这个故事我更不知道如何讲述"也失去了依托,但与生命相比,文气又算得了什么呢?

今年9月,她也去世了。她在病情复发之后将近一年的时间里,一直坚信自己的病能治好。她来北京住院,带贵重药品回家,想让家里穷尽所有为她看病。这种对生命的渴望与留恋应该是许多人面临死亡的心理状态,何况她还年轻,不到40岁。只是,她的这种渴望也把一个本不富裕的家庭折腾到了新的贫困状态。

如果《书里书外的流年碎影》有再版机会,那段被删掉的文字我想可以复原了。这是她的死给这篇散文带来的一点"好处",只是,这"好处"却又来得如此残酷。

四

说到死者,我想起聂尔兄对我这本书的评论:"他的写法表面上看是通过朴实,达到通透,看不出有什么文学的手法,像是从水里直接就拎上一尾鱼来,鲜活得无可辩驳,死得也令人信服。""这就是赵勇的写法,是赵勇式的对散文的认知和实践。他的文章与生活是重叠着的,重叠着的部分很大。"[1]

这是聂尔读过《老乡司广瑞》和《怀念张欣》的感受。写他们时,他们已是逝者。我还写到了宋谋玚先生和曾老师等人,写他们时,他们也已驾鹤西去。面对这些远去的亡魂,我不知如何表达我对生命的叹息,似乎觉得任何文学手法都属多余。我觉得只要把我对他们的所见所闻所思所感和盘托出就够了。我当然知道,在追思、怀念性的文章中,怀念者往往会对其怀念对象去粗取精、大而化之,那似乎才显得厚道,才符合死者为大的人之常情。但我好像不擅长做这种事情,我觉得经过如此这般的制作之后,我的写作对象就有可能变成样板戏里的人物。他们本来就是生活中的小人物,也有着所有小人物的性格弱点乃

---

[1] 聂尔:《在高岸上》,载《路上的春天》,中国人民大学出版社,2012,第311—312页。

至人格缺陷，如果把他们高大全了，或许正是对他们的亵渎。我不敢以轻薄之笔亵渎他们，以此表达我对逝者的最大尊重。

莫非这就是聂尔所谓的"直接从水里拎上了一尾鱼"？

这些文字死者自然是读不到了，我只能接受活着的人的评说。让我略感欣慰的是，对我笔下人物知根知底的人，差不多都肯定了我的那种写法。有一天，书里写到的韩志鸿给我发了一条长长的短信，信的末尾他转述道："王校长说，这小子写人写得好，尤其是写司广瑞。"王校长名叫王守义，他在晋东南师专待了十多年，与宋谋玚、司广瑞有过深度接触。

那篇《电话里的曾老师》也得到了童老师的认可。

实际上，此文写出后我虽然立刻贴到了自己的博客里，但将近两年的时间，童老师愣是没有发现。后来因为要出书找图片，我才不得不把这篇文章告诉了他。童老师在书评中说："一个长期写论文的人的散文会是怎么样呢？我开始对此不敢有太高的期待。"[①] 童老师没有写到书评中的话是，当我说写了一篇关于曾老师的文章时，他的第一反应是满腹狐疑。他觉得一个对他老伴儿了解不多的学

---

① 童庆炳：《情信而辞巧》，《文艺报》，2011年1月21日。

生仅凭打过一些电话，文章还能写成什么样子？但读过之后他有些意外了，他表扬我是一个有心人，批评我一些语言还不够陌生化，应该向什克洛夫斯基所论述的方向努力。

我也在反复给学生讲什克洛夫斯基的陌生化手法，但愚钝如我者，要想让散文语言陌生化起来又谈何容易。就是那天的电话之后，童老师给我发来了他写的《春天还没到来——哭曾恬》，读着他的《哭曾恬》，我想到了孙犁的《亡人逸事》。孙犁前面平铺直叙大白话，写至结尾处，却忽然出现了半文半白的句式：

> 我唯唯，但一直拖延着没有写。这是因为，虽然我们结婚很早，但正像古人常说的：相聚之日少，分离之日多；欢乐之时少，相对愁叹之时多耳。我们的青春，在战争年代中抛掷了。以后，家庭及我，又多遭变故，直到最后她的死亡。我衰年多病，实在不愿再去回顾这些。但目前也出现一些异象：过去，青春两地，一别数年，求一梦而不可得。今老年孤处，四壁生寒，却几乎每晚梦见她，想摆脱也做不到。按照迷信

的说法，这可能是地下相会之期，已经不远了。①

因为表达方式的转换，叙述的节奏和调子一下子发生了变化。在我看来，这就是一种陌生化手法。但孙犁是晚明小品的熟读者，他能写出这种句子，我却写不出来。

我所能做的，是向着孙犁所论的"真诚与朴实"努力。他说："真诚与朴实，正如水土之于花木，是个根本，不能改变。"他还说："文字是很敏感的东西，其涉及个人利害，他人利害，远远超过语言。作者执笔，不只考虑当前，而且考虑今后，不只考虑自己，而且考虑周围，困惑重重，叫他写出真实情感是很难的。只有忘掉这些顾虑的人，才能写出真诚的散文。"②

我忘掉那些顾虑了吗？也许我做得还不够彻底，但确实已忘得差不多了。我的散文里写到了死者，也写到了活着的人。对生者说三道四其实是非常危险的。因为我忘掉了许多顾虑，所以就不可能世故，不世故时就会绝假存真口无遮拦，那是会让生者感到不舒服的。我分明已感到我的那种写法让我笔下的一些人感到了难堪，但已经覆水难

---

① 孙犁：《亡人逸事》，载《尺泽集》，百花文艺出版社，1982，第36—37页。

② 孙犁：《关于散文创作的答问》，载《远道集》，百花文艺出版社，1984，第126页。

收了。

今年过年,我又去了郑允河家,他们说起我那篇《过年回家》,主要是夸。夸着夸着就提到了郑萍,说郑萍读到最后猛然发现我把她也写进去了——"然而,三十年之后,我眼前的这位小萍却变成了名副其实的中年妇女。那一瞬间,我忽然觉得有些难堪,也有些苦涩。"(第240页)她立刻用晋城话解读说:"那是说我老骨出了吧。"

我只是写出了岁月之刀对一个女子的雕刻,她就急了,何况我还写到了一些人的性格弱点。这是不是聂尔所谓的"文章与生活重叠"的后果?

五

然而,即便如此,我还是想写出我心中的那种真实。

还是引几句孙犁关于散文的话吧:

> 我一向认为,作文和作人的道理,是一样的:
>
> 一、要质胜于文。质就是内容和思想。譬如木材,如本质佳,油漆固可助其光泽;如质本不佳,则油漆无助于其坚实,即华丽,亦粉饰耳。
>
> 二、要有真情,要写真象。

三、文字、文章要自然。

三者之反面，则为虚伪矫饰。①

上大学时，我曾买过孙犁的两本薄薄的小册子：《尺泽集》和《远道集》，那里面的文章我大都读过，而其中的《亡人逸事》和《母亲的记忆》不仅读过，更是在我教书的写作课课堂上反复念过。说实在话，我服膺孙犁老先生的散文观，他似乎也是我散文写作的启蒙老师。

大概正是这一原因，当童老师借用刘勰的"情信而辞巧"来评价我的散文时，我一方面觉得受之有愧，另一方面也稍感放心。童老师说："'情信'是说赵勇的散文有一种毫不掩饰的真实，充满了对过去岁月书里书外的人与事的情真意切的感受和体验。我觉得他的这种写法一下子就抓住了散文的本质。"② 童老师虽年事已高，但他似乎比我还要忙。以前求他一篇序等上个一年半载也是常事，但这次读完我的书，他却快马加鞭未下鞍，主动写出了一篇书评，这既让我意外，也让我感动。

如果借坡下驴大言不惭一下，我是不是可以说，正是

---

① 孙犁：《〈孙犁散文选〉序》，载《远道集》，百花文艺出版社，1984，第116—117页。
② 童庆炳：《情信而辞巧》，《文艺报》2011年1月21日。

我的这种真实击中了他心灵深处的某个部位?

我想起了《我与〈批评家〉的故事》的写作过程。

当我准备把自己这段存放了二十多年的心灵秘史转换成文字时,我原本以为是容易的。但写着写着我的记忆开始模糊了——当时去省作协帮忙的究竟有几位同学?谁让我们去了那里?我们是何时得知分配结果的?宣布分配结果时究竟在什么地方?拿到派遣证的时间是不是7月下旬?离校的时间固然很不统一,但我到底是何时离开母校的?为了把这些东西夯实,我不得不停下笔来,给我的五六位同学打电话,发邮件,让他们一起与我回忆。我在意这些无关紧要的细节,是因为我意识到,我固然是在写自己的心史,但又何尝不是在写我们这代人的集体记忆?何况,这篇文章还涉及许多人,有褒有贬,他们仿佛一起盯着我如何落笔。每念及此,我就忽然觉得芒刺在背。我不得不调动记忆的全部积累,写出我所经历的最大真实。

我把它写出来了。贴到博客上后,文中写到的两位同学破例用"一指禅"给我发来长长的邮件,谈感想,说细节,进一步帮我去丰满那个故事。他们本来就是那个故事的知情者,但我没想到的是,他们读后依然觉得心痛。

作为旁观者,远在美国的曹雅学女士也给我写来了邮件。她坦率指出这篇文章所存在的一些技术问题后,也写出了如下评语:"赵兄写个人往事的文章我也读了一些,感觉这篇才真正显示出一种释放的情愿性(willingness),也似乎第一次把对感情、感受的表达推到了一个应该的、真实的强度。"这位在网上被我称作Y兄的晋城老乡,既写文学作品又做翻译工作,品文论人一向苛刻。她能如此说话,不容易。

我的研究生同学钱振文,准备写书评之前特意给我打来电话,与我聊读这本书的感受,聊父女俩晚上如何轮着读我这本书,以致误了女儿第二天上学。他说书里的那篇《我与〈批评家〉的故事》写得最好,像小说。我听后吓了一跳,连忙追问原因。他说故事曲折啊。我松了一口气。

我至今不认为把一个人的散文夸得像小说是在褒奖,那意味着这个人的散文动用了小说笔法,尤其是动用了虚构。莫言说,沈从文的散文中包含了许多小说笔法,"大家都认为沈从文写的是千真万确的事情,但我觉得里面有许多虚构的成分,看起来不像散文,像人物特写"[1]。由此似乎就证明了散文是可以虚构的。沈从文的《湘西》和《湘行散记》是不是像莫言说的那样,我还需要重读和确

---

[1] 莫言:《写作时要调动全部感受——2004年在阿寒湖畔与记者对话》,载《莫言对话新录》,文化艺术出版社,2010,第349页。

认，但我的观点是比较保守的。我觉得回忆性散文虽然是对记忆的重构，但是它不能刻意虚构，因为虚构也是对散文真实性的一种破坏。如果我们可以用虚构造就散文，那么散文这种文体也就丧失了它应有的尊严。

这么去表达我的观点时，我才想起我是不会写小说的，而不会写小说是因为我缺少虚构的能力。如此说来，我在新潮散文面前的这种迂腐，是不是一种托词？

六

是的，我不会写小说，只是写了几篇散文。

我在这本书的后记中说：我写了一些"貌似或疑似散文的东西——我心里想着是要写散文，却一直不敢把那些文字称作散文。我知道散文易学而难工，我也知道散文的境界在哪里"。（第316页）

这并非自谦，而是我确实不清楚我写下的这些东西能不能算作散文。新潮散文早已揭竿而起，我却依然以孙犁的散文观为标杆，以鲁迅、沈从文、汪曾祺等人的散文为现代汉语的写作典范，我是不是太落伍了？我为自己的不能与时俱进而担心，我似乎在等待出书之后读者朋友的确认。

很快，我收到了一些反馈，有电话，有短信，有邮件，有十多篇书评，还有不知名的网友发的帖子。他们用各种方式夸我——有人说是一口气读完，有人说读得夜不能寐，有人读出了山药蛋味，有人说我有档案意识……。经过他们阅读的目光，这本书仿佛才获得了生命；而通过他们的反复夸赞，书里的篇章似乎也才确实有点散文的模样了。

我有些沾沾自喜，但似乎并不满足。我是希望能听到一些批评或建议的，但大家却仿佛串通一气，只说好话。后来我意识到，可能是大家不忍心批评我吧。他们也许在心里嘀咕，一个长年写论文的人，散文能写成这种样子，也算说得过去了。他又不是汪曾祺高尔泰史铁生，你还能让他写成怎样？

今年的某一天，我儿子想读点当代散文，我便推荐了聂尔的书，不久我收到他的一条短信："我在读《最后一班地铁》，你的那些散文弱爆了。"

我哈哈大笑，说实话的人终于出现了。

我就想起我当年的学生、现在写小说的浦歌也是说过一些大实话的。《书里书外的流年碎影》刚出版时，也是他正好与我恢复了中断多年的联系的时候。读完我这本书，他照例先是大大夸赞了我一番，然后便开始比较我与聂尔散文的差别：

您的散文同聂老师的散文侧重点略有不同，聂老师重在存在之思，别人没有感到的存在困惑，他作为主人公也要把这东西揭示出来，造成一种悲音。您的散文并不太思考这些东西，而是似乎满不在乎地侵入生活之中，沉浸在这样浓烈的生活之中，让生活本身的悲情和欢乐释放出来。有时候您无意中就触及了存在，但您并没有试着去爆破它。不过您以后也可以考虑这样的东西，那就是似乎必须用宗教来告慰的一种感触，一种通俗地说就是"终极性"的东西，也是史铁生终生思考的事物。既是海德格尔的存在，也是萨特的存在，也是卡夫卡的存在，也是佛的存在。不是突然增加思考的分量，而是描摹的角度；不是要改变您的风格，而是增加一种洞见和视野。（2011年1月19日）

浦歌的说法让我深思。我也算是聂尔散文的熟读者，他每出一本散文集，我都会去写一写读后感，情不自禁，以此固定住我的一些感觉和发现。面对《隐居者的收藏》，我说聂尔是"在散文的年代里诗意地思考"，那似乎是在发掘他的写作姿态;阅读《最后一班地铁》,我发现正是那种"智性与诗性的表达让聂尔的散文具有了一种特殊的韵味"①;在《路上的春天》里,我觉得聂尔既是"写散文就是写句子"的提出者,也是这一主张的实践者。我甚至还借助相同的写作素材,稍稍反思了我与聂尔的差距:"我下笔铺张,事无巨细,浓墨重彩,泥沙俱下,用聂尔的话说是'连皮带肉地叙述'。这种笔法往好处说是详尽,往差处讲就是啰唆,提起笸箩斗动弹。而聂尔通常喜用白描,所以他用笔简约,不蔓不枝,点到为止却又能写意传神。"② 我似乎越来越明白为什么聂尔能写出好散文而我却总是捉襟见肘了。我想从他那儿偷学几招,却又感到力不从心。仿佛一个武术爱好者一把年纪了才想起舞枪弄棒,但他的胳膊腿儿早都硬了。

于是我给浦歌回复说:"我觉得聂尔的散文是我们这代人当中写得最好的。……聂尔是有大才情的人,我们好多人都赶不上他。"我也跟浦歌说,他所谓的"爆破"给

---

① 赵勇:《创伤经验的智性表达——读聂尔〈最后一班地铁〉》,载《赵树理的幽灵:在公共性、文学性与在地性之间》,中国人民大学出版社,2018,第248页。
② 赵勇:《美文是怎样炼成的——读聂尔〈路上的春天〉》,载《赵树理的幽灵:在公共性、文学性与在地性之间》,中国人民大学出版社,2018,第258页。

我指出了努力的方向。

古人所谓写文章需要胆识才情,现在看来确实是缺一不可的。上乘的好文章往往会把这些东西发挥到最佳状态,也推到一个最佳的位置。我最近在读史铁生的一些书,也不时会思考一下他的散文的写作境界。这种境界确实是写作者一辈子需要努力才能实现的东西。汪曾祺60岁重新开始写作,才有了境界,而年轻时的作品则被他本人看得很低。(2011年1月19日)

那次通信之后,我就觉得我该背上一个炸药包了,但我却找不出琢磨爆破点的时间。而我究竟是需要像本雅明那样"爆破",炸断历史的连续性,还是像萨特似的"爆破",轰毁"本质",解放"存在",我还没有想好。

七

因为没想好,我差不多停下了散文写作。

但这就是我不写的主要原因吗?好像是,好像也不全是。

要想说清楚这个问题,似乎需要从为什么写散文开始。

我在这本书的后记中是交代过一点写的原因的。我说:"2006年,我当然还是在做论文,但做着做着忽然就有些恍惚,一些陈年旧事向我迎面走来,我躲闪不及,一头扎进了遥远的记忆之中。这时候我才突然发现自己已不再年轻。我一下子就活到了可以写点散文的年龄,似乎也拥有了一点回忆的资格。"(第315页)

这当然是我散文写作的原因,但我没有提到的两件事情,或许也构成了我写散文的潜在动因。

2006年,正是博客写作风生水起的时候,我不光在那一年开了博客,还不时会去别人的博客里瞧一瞧看一看。有一天我看到作家陈染也开了博客,但短短几个月后,她就说她要关闭博客。大概是那一年的4月,她果然把博客关了。她可能不习惯在博客中守望,便重新"在禁中守望"了。

我刚开了博客,她却关了。她的举动让我悚然一惊。

更让我吃惊的是,我似乎是在她的博客里读到了一段文字,但这段文字究竟出自何处,我现在已无法确定。我在网上查,《岁数越大越少说话》的访谈似乎有我当时读到的内容,《不写作的自由》好像也在说这件事情。它们来自不同的网页,我却无法走进她的博客去核实查对了。

她关闭了博客,也就抹掉了她那段时间在网上活动的所有痕迹,仿佛销毁了自己的"犯罪"记录。

但是,她的那番话却让我受到了不大不小的刺激,以至于2009年我还在念叨着那些说法。年初,一位博士生同学读过我的《一个人的阅读史》后写来了长长的邮件,我回复她说:"我在年龄上比你大许多,所以就时常有一种紧迫感,觉得可读可写的东西实在是太多了,但时间却是有限的。以前曾读过作家陈染的一篇文章,大概是说她以前也有许多想写的东西,但后来年龄渐大,就觉得许多可写的东西原来也是可以不写的,或者说是后来没了写作的心情。我想也许我以后也会有一天到了陈染那种大彻大悟的境界。那就趁现在还没有觉悟,尽量多写点吧。"10月,远在美国的大学同学杨鲁中因读到《我与〈批评家〉的故事》,同样写来长邮件。他说他是一个不愿意把回忆写下来的人,而且回忆似乎是老年人的事情。我答复他说:"回忆确实是老年人的事情,但我现在偶尔也会回忆一些东西,可能是心态已老的缘故吧。不过也许更重要的一个原因是,如果现在对某事还有写作的冲动,我可能会尽量去把它写下来。前几年看到一个名叫陈染的作家说过,以前她对许多事情都想写,但后来觉得写不写都无所谓了。我觉得我们大概都会活到一个写不写无所谓的年龄

（抑或境界？），到那时，可能就没有写作的冲动和欲望了。想到以后也许会有这么一天，就觉得很悲凉。"

我还跟谁转述过陈染的这个说法，现在已经忘却了。但我确实把她与她的想法写到了邮件里，而且把她的不写反向思考，变成了我写的一个理由。这种理由的背后或许隐藏着我的某种恐慌与焦虑。这至少说明，我虽与陈染年龄相仿，但自己的境界还是太低。

还是在 2006 年，我读了一点马克斯·韦伯的书，读着读着就读到了这么一段话，又是凉水浇背，陡然一惊。韦伯说：

> 学术工作和一个**进步**（Fortschritt）的过程不可分离；而在艺术的领域中，没有进步这回事，至少不同于学术上所说的进步。我们不能说，一个时代的艺术作品，因为这个时代采用了新的技巧方法，甚或新的透视法则，就比那没有采用这些方法与法则的艺术品，具有更高的艺术价值。……一件真正"完满"的作品，永远不会被别的作品超越，它永远不会过时。……在学术园地里，我们每个人都知道，我们所成就的，在十、二十、五十年内就会过时。这是学术研究必须面

对的命运，或者说，这正是学术工作的**意义**。①

韦伯拿艺术与学术对比，本来是要论述学术工作的意义所在的，但看到他的说法，我却忽然领悟了学术的虚妄。在韦伯的思考中，学术的寿命本来就没多长，何况我们现在的学术又做得虚头巴脑，好大喜功。我的专业是文学理论，那便是所谓的学术；它所面对的无疑是文学，那便应该是韦伯论述意义上的艺术。韦伯仿佛是在告诉我：文学理论是短命的，而文学之树则是常青的。

这么想着，我忽然就对写论文失去了信心。与其写论文，还不如写散文呢。

八

然而，"实际情况是，我的论文写作越来越多，文学写作却越来越少"。（第315页）我把后记中的这句话抄过来，依然可以大致说明我这两年的状况。

我在后记中还说："写散文是需要心境和状态的。冲淡平和，自然闲适，下笔才能从容；忙忙活活，心神不宁，笔墨岂能舒展？但我的状态却总是非常糟糕，课题，

---

① 马克斯·韦伯：《学术与政治》，钱永祥等译，广西师范大学出版社，2004，第165—166页。

论文，时评，不期而至的约稿，还有无数与教学有关的日常琐事，常常弄得我手忙脚乱，心烦意乱。"（第316页）这种说法用来描述我这两年的日常生活，也依然大体准确。我基本上不写时评了，但无法不写论文；我推掉了一些报刊约稿，却没有推掉出版社的约请。去年，我在忙活一本教材，花费了大半年时光；今年，我带着几位学生做开了翻译，大半年的时间又呼啸而过。如此看来，我并没有给写散文留出时间。

没给散文留出时间，其实也就是没给咀嚼生活、反思记忆留出时间。我时常感慨，如今我们是被绑在现代性或后现代性的战车上，轰隆隆地高歌猛进；我们成了微博控，听任自己的阅读变得鸡零狗碎；我们密切关注着新闻，却对本雅明所谓的故事不再钟情。所有这一切，只意味着我们在"经历"生活，却无法生成刻骨铭心的"体验"。而"经验"已然贬值，"体验"又没时间，我们的感觉就会麻木；或者说我们也在"体验"，但我们还没来得及倾听那些"存在"之音，就被喧哗与嘈杂淹没了。

我想，浦歌说我没有去"爆破"存在，这固然是不错的，但我现在的问题是，我在存在面前似已失聪。这时候，我又如何能炸开存在的碉堡？

与此同时,我的记忆也开始沉睡了。有时候,我脑子里会突然蹦出一些题目,比如《漫漫考博路》,比如《我的1989》,那似乎是我唤醒沉睡记忆的一个个入口,但我还没来得及走进回忆的幽谷就又被论文绑架到了光天化日之下。史铁生说:"在白昼筹谋已定的各种规则笼罩不到的地方,若仍漂泊着一些无家可归的思绪,那大半就是散文了。"[①] 如此说来,论文就是白昼的谋划,散文则是暗夜的幽灵。我想把想清楚的交给白昼,想不清楚的交给夜晚,或者让漂泊的思绪在暗夜的风中摇曳,走远。但实际情况是,暗夜如同白昼,思绪似乎也不再漂泊。白昼绑架了黑夜,然后逼我就范,我则成了它们的同谋。

没有咀嚼的生活如行尸走肉。

没有反思的记忆是魂不附体。

何况,这本书出版之后,我也有了一些顾虑。童老师在评论它时说:"写散文与写小说是不同的,散文越写越少,而小说则可以越写越多。因为散文写的是你亲自经验过和体验过的人、事、景、物,而小说则可凭着一点想法大肆虚构,像《哈利·波特》那样虚构。因此,散文对于

---

① 史铁生:《病隙碎笔二》,载《活着的事》,东方出版中心,2006,第7页。

作家而言，就是你自己生命的一部分，写完一篇，那体验的一部分就被输出过了，不能再输出了。"① 记得最初读到这番话时我就吃了一惊，我在想，写过小说写过散文也写过《维纳斯的腰带》的老师果然厉害，他懂得创作的奥秘，一下子就把话给说死了。

不听老人言，吃亏在眼前。这么说我是不是也得搂着点悠着点了？否则，生命之血输出过多，那些记忆是不是会因此苍白，乃至突然休克？

然而，以上所言，就是我写或不写的理由吗？我无法完全否定，但似乎也无法全然肯定。我虽然很早就思考过有关散文的理论问题，但现在看来，许多终极性的问题并没有想明白。比如，什么是散文？为什么人们要写散文？既然我不是高尔泰和史铁生，既然我的阅历和记忆清汤寡水，为什么我也写起了散文？这样的写作有价值吗？写出这些东西是对生命的裸露与展示，还是对命运的感激和敬畏？我是写给谁看的？是顾影自怜还是情有他寄？

我想我是回答不出这些问题的，这似乎又一次证明了浦歌说法的正确性：在终极性的问题面前，我还缺少"爆

---

① 童庆炳：《情信而辞巧》，《文艺报》，2011年1月21日。

破"的能力。

九

但是,这样一些的终极性问题,高尔泰思考过,史铁生也思考过。

高尔泰写到他的第三位岳母时,说她晚年在写回忆录,写成之后被一位年轻的太太拿走,看能否找到出版社出版。后来岳母自杀,遗书中希望代她要回书稿。但当高尔泰费了一番周折找到书稿时,书稿已残缺不全。于是高尔泰感叹道:"好在这事,已经于岳母无损。写作把她的人生,高扬到了抒情诗的境界,这就够了。手段大于目的,过程大于结果。意义的追寻,大于意义的本身。"[①]

我觉得,这就是写作的价值。甚至我觉得,这也是高尔泰散文写作的意义。

2011年初,我读《写作的事》,发现史铁生为自己设置了如下问题:"为什么往事,总在那儿强烈地呼唤着,要我把它写出来呢?"他的答案是这样的:

---

① 高尔泰:《寻找家园》,北京十月文艺出版社,2011,第414页。

重现往事，并非只是为了从消失中把它们拯救出来，从而使那部分生命真正地存在；不，这是次要的，因为即便它们真正存在了终归又有什么意义呢？把它们从消失中拯救出来仅仅是一个办法，以便我们能够欣赏，以便它们能够被欣赏。在经历它们的时候，它们只是匆忙，只是焦虑，只是"以物喜，为己悲"，它们一旦被重现你就有机会心平气和地欣赏它们了。一切一切不管是什么，都融化为美的流动，都凝聚为美的存在。

　　成为美，进入欣赏的维度，一切都有了价值和意义。[1]

这种思考散发着古典主义价值观的气息，但你不得不承认它是有些道理的。

然而，萨特似乎不同意这种观点，他说："没有为自己写作这一回事；如果有人这样做，他必将遭到最惨痛的失败；人们在把自己的情感倾泻到纸上去的时候，充其量只不过使这些情感得到一种软弱无力的延伸而已。""因此

---

[1] 史铁生：《随笔十三》，载《写作的事》，东方出版中心，2006，第96—97页。

任何文学作品都是一项召唤",是"作家向读者的自由发出召唤"①。

萨特的文学观虽然激进,但你不得不承认他的说法也是有些道理的。

我无法在史铁生与萨特之间做出选择,就说两件与我的这本书有关的小事情吧。

前些日子,我在网上看到一位读者对我这本书的点评。他由我的签名联想到"屌丝",然后说:"做大众文化批判的人就应该深陷滚滚红尘而不染,以屌丝的姿态怀疑世间万物。屌丝的逆袭……"他还说:"这本书给我最大的启发就是他写的《一个人的阅读史》这篇长文,富有诚意,诗意。让我想到写写自己的阅读史。"

他的其他说法透露出他是听过我课的一名本科生,但他究竟是谁,我并不知道。甚至他究竟是"他"还是"她",我也无从判断。

但我书里写到的人我是知道的。2011年春节期间,韩志鸿给我发了条长短信,短信中说:

---

① 萨特:《什么是文学?》,载《萨特文集》第7卷,施康强译,人民文学出版社,2005,第123、126、127页。

尊敬的赵勇老师：

我是读着您的《过年回家》度过大年初一的，真真切切。

我跟随您的笔路，回到了七十年代初，有热炕的老房子，姑姑讲奶奶是老区的织布标兵，舅舅说姥爷是淮海战役的烈士。

绿油油的菜园，金灿灿的麦田，三尺三，金皇后。

能说普通话的插队知青，舞文弄墨的退休干部，会打针输液的复员医生。

水北是丹河，而俺们村是条无名的河，由西向东，清流激湍，"对岸是一片一片的小树林，挨着树林有两口浅水井，水从河道里渗下去，就成了全村人吃水的水源"。

我是不会叙述的，完全沉浸在您的故事当中。

让我没想到的是，几天之后，我接到了父亲打来的电话，他说韩志鸿顺着我书中描写的路线找到了我的老家，见到我父亲既作揖又磕头。他说他要看看丹河之北的水北村，看看我书中写到的老父亲。说着说着他就哭了。

父亲说，他喝酒了，而且肯定是喝了不少。

听着父亲的讲述，我的心里忽然涌起了一种感动。

我不止一次听读者说过，我的回忆唤醒了他们的记忆。如此说来，他们就是在用自己的往事与我碰撞往事，以自己的记忆与我交换记忆。史铁生说，漂泊的思绪写出来是散文，不写出来也是散文。那么，兴许我的回忆就是酵母，它激活了读者的逝水年华，让普通人心中也有了一片散文的风景。

果如此，我的写作或许也就有了一些意义。这种意义是渺小的，微弱的，但它却让我心生欢喜。而借助这意义的微光，我似乎也触摸到了一个写作者"原初的幸福"。那是写过《心灵史》的作家张承志所体会到的幸福，或许也正是我所奢望的幸福。

附记：拙书《书里书外的流年碎影》出版后，得到了一些朋友、同学、学生、同事、师长和陌生的读者的抬爱，他们或书评，或短信，或邮件，或电话，或当面评说，或匿名发帖，表达他们对这本书的看法。我无以为谢，就想着写篇文章做些回应。但从2011年年初有了这个想法，却一直拖到现在。现在总算写出来了，但已过去了将近两年，当然，这黄花菜也就凉得不成样子了。

        2012 年 11 月 23 日写，27 日改

附录

情信而辞巧

童庆炳

赵勇这个名字太普通。中国有多少人叫赵勇,真是无法统计。但我这里说的这个赵勇是北师大文学院的教授,博士生导师,文学博士,是80年代到90年代成长起来的实力派学者。他的研究专长主要是撰写中国大众文化和当代文学问题的论文,但这一次人民大学出版社给他出版的则是散文随笔集《书里书外的流年碎影》。一个长期写论文的人的散文会是怎么样呢?我开始对此不敢有太高的期待。但一翻开书,就放不下,它有一种吸引力吸引着你往下读。那么这吸引力是什么呢?最后我终于选定刘勰的《文心雕龙》中一个短语来评价他的散文作品,那就是"情信而辞巧"。

"情信"是说赵勇的散文有一种毫不掩饰的真实,充满了对过去岁月书里书外的人与事的情真意切的感受和体验。我觉得他的这种写法一下子就抓住了散文的本质。我一直认为，写散文与写小说是不同的，散文越写越少，而小说则可以越写越多。因为散文写的是你亲自经验过和体验过的人、事、景、物，而小说则可凭着一点想法大肆虚构，像《哈利·波特》那样虚构。因此，散文对于作家而言，就是你自己生命的一部分，写完一篇，那体验的一部分就被输出过了，不能再输出了。赵勇的集子中写的都是他鲜活生命的深情的投入。

那篇写读书的长达2万多字的散文《一个人的阅读史》，从结构说无非是写他从小到大到当学生当教师当教授读书的过程，但这里面有他的欲望与满足、沮丧与幸福、渴望与无奈、大喜过望和大失所望、血和泪，是他集子中最好的文章之一。有人以为我这样来说赵勇的这篇散文一定是夸张了，读书就是读书，"欲望与满足、沮丧与幸福、渴望与无奈、大喜过望和大失所望"可能是有的，怎么会有"血和泪"呢？赵勇自小喜欢读书，渴望读书，但他生活在山西南部的一个小村子里，很难找到书，他儿童时代到少年时代一直都处于读书的"饥饿"状态中，为找到一本书，常有许多常人没有的困难遭遇。十二岁那年，他和邻居家小虎上县城，进了县城里的新华书店，可能是在那里滞留的时间太长,回家的时候,天已经黑了,只得临时借住亲戚家,亲戚家没有别人,只有一个表妹。路上辛苦,太累,在炕上围着炉火沉沉睡去。不知过了多久,灼热的痛让他惊醒过来。他的穿着棉裤的腿,被火烧了,幸亏有邻居相救,但烧伤了双腿,右腿尤其严重。结果是漫长的疗伤过程。赵勇写道:"醋,酒,酒精,纱布,鸡蛋油,杜冷丁。我的腿被土洋结合的各种偏方治着,却终于还是感染化脓了。我在炕上躺了好几个月,等烧伤全部愈合,麦子已经熟透了。"就是在这次血与火的痛苦中,他在县城买到了两本书:《夜渡:工程兵短篇小说集》和《雷锋的故事》。赵勇没有谈到他读这两本书的体会,但却谈到他在病床上读《虹南作战史》和《战斗中的青春》。赵勇说,前者"味同嚼蜡",而"《战斗中的青春》这本书成了我的止痛药。每当伤口痛得肝儿发颤时,我就去回忆那里面的英雄人物如何严刑拷打宁死不屈,这样我仿佛也有了浩然之气"。这种阅读状态,我没有经验过,我不知道阅读能不能当止痛药。但我相信赵勇说的是真的,他的这种阅读岂不是生命的投入吗?赵勇读书常有"登山则情满于山,观海则意溢于海"的情状,如他自己读《红与黑》,就觉得自己就是小说中的主人公于连,赵勇说:"我没有坐牢,也不想像于连那样死去,却觉得凯罗尔说出了我的心里话。那次阅读之后,我仿佛大病了一场,也仿佛一下子明白了文学的真谛。"又如,他读卡夫卡,赵勇说:"我在卡夫卡体验着挫折与失败的地方感受着自己的失败与挫折,也重温着自己的渺小、脆弱、长长的忧伤与绵绵的孤独。"由我及书,由书及我,情感的投入,全身心的投入,共鸣或对某些书的深深的隔膜,这就是赵勇的阅读的一个特点。他写出了二十世纪七十至八十年代成长起来的人读书的真实的状况。或者可以说,二十世纪七十至八十年代成长的青年,赵勇们阅读是追求意义的,追求读书与人生价值的关系的,因而具有现代性的一种阅读。

《加法之累与减法之美》一篇,也是写得很精彩,他对《夹边沟记事》与《寻找家园》的评价允当而透辟,把这两部书的特点,好处说好,坏处说坏,不故意拔高,也不无故贬低,实事求是。写这篇文章之时,赵勇已经是一个批评家了,我们需要这种忠诚的批评家。我这里说的"忠诚",不是对作者一味鼓吹的那种"忠诚",而是对广大读者的负责任的忠诚。

对于书外的人生,家长里短的感叹也好,旧人旧事的回忆也好,赵勇的散文也是刻骨铭心的,没有丝毫的掩饰,更没有多余的矫情,自己怎么感受就怎么写,怎么看就怎么写,怎么想就怎么写,想到哪里就写到哪里,没有虚夸之词,有求实之意。我特别欣赏他的那篇奉班主任之命写的《给儿子的一封信》，这是一位意识到父亲责任的父亲对儿子的恳切之言，里面有情有义，也不缺少诗情画意，信的最后说："我们欣喜和忧伤的时候，你已经是出笼之鸟。以后，你的耳边不会再有你妈妈的叨唠和爸爸的敲打了。但是，我们的目光还会一直追随着你，伴你振翅，送你远行。"语不重而心长，情感在平淡的文字之间流淌出来。这是好文章啊！

赵勇表面看是一个老实的北方汉子，可他会唱歌，那歌声不一般，是训练有素的那一种。他会弹吉他。他会打乒乓球，据说技术还不错。赵勇真是个内秀之人。文如其人，他的散文不但"情信"，而且"辞巧"。这种"辞巧"是多方面的，流畅，生动，鲜活，老到，而且在语言平淡中有新意，随意中有深情。特别是他的幽默感所形成的幽默色彩、幽默文字，就像单口相声一样，读起来十分可乐。我家的小郭读了他的那篇《失语症》，禁不住嘎嘎大笑起来。这篇散文所写的是由于时代或地域的变化使他不知道在别人的面前如何来介绍他的夫人。几经改变终还不妥，最后是得了一种疾病："失语症"。他给读者的笑声，不是那种故意逗出来的，或抖包袱抖出来的，乃是内容本身就有笑料，或因他的叙述而凸显出来的。赵勇的文学才华在这些篇章里显露无遗。

赵勇,努力再努力吧,你已经成为一个理论家,你还会成为一个作家,而作家不就是你少年时期的梦想吗!你得对得起你那双受伤的腿啊!

原载《文艺报》2011年1月21日

在高岸上

聂尔

我读到赵勇的第一篇散文,是他写于2006年的《老乡司广瑞》。司广瑞是我少许认识的一个人。我通过读赵勇博客上的这篇文章,才获悉了司广瑞的死讯。因为认识文章的主人公,我对赵勇的那种通透的写法就更感到吃惊。他的写法表面上看是通过朴实,达到通透,看不出有什么文学的手法,像是从水里直接就拎上一尾鱼来,鲜活得无可辩驳,死得也令人信服。赵勇把普通人司广瑞的一个普通而真实的生命过程,就那么真实地写下来,居然显得那样壮阔,起伏,五味俱全,令人纠结。我们仿佛看一个自告奋勇跳到水里去游泳的人,在水里经过几番远近的搏击，过程中岸上的人给予他的有掌声，有唏嘘，有惊叫，但最终他沉落下去了，再也上不来了。空余一片水面。谁也帮不了这个游泳的人，他独自挣扎到了最后。

看了这样的文章，我连感叹也发不出。我只是想到，由我们大家所组成的这个社会，正是淹没司广瑞的那个水面。我们跟司广瑞都是一样的人。最终我们也是他那个样子，也是他那样的一个运动的轨迹。只不过司广瑞比我们更多了一点仿佛舞台上人物的那种夸张性，更适宜于做我们这些更为普通的人的一个象征性符号而已。

这就是我那时的读后感。

赵勇在2006年好像接连写了几篇散文。我当时就连续地读了。这次收到书里的，又读了一遍。既有新鲜的感受，也唤起了几年前的一些阅读感受。其中有《怀念张欣》一篇，是写他死去的女学生张欣的。女生张欣死得很惨，也就是说她的死像所有的死亡一样悲惨。赵勇作为张欣的老师，见证了并震惊于张欣走向死亡过程中的那些片段。赵勇的这篇文章是悼念文章。这样的文章，这样的文字，是和生活连为一体的。赵勇大概未曾想过等到把悲痛和震惊平复下去，然后把这个"素材"从生活中剥离出来，再形成一篇所谓的创作。

这就是赵勇的写法，是赵勇式的对散文的认知和实践。他的文章与生活是重叠着的,重叠着的部分很大。因此,赵勇的散文散发着当下生活的气息,土地的气息,活人的气味;同时寓意着生活即文本这样一条简单又深刻的道理。

我们往往以为,要搞创作了,须得像做菜那样,把一条鱼开膛破肚,收拾得干净,最后上到桌上是没有丝毫鱼腥味的味道鲜美的貌似一条鱼的鱼肉,人们可以津津有味地吃它,才可以叫它为创作。大概我的意识中先前就是这样的概念占据了主导地位的。因此,我每读赵勇的散文总是感到有一些惊讶。

读《我与〈批评家〉的故事》也是这样的。《我与〈批评家〉的故事》是一个我在许多年前就已经知道其梗概的故事。这个故事是二十多年前,农家子弟、大学毕业生赵勇迈进我们这个社会时所跨过的第一道门槛。作为赵勇的朋友,我虽然一直知道这个故事,却从未设想过故事的主人公在这个故事里所受到的创伤有多么深和大。因为所有的故事都是这么简单,并且雷同:赵勇的毕业分配指标被权势者抢占,于是赵勇被挤出省城,来到一所小城市的师专教书。超出这个故事之外的后续情节,是赵勇为了离开这个小城市奋斗了近十五年时间(当然不仅是为了离开)。如果仅仅了解这样的一个梗概,我们会说这样的故事太多了，多得都令人不耐烦听了。因为多，所以正常；因为多，我们的同情和正义感早已耗尽了。在这里，赵勇用绵绵细语所讲述出来的故事，是他的青春时光糅合于八十年代的一个断面，其肌理，内囊，风貌，路向，都断非以一个故事的梗概所能涵括和想象。

赵勇仍是以他惯用的笔法，把一切都带入这个文本之中：中文系大学生对作家的崇拜，毕业生的躁动与不安，省作协大院里作家们的风采，编辑部的故事等等。赵勇甚至写了他洒落在八十年代的眼泪，一个农家子弟受人蹂躏时流下的屈辱的泪水。我忍不住把文章里的眼泪拿出在这里：

> 走出南华门东四条，我的眼泪夺眶而出，我沿着府东街一路西行，又从解放路缓缓南去，泪水刚刚抹掉，不一会却又汹涌澎湃。我没办法把它止住，索性就让它痛痛快快地流淌起来了。

南华门东四条就是山西省作家协会院子所在的那条胡同。赵勇本来可以在这里开始他作为一个毕业生的起步阶段，那将会在他的心头洒下多少八十年代的温暖的阳光。但是，没有，这个青年被权势者从那条胡同里生生地挤出去了。一个男人的一生没有几次流泪的机会。这是非常有纪念意义的一个情节，一块路标。以我对赵勇本人而非对他作为一个散文写家的了解，能写出这个，写到这一步，是异乎寻常的。同样异乎寻常的是，在这篇文章的前面部分，赵勇还写了以下一段文字：

> 半个月前，我突然遭遇情感风暴的袭击，心灵受到了重创。那应该正是我舔舐伤口的时期，也是我对所有的一切都变得暂时无所谓的时期。两年多之后，我偶然听到一首朗诵诗，开头的那几句或许表达的就是我那时的心情：
> 二十岁
> 我爬出青春的沼泽
> 像一把伤痕累累的六弦琴
> 喑哑在流浪的主题里
> …………

把我引用赵勇的这两段文字合起来，就形成八十年代的一个时代特征：如果我们一无所有，如果我们受伤，我们还可以去流浪，我们可以含泪朗诵诗，拼命唱摇滚。这样的时代氛围到今天是荡然无存了。今天的主题是，为房子而奋斗却不可能有房子，但不为房子而奋斗又是不可能的。没有房子，也没有眼泪。高速路整洁宽阔，却禁止流浪。这就是从《我与〈批评家〉的故事》到如今，经过不断地压缩之后，剩余给我们特别是剩余给我们的青年的精神空间。又一代青年将以不同于赵勇的方式生活和生存下去，正如我们已经看到的那样。

这是赵勇在一个广阔时空里的叙事，他总是这样连皮带肉地叙述，不能不引起我上述的联想。下面应该来看一看赵勇作为一个知识分子的成长过程。

《书里书外的流年碎影》的第一篇是《一个人的阅读史》，这是一篇分量极重的长文。两万多字的篇幅，一生阅读与思考的缩影。这篇文章在2008年的《山西文学》发表后，许多人喜欢上它，许多人通过读这篇文章回顾了他们自己的阅读史。连接着这篇文章的思索与喟叹有很多。是经过我的提醒和提议，赵勇把它放到了博客上，让更多的人看到了。无论当初还是现在，我读这篇文章的感受都是极其复杂的。它引起我复杂的感受和思绪，但它本身却是透亮和浏亮的。这就是有一位读者在读过这篇文章后向我指出的，她说在这里，思想是极其清晰和可把捉的。她借此批评我的文字常常流于晦涩。我承认这一点。我相信在《一个人的阅读史》中，赵勇的文字是快速流淌出来的。因为阅读史几乎就是生命史,是阅读史使得存在变为清晰。一个思想者的生命史,只需翻开第一页,后面就会自动地呈现出来。思想的原野,是思想者所站立的地方,是他的存在本身。

我和赵勇年龄相仿,我们几乎是读着同样的几本书一起成长的。但是,不同的是,我读那些书,读过,热闹过,即丢诸脑后,即或有时有记忆,也是单薄而又模糊的,更重要的一点是,它们只成了我们生命之外的事物,只是人生之路上几个小黑点似的坐标而已,远未融入我们的生命本身。而赵勇,仿佛一条蚯蚓,从所经过的湿润的土层里直接吸取了营养;又像某种大一点的动物,它们奔跑的范围形成了它们生命的视野。而我们是贝壳类的动物,只在自身之内发生变异,只上演一个人的"变形记"。我们与书和世界都隔着一层。人的贫瘠与丰富,壮阔与狭隘,就是这样养成的。

在《一个人的阅读史》中,赵勇说他有"一个奇怪的观点",就是他认为,衡量一个作家伟大与否的标尺之一,"是看他是否有清晰坚定的理念,而这种理念是否又被他表述成了理论文字"。他以这一标准确认了昆德拉,卡尔维诺,巴尔扎克和托尔斯泰等人是伟大的作家。我想这是一种理性主义的本质观,是启蒙主义给予人类的一个新高度——对我们来说，它确实至今仍是"新"的，因为改头换面了的各种各样的蒙昧主义仍然是我们这个社会的主流食物之一。赵勇就是这样，总能从一个作家和一个现实凫渡到一块高岸之上，变得更加清新而辽阔。

这就是我所理解的赵勇几十年阅读之路的一个抽象和概括。

2011 年 1 月 5 日
原载《读书》2011 年第 4 期

第二辑　常青指路

"草灰" 大伯郑允河

虽然早知道会有这么一天,但是听说允河大伯去世的消息我还是忍不住难过。十多年前,我写过一篇《过年回家》的散文,里面有一节内容是"在郑允河家",讲述的是那天相聚的欢乐,但那只是一个生活的片段。如今,借着他魂归道山的悲音,我可以再写上几笔,以悼念我心目中的这位读书人了。

允河大伯于 1934 年 5 月 28 日出生于北京的协和医院,祖籍浙江温州。据他言,他的祖上是大户人家,只是到他爷爷那一代才因抽大烟而败落下来,于是他的父母来到北京打拼,开始了一种新的生活。1941 年,他在西单附近手帕胡同的师大二附小(国立北平师范大学附属第二小学)上小学,随后在英国中华圣公会创办的崇德中学(现为北京市第三十一中学)念初中。初中未毕业,他就考上了华北人民革命大学，那是1949年4月。因南方急需干部，他在"革大"学习了三个月后便开始了南下之旅，又因"老弱病小"之"小"而被分配到山西，先在长治一带工作，后于1952年落脚在我的老家晋城，成了团县委里的一名组织干事。

但是好景不长。1957年，他因说过"每人每年360斤口粮肯定不够吃，好多人一顿就能吃一斤"之类的大实话而被打成"攻击合作化、分裂党"的右派分子，从此开始了"劳动改造"的岁月，虽然一年之后他就成了"摘帽右派"，但摘帽的右派也是右派，于是他先被发落到金村赵庄劳改，后于1962年被下放到水东公社，这样才有了他看着我长大、我看着他变老的漫长交往。

因为我父亲的缘故，大概从三四岁起，我就成了公社大院的常客，起初是老公社——一座坐落在水东村中央的庙院；后来是新公社——一个在1974年建成于村西正街旁的大院子。公社里聚集了许多文化人：写材料的，搞统计的，放电影的，管广播的，修电话的，当秘书的……许多年之后我才从父亲那里得知，郑允河是个统计员。

在老公社时期，有两个人让我印象深刻，一是公社书记马贵书，因为他永远戴着一副眼镜，冬天时脖子上还经常围着一条围巾，很斯文的样子。另一个就是这位允河大

这张老照片中没有郑允河,但有公社书记马贵书(前排右三)、我父亲(前排右二)和张三元(中排左二),1966年

伯了，因为他说着一口地道的普通话。这样，同样的话从他嘴里说出，就显得更秀气，更端庄，也更有一种文人雅趣。然而，在他周围的晋城"土著"们看来，他却是一个不折不扣的"草灰"——那是晋城人对所有外路人的蔑称，也该是守着"煤灰"过日子的晋城人的小确幸。

于是在我的童年经验中，我有了一个草灰大伯；在我的少年记忆里，草灰大伯与他那些能够"喷"到一起的朋友们的放肆说笑，则成了滋养我心灵的第二课堂。如今，提起"大院文化"，必然是指北京的部队大院，以及那种大院里发生的故事，它关联着王朔的《动物凶猛》或是姜文的《阳光灿烂的日子》。但是，在六七十年代的穷乡僻壤，在中国最末端的行政机关，也存在着一种非常特殊的"大院文化"，而幸运如我者则成了它的受惠者。

草灰大伯就是这一文化的核心，因为他学问大，见识广，人又很有亲和力。记得有一次"喷"到交响乐时，他讲开了西洋乐器的各种功能，长号、小号、圆号、双簧管、单簧管、萨克斯、长笛……如数家珍，仿佛他是乐队指挥，又仿佛他家开着个乐器店。可以想见，在那个只听过《扬鞭催马运粮忙》（著名的笛子独奏曲）或《穷人的孩子早当家》（《红灯记》选段）的年代，居然有人能把各种西洋乐器讲得头头是道，那是什么感觉？是不是"如听仙乐耳暂明"后觉得他是"电线杆上挂暖壶"？许多年之后伯母告诉我："那时候在水东，人家可是把你这个草灰大伯伯叫作'活字典'啊。"为什么他能成为"活字典"？因为他读的书多而杂，简直就是天上的事情知道一半，地上的事情全知道。

然而，仅凭见多识广，他是无法处于核心地位的。应该是他的天性坦荡，或者是他的卡里斯玛（charisma）气质，才让他成了一个真正的磁场。许多小知识分子念过几天书后，就或者酸文假醋，或者窗圪台卧孩——着不下了，这种人适合敬而远之。但我的草灰大伯却不是这样，他豁达、开朗、风趣、随和，融入水东公社的男女老少之中，仿佛盐溶于水，简直就是葛兰西所谓的"有机知识分子"，又仿佛是活学活用延安《讲话》①的典型。因为毛泽东说过，资产阶级和小资产阶级的知识分子要想与工农兵大众打成一片，就必须感情上起变化，灵魂深处闹革命。当然，他的平易近人和磁场强大有没有入乡随俗的因素，是不是与"劳动改造"有关，我本来是可以问一问他的，如今却成了永久憾事。

说一说草灰大伯给我带来的震撼吧。

---

① 指《延安文艺座谈会上的讲话》。——编者注

搬到新公社后，我也从小学念到了初中高中。1976年的一天，我正在我父亲房间背现代诗词，恰好被前来串门的郑允河撞见了。他皱起眉头说："你老是背那些东西做甚？我给你找本辛稼轩的词，你看看人家是怎么写的。"我疑疑惑惑地问："辛稼轩是谁？"他见我心中不服，便把我拽到他宿舍，找出一本《稼轩词编年笺注》塞给我，顺嘴道："郁孤台下清江水，中间多少行人泪！西北望长安，可怜无数山！……你回去好好背背这个，就明白什么是好诗词了。"就像钱穆小时候被顾先生呵斥得羞惭而退，"归而读《水浒》中小字，乃始知有金圣叹之批注"一样，我也是被草灰大伯耳提面命之后，才知道辛稼轩就是辛弃疾，辛弃疾的词写得好生了得的。而许多年之后想起这件往事，我也明白他被打成右派的原因了——直来直去，有甚说甚，不需要"引蛇出洞"就实话实说了，不抓你抓谁！

幸运的是，草灰大伯只是一般右派。他曾经给我解释，当年的右派分为两种，一种是极右，另一种是一般右派，前者有言有行，后者有言无行。许多年之后，我给他寄过去高尔泰的《寻找家园》，就是想让他看看当年在夹边沟劳改的右派是什么情况。看后他说："我这种右派有吃有喝，没受过多大罪。虽然也曾在井边徘徊一宵，差点自杀，但与高尔泰相比，简直可以说很幸福了！"

草灰大伯真正迎来幸福之日是在八十年代初，那时候，他落实政策后返回城里，担任了县农工部部长一职，而那个时候我也上了大学。记得上大学期间，我曾去他城里的家中探望，从他的书柜里拿走了《今古奇观》上册、《茅盾短篇小说集》和《鲁宾孙漂流记》。这几本书现在仍在我手里，那是他送我的礼物还是我昧下没还，如今已渺不可考。

大学毕业后，我与草灰大伯的联系逐渐稀疏，乃至后来完全中断。部分原因是我时常处于忙乱之中——来到北京之后，我居然连续八年没有回家过年，似可看作庸忙的佐证；部分原因则是因为年轻——往前冲的时候是不可能怀旧的。直到2009年，当我决定以后要把年过到老家后，我也开始往郑允河家跑了，因为在我的心目中，他家也是老家的一部分，聚集在他家的人——比如张建民（晋城县1977年理科高考状元）、张三元（写材料的高手）、张永祥（山西大学中文系毕业的高才生，我的老师）等——也大都是从水东公社"进城"的好汉；看见他们，我仿佛就触摸到了自己的过去。

2011年3月的一天，远在美国的一位朋友写来邮件。她得知我与郑允河相熟，就希望我向他打听一下晋城当年反右的情况，以便为她准备写的一篇文章搜集背景材料。

我给允河大伯打过去电话,他满口答应,然后也郑重其事地给我提了三条建议:一、给你父亲办张银行卡,以后直接把钱打到卡里,因为通过邮局汇款,别人能见到,容易遭人嫉妒。二、劝我不喝酒,少抽烟,因为到了我这个年龄段,身体不能太透支。"你爸你妈还指望着你呢!"这几乎就是他每次见我都要念叨一遍的话。三、他希望我跨学科,因为单搞文艺批评只有圈内人知道。他说:"你可以往社会科学那边跨一跨嘛,像北大的季羡林,他也不是只研究梵文。"而三年之后,他也终于把第三条建议变成了信中所言:

小勇:

早就想给你写个信,几次提笔,几次放下。离休后与笔无缘,现在写信,手还是抖的。最近想有话还是早说吧,万一痴呆了,想说也说不出来了。

一件事,记得以前给你打电话,向你进言,希望你在边缘学科上有所发展,你要我提点具体意见,我卡了壳。实际上,我说那话的意思是希望你朝那个方向走,怎么走,我压根就没想过。有成语说"抛砖引玉",其实,我有的砖也是半头砖，抛出去怕现眼。最近看了几篇文章，颇有感触，估计你所在的位置上这些信息应该是有的，不过，还是邮去吧，只当是给你拾遗补阙吧。这些文章，对我触动最大的是叶自成的《以华夏主义滋养中国特色社会主义》，这是个古为今用的新探索，可以参考。还有一篇小文说的是《为何斯坦福大学能两年四获诺贝尔奖》，有点意思。我想你在北师大的位置，不在其位，不谋其政，但是你管的一亩三分地总可以提倡那么一点学风的。可惜五四打倒孔家店，"文革"大动乱，再加上现时社会上的功利主义，学生们毕业就失业的压力，树立这种学风也是大不容易的呀。

…………

这封写于 2014 年 1 月 23 日的信整整用了四页稿纸。除了这件事情外，允河大伯还给我说了两件事，其中一件是希望我抽时间到母校水东中学、晋城一中讲讲我自己，讲讲如何深造，怎样选择专业。他说："引领这些小师弟们发展，这可是个'善莫大焉'之举啊！"只可惜，因为不思进取，也因为能力有限，我并没有去跨学科；又因为我并非有头有脸的人物，也一直没能被晋城一中邀请。直

允河大伯来信（1），2014年1月

晋城煤业集团职业教育培训中心稿纸

第三事情我顺上给你去电话，发现你办公机别着主任。示谦虚与你妈的话完全些字，又新奋斗。估计这主本期根据本意，但我觉得如果我这些孩子主动去定是受用一辈子。

谢谢老弟，我也有个想法，如果你能抽些时间到你们再根水库中去、昔城十中给孩子给他们讲讲改的要求你们运动、或者怎么样的深入、要他们振奋些书、水从里的发展了、引领孩子们小师多发展、事的影响"童笑大…写老辈啊!

有件事还得说、如果你来我新找山酉、相互联系些了精彩的张艺、我看喜欢都是北京的快绪、新蒲花"椅耳朵"、新水铰、节新庞苞、如果你他们回回、如那叶硕水胜式着、专探去什、还去北京不产新说见了？欲心事都新激老一阵、当然不多肉、十次一捕、省三不还笑、

这封信开头不饰美功、后来倒成真功、行去吧、唉烨人写的话没法说、观完你自然好、

郑允河
14.1.23.

允河大伯来信（2），2014 年 1 月

到草灰大伯去世一年多之后的 2023 年暑假，我才走进了这所中学，给高中生讲了一个《写什么、如何写和为何写——文章写作 ABC》的话题，算是完成了草灰大伯多年前给我布置的一个任务。

草灰大伯也是一位美食家，或者说是"一个吃嘴货"——这是他用晋城话自我嘲解"我嘴馋"时的惯常表达。然而，入乡随俗多年之后，他已适应了晋城人的吃法。记得每到过年前后父亲准备进城时，他就会嘱咐过来："进来给我带些摊馍。拐米时不要掺大米，纯小米摊馍才好吃。"这意味着晋城人喜欢吃的炉馎也成了他的口中美食。不过尽管如此，他儿时的味觉记忆依然强大。他在来信中曾经叮嘱我："如果你来我家带礼品，千万别买那些'不攒粪'玩艺，我喜欢的是北京的烧饼、糖（应为"蜜"）麻花（猫耳朵）、糖火烧、驴打滚等。如果你带车回家，那捎一碗炒肝或来一袋豆汁更好。这些北京土产别说见了，想起来都能激动好一阵。当然不要多，一次一样，有三五个足矣。"于是那年过年回家，我按图索骥，先去护国寺一带寻小吃，回到水北村后又直接进城，生怕时间一长豆汁变质。允河大伯仔细检查一遍我带过去的食品，说："你买的那个麻花不对，我要的是蜜麻花，俗称猫耳朵，你怎么买成糖麻花了？而且，这里面没有驴打滚。"我说："那是你写错了，你写的就是糖麻花嘛。这样吧,明年过年回家,我一定把蜜麻花、驴打滚捉拿归案!"

——需要稍作解释:"'不攒粪'玩艺"是草灰大伯的幽默,因为第二年来信他又用到了这个说法。而只是我现在写到这里时,才请三元叔帮我辨认了一番"攒"后面的那个字究竟是什么(草灰大伯的草书是"米"下横了一笔,结果我死活认不出)。他推敲之后对我说:"可能是'不攒粪',意思是不要酒水,就带吃食,因为吃的东西可以攒粪。"

通了。不愧是草灰大伯带出来的高足!

所以,有那么几年,带着几样"攒粪"的北京小吃上门,已成我去看望草灰大伯的标配。

但是2018年春节,我却没去成他家,因为他生病了,住进了郑州的一家医院。康复之后有一天他给我打来电话,语极兴奋:"我先是摔了一跤,住院后查出别的问题。转院到郑州,这家医院不错,一下子发现了我的三处血栓。所以我是去鬼门关走了一遭,差点就跟你永别了。"他笑呵呵的,仿佛是在讲着别人的故事。末了他给我建议:"你要是有时间,可以去写写那家医院。"那个时候,我正在机场,心急火燎地准备过安检,居然没记住他说的那家医院的名字。

2019年7月中旬,一个有关赵树理的会议从太原开到晋城,本来我只想着在太原开一天会就打道回府,因为月底还要正式回一趟老家,但为了访谈允河大伯,我干脆带着两位学生把这个会议开到了底。访谈郑允河还是那位从晋城出去的美国朋友的建议,她在十多年前就提醒过我。而我也觉得允河大伯年少时就离京南下,扎根晋城一辈子,又在水东度过二十个春秋,还是很有一些传奇色彩的。而那个时候,我已读过唐纳德·里奇的《大家来做口述历史》一书,印在扉页上的美国历史学家路易斯·戈特沙尔克的那段话,更是给我留下了深刻印象。他说:"尽管人类最初的历史记录在绝对数量上是惊人的,但过去发生的事情只有很少一部分为人所见;为人所见的只有一部分被见证者记住;被记住的只有一部分被记录下来;记录下来的只有一部分得以传世;有幸传世的只有一部分进入了历史学家的视野;进入历史学家视野的只有一部分被认为是可信的;被认为可信的只有一部分能够被解读;被解读的只有一部分为历史学家所阐释和叙述。"这段文字让我心惊肉跳般地绝望,而在绝望中我做开了访谈,尽管我不是历史学家。

访谈做得还算成功。允河大伯自然是主角,伯母作为重要见证人,不时对他的叙述进行着补充或解释,我父亲、三元叔和茂林叔则是听众。但是，听众们并不安分，他们把一些段子和顺口溜搬过来，访谈也就不得不旁逸侧出，生发出许多枝节，插叙出了一种画外音，结果已到中午时分，我们才进行完水东部分。于是决定午饭时边吃边聊，这时候我把作家聂尔兄和摄影家李前进兄喊来了。聂尔与郑允河也非常熟悉，因为我的这位草灰大伯初到晋城时，就在聂书记——聂尔的父亲——手下写过材料；而聂尔大学毕业后也一度成了郑允河的部下。饭前饭间，作家开始发问了，他自然有他的问题意识。饭毕，摄影家开始大显身手，于是那天诞生了一批令人满意的照片。

2020年春节，我也回了趟老家。但疫情初起，人心惶惶，我只是短暂停留了两三天就仓皇逃回北京，自然不可能去拜访允河大伯。此后两年，"非必要不离京"的标语贴在墙上，"就地过年"的口号喊得山响，为了遵纪守法讲规矩，我没回过晋城，只能"故园东望路漫漫"了。

我最后一次与允河大伯通话是在2021年写作《档案内外的齐大卫》期间。齐老师小允河大伯两岁，出生于山西定襄，长大于省城太原，乃北师大中文系教授。像允河大伯一样，他也是小小年纪就上过华北人民革命大学。而当我在他的档案中发现一份长达七页的材料——《对我的"个人英雄主义"的检查与认识》——之后，我决定向我

访谈结束后,摄影师李前进为允河大伯与伯母拍照,2019 年 7 月

的草灰大伯请教了。我问："'个人英雄主义'思想在那个年代是不是被看得很重？会不会影响到一个人的入党？"

他说："当然很重了，那是资产阶级、小资产阶级思想的一种表现。有这种表现的人不要说入党了，就连党团组织生活会都过不了关。那时候讲的是'革命英雄主义'或'集体英雄主义'，'个人英雄主义'好比过街老鼠。我就是因为身上有这种'主义'，被帮教了好多年，结果也没能入党。"

随后我又问他牺盟会的情况，他则滔滔不绝地讲开了会长阎锡山的故事，仿佛他给阎会长当过秘书。聊到最后，他问我："小勇，你什么时候回来？我又新添了两种病，看来是阎王爷要收我了……我在白洋泉河发现了一个吃烤全羊的地方，那家伙好吃！你下次回来，我带你去吃烤全羊。"

这是草灰大伯留在我记忆中最后的声音。他还是那么健谈，说到吃食，他依然兴奋，像三岁小孩一样，声音都直打颤。

那时候，他已经八十七岁了。

2022 年 2 月 25 日草成

2024 年 2 月 23 日改定

邢小群老师与我的处女作

1983年，我二十岁。

在家里憋了一个暑假之后，9月初我又返回山西大学，开始了大三阶段的学习。那个学期开设的课程有古代汉语、唐宋文学、外国文学、当代文学、政治经济学和形式逻辑，这是必修课。选修课只有一门，名曰诗词欣赏。

操练了两年之后，我对大学生活似已轻车熟路。上课，读书，不时看场电影，偶尔会会老乡，就把每天的日子塞满了。在那种单纯得很单调的生活中，上什么课读什么书自然是重头戏，但课程是早就被设置好的，不需要我们操心；任课老师也已事先配置到位，容不得我们选择。我们那一届的汉语言文学专业分成了甲、乙两班，每班45人，又基本上是小班授课，所以，哪位老师教我们什么课，是缘分，也是命中注定之事。如今，我在当年的大学毕业纪念册中发现，当代文学课那里写着两位老师的名字，但王振华如同天外来客，根本不在我的记忆系统之内。我只认识邢小群，因为她被派到乙班，教了我们一学年的当代文学。

就这样，在1983年的秋天，我们与邢老师相遇在一起。

那个时候，邢老师只是三十岁出头。她个子不高，衣着朴素，梳短发，戴着一副深色宽边大框眼镜，显得很潮很飒爽。但一开口说话，又显出知识女性的大气沉稳，是大家闺秀范儿。此前给我们上过课的老师，南腔北调的，普通话大都说不周正。邢老师不仅普通话字正腔圆，而且还京腔京韵，一下子就把原来的老师甩出了几条街。加上她又是女中音嗓子，一句句话飘过来，仿佛谱上了乐音，瓷实，悦耳，好听。这样的老师走进课堂，立刻就抬高了我们的期待水位。

学生对老师的身世总是充满了好奇，但消息灵通人士打探过来的情报却十分有限。那时候我们只晓得邢老师是工农兵学员，北京人，插过队，却不知道她是诗人、作家、《平原游击队》的编剧邢野之女，更不知道她小时候曾与闻捷、李季、公刘、郭小川、赵树理等诗人、作家做过邻居，有过交往。许多年之后，我在她书中读到这些掌故，不禁感慨：邢老师所讲述的那些当代作家，有许多她是见过真佛的，怪不得当代文学被她讲得那么贴心贴肺，为什么她当年没在课堂上显摆一番呢？

后来我读汪曾祺文章，看到沈从文教给他的小说秘诀是"贴住人物写"，方才明白讲作家作品，也是需要贴住人物的。莫非邢老师在那个年代已悟出了这个道理？

邢老师的这种"贴住"很有讲究。九十年代中期，我在一所地方院校曾经客串过两三轮的当代文学课，那时候我才意识到，要想把五六十年代那些没多少意思的诗歌讲出点意思，把"三红一创，青山保林"之类的红色经典讲得不像经典，还是需要相当大的本事的。那时我已读过陈思和的《民间的浮沉》等著名文章，好赖还可以凿壁偷光，现炒现卖。但八十年代初期，连像样的《中国当代文学史》教材都没一本，一切都得筚路蓝缕，这课可如何往下讲？我以前写文章，曾对邢老师的课有过一句话点评："她分析作品时常常能化腐朽为神奇，让神奇更神圣。"[①] 如今在其回忆录中，我则看到了她自己的更多说法："我讲郭小川重在强调他作为一个诗人在个性上、思想上的矛盾，从而更能发现一个优秀诗人的人性深度和思想矛盾。""我仍然承认《创业

---

① 参见拙书：《书里书外的流年碎影》，中国人民大学出版社，2011，第13页。

史》的现代的、诗性的写法。在当代长篇小说中，它达到了最高点。可惜，它所宣传的合作化道路，没有经受住历史的筛选。"很显然，那个时候的邢老师已注意到了作家作品的丰富性和复杂性，所以她在课堂上，绝不是要么好得很，要么糟得很，而是面对众口叫好的作品一声叹息，面对挨批被整的作家充满质疑。记得初上大学，文学概论课的老师就把《苦恋》剧本的油印稿发放下来，人手一册，供我们批判。1983年后半年，"清除精神污染"的警钟又开始长鸣。但邢老师似乎镇定自如，我行我素。她的课离当下意识形态最近，却并没有成为"松紧带"政治的晴雨表，反而像是给我们吃了一颗定心丸。

许多年之后，我在其回忆录中看到了她的那篇惊心动魄的"审父"之文，忽然就明白了一个道理：邢老师当然是在对她那个充满了暴戾之气的父亲进行反思，但又何尝不是对那种"革命使男人雄壮，使女人粗糙"的革命文化刨根问底？而她那颗怀疑、清理、反思乃至批判之心伴随着思想解放的进程，早在八十年代的课堂上就开始萌动了，只不过那时候小荷才露尖尖角，而我们限于年龄、阅历和知识结构，也不一定能听出更多的弦外之音。邢老师在她的回忆录中说："那时，我在讲台上努力挣脱着历史的、政治的、文化的种种禁锢，总希望比别人大胆一些，讲出作品的新意所在。开顶风船虽说有风险，但深受学生欢迎。"而我则想到了马克思的那个著名说法："人体解剖对于猴体解剖是一把钥匙。"一旦从"后头"思考，邢老师的当代文学课就获得了新的意义，那是对我们的全面启蒙——文学的，人性的，政治的，甚至人生格调的。后来我写文章，不时会提及八十年代的新启蒙运动，而实际上，这种新启蒙是全面展开、遍地开花的。现在想来，邢老师的课堂于我而言，就是新启蒙的一个重要场所，比如朦胧诗。

大学时代，我对诗歌一度极为痴迷，于是读诗、抄诗然后试着写诗便成为例行功课。我曾经以为，我的那种迷狂是青春、时代和校园风尚的产物，与课堂教学关系不大，但邢老师的回忆录纠正了我的看法。那里面有她讲授朦胧诗的内容，甚至她还引用了我的同班同学赵雪芹的几句感言，以作证语。赵雪芹说："当初，你的课激发出了我们空前绝后的学习热情，我们一个班的学生集体攻占了南边报刊阅览室，'三个崛起'等热文被我们争相传阅。朦胧诗抄了一本又一本，以至于许多人到现在对诗歌的欣赏接受只到朦胧诗便戛然而止。"

说得好！我就是那种既抄朦胧诗又把朦胧诗当作新诗标高的学生。如今，我打开大学时代的一个笔记本，发现其中抄写的大都是诗歌。而诗歌中朦胧诗抄得最多,朦胧诗中北岛、舒婷的诗又位居榜首。记得那时候买不到《双桅船》,我就把舒婷的这本诗集从图书馆中借出,几乎全部搬运了一遍。还有北岛的《云啊,云》《路口》《睡吧,山谷》《明天》《枫叶和七颗星星》《雨夜》……"即使明天早上/枪口和血淋淋的太阳/让我交出青春、自由和笔/我也决不会交出这个夜晚/我决不会交出你/让墙壁堵住我的嘴唇吧/让铁条分割我的天空吧/只要心在跳动,就有血的潮汐/而你的微笑将印在红色的月亮上/每夜升起在我的小窗前/唤醒记忆"——即便今天来读《雨夜》,我依然忍不住会隐隐激动。时代的铁幕,沉重的爱情,飞扬的意象,组合成青春与自由的誓词,唤醒了我对没有委屈的天空的向往。我觉得这才是诗,这才配得上诗歌这种高贵的文体!而这样的诗篇,也塑造了我欣赏新诗的审美旨趣。这种旨趣显然无法适应后朦胧诗的松松垮垮,更会在黏黏糊糊的下半身诗歌面前败下阵来。赵雪芹说得没错,我确实没有与时俱进。

但是,我现在才意识到,这个16开的笔记本是"三好学生"的奖品,于1983年6月发放到我手中。这就是说,我抄诗的时间重叠在邢老师授课期间。莫非我是听了她对朦胧诗的解读才有了那种疯狂的举动?我喜欢新诗的

邢小群老师（中）与赵雪芹（右二）

宿舍的我班同学在一起，1984年

天眼是不是那时才被她突然打开？

三十八年过去，往事已如烟，我的记忆模糊了。

没有模糊的是一些细节。我在1983年11月的一则日记中写道："当代文学课的邢老师给我们推荐了苏联小说《这里的黎明静悄悄》，读完以后感到非常好。小说的思想性和艺术性完美地统一在一起，苏联文学的发展水平由此可见一斑。作品描写了……"刚读完这部小说，邢老师就告诉我们电视台要在周日的晚上播放这部电影，让我大喜过望。但中文系没电视可看，我与几位同学只好跑到对门的省委党校碰运气，结果吃了闭门羹。又赶快折返到校园里四处打探，最终才在工程队那里找到一台14英寸的黑白电视机，饱上了眼福。

但这眼福饱得并不彻底。许多年之后赵雪芹告诉我，邢老师告诉大家的是，一定要找到彩色电视机，因为剧情已被导演处理成黑白、彩色与橘红三种色彩，并被分别赋予不同意义，只有彩电才能看到这种效果。于是我才意识到，当年我们去省委党校瞎摸，原来是要找台彩电过把瘾。彩电没找到，只好回来用黑白的救急。而现在回想，即便当时全程看的是黑白片，它给我带来的震撼也依然经久不息，让我感受到了苏联文学与电影的高度。

邢老师的课堂就是这样，她当然是在讲中国当代文学,但外国文学的好作品也不时被她广而告之。近水楼台,我们便成了最早的受益者。

邢老师也喜欢旁逸侧出。讲到戏剧部分时,她忽然就对地方戏发开了感慨:"许多地方戏啊,听得让人无法忍受。比如上党梆子,一会儿唱得很低,一会儿声音又猛地蹿上去了,用的是假嗓子,听着难受。"刚说到这里,大家就笑起来,我笑得似乎更加放肆。上党梆子是晋东南一带的地方剧种,我从小听戏看戏,对上党梆子版的革命样板戏不可谓不熟悉。但经年累月,并没有培养起我对家乡戏的爱心,反而觉得其行腔运调直眉楞眼的,吵得慌,很土。现在,邢老师居然也对上党梆子直撇嘴,说出了我的心中所想,岂有不开心之理?许多年之后,我见邢老师写有《思缕中的赵树理》,记录其少年时代与赵树理家比邻而居的生活琐事,就想看看是不是赵树理老唱上党梆子,影响了她的视听感受。但邢老师并未写到这里。

一学期的课很快就到头了。邢老师说,她这门课要考试,同时还要写一篇评论,作为课程论文。那个时候,我已读过路遥的《人生》,又读得心里很不是滋味,便分析了一番男主人公,提交上去,题目是《谈高加林性格的典型性》。邢老师看后给了我 58 分,并写批语道:"人的价值是由什么确定的?作者创造这个形象要想说明什么?能把这层意思讲出来就更好！对这个形象把握得较准确，评价也适度。文字明快，很好！"那个学期，当代文学这门课我得91分，应该说分数还不错，但第二学期初邢老师讲评我们的作业，我却意识到了问题所在。她说："你们的评论五花八门，但写来写去，都离不开'典型'二字：不是典型人物，就是典型性格，要么就是典型环境中的典型人物。你们就不能从其他角度入手写点别的？理论太贫乏了！从感受出发，端出你自己的体验，也是一种写法。阅读也讲究生命体验……"这番话虽然是被皱着眉头的邢老师说出来的，却并不怎样威严，而是同情中有惋惜，惋惜中有不解。于是大家就笑，仿佛邢老师的批评与自己无关。而我一尬笑起来，就觉得自己的小脸发烫了。

许多年之后，我在《遥想当年读路遥》中记录了这件往事，又顺便写道："那还是一个理论和理论术语乏善可陈的年代。由于刚学过'文学概论'不久，由于这门课又反复念叨典型，我们自然便活学活用，把典型看作了高端大气上档次的东西。后来每每想起这件往事，我便觉得自己当时刚刚舞文弄墨，基本上还是文学评论的门外汉。我只想着如何套用理论，如何让理论装潢门面，却忽略了最重要的东西——读作品时自己的感受和体验。"① 如今，我更想说的是，邢老师的这番点拨，很可能让那时候还懵懵懂懂的我明白了一个道理：写文章不一定非得穿靴戴帽，"惟陈言之务去"才最重要。而这个道理在我心中发酵半年，肯定也影响到了我第二篇课程论文的写作。

第二学期邢老师都讲了些什么，其实我早已记不清晰。大学时代的听课笔记被我保存了二十年，后来举家来京，书已太多，只好精兵简政，丢弃了那些本子。当代文学方面，我只是保留了一套上下册的《中国当代文学作品选》（此书由十八所高等院校当代文学教材编写组编写，河北人民出版社1983年出版）以作纪念。许多年之后，大学同学陈树义为我提供了他的听课笔记，我才约略想起了邢老师的授课框架。但是，也有一些内容是印在我脑子里的，根本不需要借助笔记提醒，比如张承志。

从《骑手为什么歌唱母亲》获奖（1978）到《黑骏马》再度获奖（1982），张承志早已蜚声文坛，但我却对他一无所知。是邢老师对这位知青作家的介绍和分析，才让我初步领略了他的风采。讲"十七年文学"时，邢老师还适当搂着，好处说好，差处说差，一分为二，辩证到

---

① 参见拙书：《人生的容量》，广东人民出版社，2022，第115页。

家。但讲到"新时期文学",她往往就 hold 不住了,于是喜上眉梢、神采飞扬就成了她的惯常表情,激情澎湃、语重心长又成了她的话语风格。"张承志的小说写得太棒了……你们去看看他的《黑骏马》,像叙事诗,沉重,苍凉……他最近刚又发表了一篇《北方的河》,中篇,写了五条河,没什么故事情节,主人公孤傲,坚韧,百折不挠,小说仿佛抒情诗……苏联有个作家叫艾特玛托夫,写过《查密莉雅》《我的包着红头巾的小白杨》《永别了,古利萨雷!》等等名作,浪漫风格,底层情怀,写得特别棒!张承志显然是受了他的影响……"

好嘛,邢老师又开始实时播报了!

肯定是被她那种声情并茂的分析所感染,我立刻奔赴南馆那个期刊阅览室,先读《黑骏马》,果然写得好,那就干脆把张承志的作品一网打尽。《骑手为什么歌唱母亲》《青草》《黄羊的硬角若是断了》《阿勒克足球》……《绿夜》,我先把 20 篇左右的中短篇小说按发表时间顺序整理成目录,然后一篇篇寻找,一篇篇阅读。《北方的河》在《十月》杂志上读过后意犹未尽,适逢《小说月报》(1984 年第 4 期)出刊,见上面转载了这篇小说,立刻买回一本,以供我反复阅读。小说全部读过后,我又开始读关于张承志的评论,以便丈量我的感受与评论文章之间的距离。读到精彩处，又忍不住摘抄起来——《大地与青春的礼赞》（王蒙）抄了三五段，《〈黑骏马〉及其它》（曾镇南）则抄了三五页。还有贺兴安的《雄浑深沉的琴声》，陈骏涛的《人生的搏击者》，周政保的《走向开放的中篇小说的结构形态》……邢老师说艾特玛托夫写得好，要不要读他的小说？当然需要读！邢老师的鉴赏力高，判断力强，她推荐的作品早已是我信得过的产品，不读岂不是要抱憾终身？于是《艾特玛托夫小说集》上下册（外国文学出版社 1981 年版）我先借后买，挨个儿阅读其中的中短篇，然后又扩展到他的长篇《白轮船》和《一日长于百年》。

现在我必须承认，那是一次奇特的阅读之旅，从张承志到艾特玛托夫，我读着、想着、感动着也思考着，总觉得应该写点什么。许多年之后我才明白，张承志的作品中有一种孤傲的个人英雄主义气质，是很容易征服年轻人的心的。当然，我也承认，"八十年代的新一辈"往往很傻很天真，我们常常通过文学看世界，文学也就成了我们反观现实世界、进入理想世界的秘密通道。它整合着我们的经验，塑造着我们的精神，也实实在在地参与了我们对现实人生的建设。因为《北方的河》，我至今依然保留着当年的那期《小说月报》。大学毕业后的好几年里，我都会不时去温习这篇作品，从中汲取着浩然之气。于我而言，它是比《平凡的世界》更励志的作品。因为这次的大面积阅读，我对张承志的兴趣又一直延续到他那个"以笔为旗"的年代。读过他的随笔集《荒芜英雄路》和《无援的思想》，尤其是读过他的《心灵史》之后，我又一次热血沸腾起来。面对一些人对他的文化围剿，我甚至还写了一篇《保卫张承志——〈刘心武张颐武对话录〉批判之一》的文章，发表在陈树义主持的内部刊物《上党学刊》上。2007年，应《南方文坛》张燕玲主编之邀，我又写《〈心灵史〉与知识分子形象的重塑》一文，算是对九十年代的张承志的一次迟到解读，但实际上，那也是对我自己青春阅读往事的一次清理。我还想写一篇《重读张承志》的随笔文章，把我彼时更复杂的感受诉诸笔端，可惜写了两千字就被别的事情打断了，那些感受也终于风流云散。

八十年代的感受幸好已被记录在案。当邢老师说第二学期不用考试只需提交一篇论文作为考查成绩时，我的选题实际上已经有了：就写张承志！这回我不用"典型"，不信就写不出一篇好作业。我在期末忙活一番，终于完成一篇自认为还不算短的长文——300字的稿纸写了整整30页，名为《足球·马·河——谈张承志的小说创作》。那时候我还不会提炼标题,只好以张氏三个中篇小说名代之,以暗示其中的象征手法。仿佛是觉得此文来之不易,我在文后还煞有介事地署上了写作日期:1984年6月16日。

1984年秋,开学不久,当代文学课的作业就返回到我们手中。我见自己作业的封面上打了"优",心里便踏实下来。打开看,发现其中几处论述都被旁批为"好"。翻到末页,那里不仅有个大大的"好"字,而且还有一段批语:

> 这篇文章基本达到了发表的水平,你应当投稿。当然,发表一篇文章,除了文章本身的因素,还有其他因素。因此,要想成功,也得拿出《北方的河》里"我"的那种百折不挠的精神。祝你成功!

心花怒放,秋高气爽!本来我也就是想摆脱"典型"困扰,让邢老师看看我有没有长进,却万没想到她会给我这份作业如此高的评价。基本达到了发表水平?投稿?说心里话,反复看过几遍评语后我又有些恍惚。那个时候,虽然我也读过一些文学评论,但对评论文章的发表水平根本没有概念，投稿更是从未想过。我总觉得，大概只有曾镇南们才有资格投稿或发表，与他们的生花妙笔相比，我还差着行情。但邢老师却说到了火候，她的判断力一向精准，我岂有不听不信之理？读张承志的书，听邢老师的话，照邢老师的指示办事，没准儿就能成为一枚好战士。思前想后几日，"北方的河"开始在我心中呼啸，我禁不住跃跃欲试了。

但往哪里投稿呢？那时候，我对评论刊物所知甚少，对投稿之事更是两眼一抹黑，如何走出这一步，于我是困难重重。仿佛是猜透了我的心思，有一天邢老师忽然找到我的宿舍，她先是评点一番我文章的优劣，然后说："这样吧，我给你列几个刊物。成都有个《当代文坛》，辽宁有家《当代作家评论》，陕西还有个什么来着？"她一边说着，一边把这几个刊物的名称写在我作业的背面。"对了，河北还有张专业性报纸，叫《文论报》，里面有个《青年评论家》栏目，要是往那里投，我正好认识一位编辑，可以给你推荐一下。"说到这里，她略加思考，便在我找来的一张白纸上写起来了。"不过，"邢老师说，"报纸发不了长文章，顶多三四千字。要是给《文论报》，你得好好压缩一番。"

接过邢老师的那个短笺，只见上面写道：

王斌：

你好！现有我的学生的一篇评论张承志的文章，我感到不错，你看能否用？不行就给他退回。余言再谈。

祝

改革成功！

邢小群

我很感动，也一下子如释重负。想不到在我这里大发其愁的事情，邢老师三下五除二就帮我搞定了。我去南馆侦察了一番《文论报》，发现该报由河北省文联主办，预告中说：从1985年1月起将改为对开大报，每月两期。我抄下地址，又去浏览一番《当代文坛》《当代作家评论》等等刊物。随后，我又打开这篇作业，从头看起，琢磨着怎样删减字数。

但刚删几段，心里就犯开了嘀咕：缩写、扩写、改写是我高考时就操练过的作文类型，掐胳膊去腿并无多大难度。待缩写成功，再配上邢老师的推荐信投稿，发表虽不能说十拿九稳，但估计也八九不离十吧。可是越往下删，又越是心疼，心里也越就不是滋味：我吭吭哧哧写了那么多，为了发表却不得不拿掉一大半，这就好比一个农民种王斌：

　　你好！现有我的学生的一篇评论张和忠的文章，我感到不错。你看能否用？不行就给他退回。余言再洽。

　　　　　　　　祝

改革成功！

　　　　　　　　　　　　邢小群

邢小群老师给我写的推荐信，1984 年

了一亩三分地,收了九百斤玉米棒子却只有四百斤算数,那五百斤怎么办呢?愁眉苦脸了许多日子,忽然有一天我开窍了:既然邢老师说基本达到了发表水平,那就意味着我的文章到哪儿都能基本发表吧,既如此,又何必在一棵树上吊死?豁然开朗之后,我立刻把自己的稿子略加润色,再誊抄一遍装信封,寄到了成都市布后街二号——《当代文坛》编辑部。为什么寄往那里?道理明摆着嘛,这是邢老师推荐的刊物,而且她把此刊列在了最前面。

许多年之后,陈树义给我发来一张图片,上面是邢老师写在他期末论文后的批语,占多半页稿纸。这张图片激发了我的寻找欲,于是翻箱倒柜一番,我也终于找到了我的那篇作业。拍过图片后,我把我俩的批语一并转给邢老师。不一会儿,她喊着我的微信名说话了:"山药蛋,你注意到你文章后面批语的字了吗?是丁东写的。当然是我们的共同想法。"

天哪,原来是这样?丁东是邢老师的丈夫,著名的文史学者,这么说当年他也参与了对我这篇习作的审读?然后他们又商量一番,由丁东执笔,写出了那段对我产生了重大影响的批语?

我将信将疑,立刻找出被我保存多年后来又被我扫描成电子文本的推荐信,比对了一下笔迹:邢老师的字端庄清秀，丁老师的字清秀端庄，很有夫妻相。但仔细看，丁老师行书的幅度要大一些，怪不得我几十年都没有发现这个秘密！

于是我把推荐信的图片也转给邢老师，说："明白了邢老师，这才是您的字。"

"哎呀！都留着哪！"邢老师立刻回应。

"哈哈，革命历史文物！以后我写您就有证据了，以前只是捎带着写过。"

"我不值得写什么。"

"对我来说这是一个重要事件啊，怎么能说不值得？"

是的，确实是重要事件！回望我的1984，依稀记得听过一次山西五作家的文学讲座，看过一场长达八小时的电影《解放》，全班同学去迎泽湖划过一次船，周峰的《夜色阑珊》成了我们初学跳舞的伴奏带……然而，所有这些都已如烟似雾，漫漶不清，青春的往事也越来越变得空空荡荡，流失了许多细节。但唯有这件事情——张承志、作业、邢老师的批语、当面写出的推荐信——却长留在记忆里。它真真切切，嘀嘀嗒嗒，像永不消逝的电波，接通了我的来路，响彻在我的进程。有时候我会想到，那时的我就是找不着北的吴琼花，邢老师（以及她背后的丁老师）好比那党代表，"常青指路"之后，忽如一夜春风来，千树万树梨花开。我能跌跌撞撞走到今天，又一直与笔墨为伍，很可能都与这个事件有关。记得萨义德说过，只是因为回溯，"开端"才有意义。如今我遥想自己的写作"开端"，那一刻忽然变得灯火通明。

邢老师的做法也让我油然生出效仿之心。许多年之后，我在大三学生提交的期末论文中发现有两篇写得不俗，基本上达到了发表水平，便让他们修改一番，直接推荐到我们主办的《文化与诗学》上。编务会讨论时有人说，我们的刊物从未发表过本科生论文，鉴于种种考虑，此头不可开。我唯唯，才意识到物换星移几度秋，八十年代早已一去不回。

但是，我那篇今天看来稚嫩得一塌糊涂的习作却发表出来了。1985年2月的一天，我收到了《当代文坛》的用稿通知。通知中说，我的文章将在第3期刊发，"怕耽误时间，使你担心，同时为了避免一稿两发的现象，特此通知。倘不同意我们的处理意见，望速告。"我高兴都来不及，怎能不同意呢？不久，样刊寄来，打开看，发现编辑只是修改了标题，原题被改为《一个青年作家的足迹——略论张承志的小说创作》，内文则几未改动。——哈哈，玉米棒子全卖光，《扬鞭催马送粮忙》，我的耳边顿时响起那首欢快的笛子独奏曲。

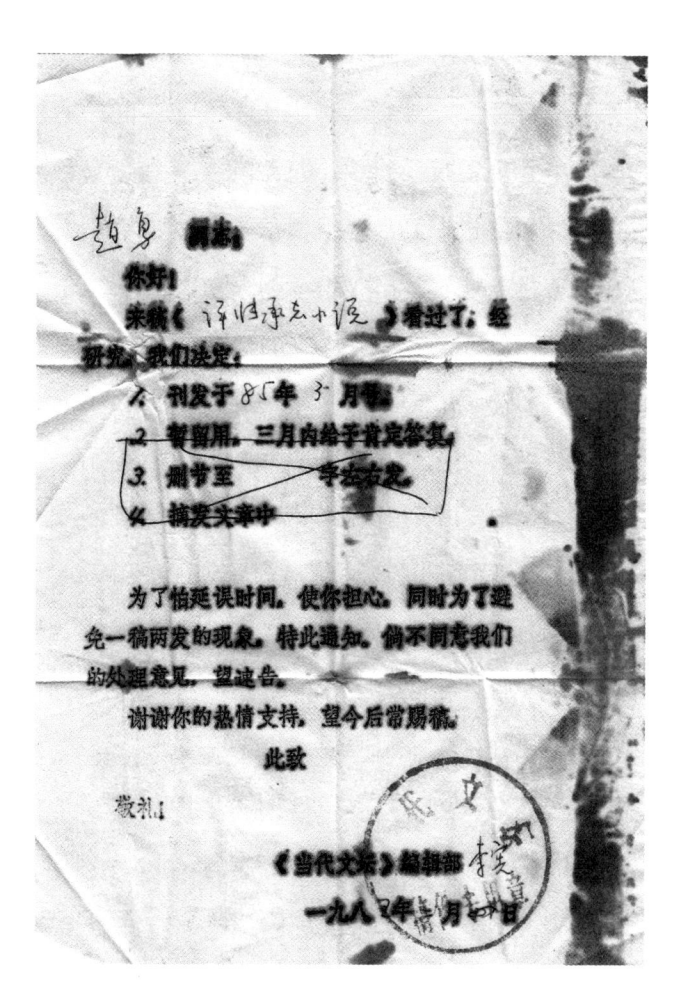

《当代文坛》的用稿通知，1985 年 2 月

随之到来的还有百十来块钱稿费。

2012年5月,在《当代文坛》创刊三十周年座谈会上,我讲述了这篇文章的幸运之旅,然后便开始感慨:"这个故事也许能反映出上个世纪八十年代的某种风貌:一个大学生把自己的处女作投给了一家刊物,他没有关系,没有得力的人举荐,而作者本人自然也不可能有任何名气。用编辑的话说,这是属于自然来稿。而编辑部收到这篇稿件后,没有在意这个作者的身份和名气,也没有说让这个作者出多少钱的版面费,而是认真对待,仔细审稿,并很快给他发出了用稿通知。不久,他不仅收到了样刊,而且还得到了平生的第一笔稿费。他用这笔稿费请班里20位左右的男同学吃饭喝酒,之后还略有剩余。这样一件事情我觉得只可能发生在我所经历的八十年代。如果放到今天,也许在每一个环节上都会出现问题。"[1]

岂止是文章,就连房子都出了问题。2020年严冬的一天,听说邢老师所住的那个香堂新村遭遇强拆,我便拽上张巨才老师,驱车50公里一睹究竟。那是一个三层小楼,我们随邢老师、丁老师走到顶层,只见一百平米的大房间转圈放着16个书架,书架的每一层都码满了书。"当时就

---

[1] 参见拙书:《刘项原来不读书》,浙江古籍出版社,2022,第37页。

是因为书太多，没地方放，我们才买了这里的房子，没想到会遇到这种事情。"邢老师平静地讲述着这个房子的来历，那时她已年近古稀，头发花白，但依然健谈，还是当年给我们上课的嗓音。"这些书我们得处理一大半，要么送人，要么卖掉。你需要什么书，可以随便拿。"

我们开始聊天了。张老师不清楚我那篇处女作的故事，我便借机讲了几句。说起当年的那封推荐信，邢老师插嘴道："你知道那个王斌后来干吗了吗？他成了张艺谋的文学策划，是《英雄》的编剧。"不知道，我当然不可能知道。王斌于我只是一个抽象的符号，但是一提到这个名字，我还是感到一种温馨。

准备告辞时，两位老师送了我一兜子他们自己写的书，而我则挑选了一套邢老师购于1978年的《创业史》，留个念想。

回到家来，打开这套《创业史》，见里面勾勾画画处甚多，旁批眉批也不少，不由得感叹：邢老师当年读得可真是细啊！翻到第十五章，看到开头那句话被邢老师用铅笔画住了："人生的道路虽然漫长，但紧要处常常只有几步，特别是当人年轻的时候。"[1] 她在旁边批注道："哲

---

[1] 柳青：《创业史》，中国青年出版社，1960，第243页。

理!"而这句话因被路遥题写在《人生》的扉页上,早已广为人知。弱冠之年的我留意过这句话吗?我又想起我为邢老师提交的那篇很"典型"的作业了。

也把邢老师送我的书——《凝望夕阳》《我们曾历经沧桑》《丁玲与文学研究所的兴衰》……置于案头,准备复读和新读。我早已知道的情况是,大概从九十年代中期开始,邢老师就转向了口述史的搜集、整理与研究,采访了许多文化名人,抢救了一批宝贵资料。那是她回京之后做的主要事情。她在书的自序中说:"我内心总是有一种还原历史真实的冲动,而不愿仅仅局限于当下的价值判断。"[1] 是的,真实常常隐藏在当事人的心中,访谈便是打开历史皱褶、让记忆说话的一种有效方式。

读着邢老师的书,我仿佛又回到了八十年代的课堂。只是,这一次多了更加丰富鲜活的历史细节,我可以好好补补课了。

2021 年 7 月 31 日写
2024 年 5 月 30 日改

---

[1] 邢小群:《凝望夕阳》,青岛出版社,1999,第 3 页。

《手稿》，夏之放，或马克思的幽灵

马克思的《1844年经济学哲学手稿》我买过三本。第一本出版于1985年，我于1986年5月购于山西长治。第二本是人民出版社的汉译修订版，2000年面世，我在2004年9月从今年因关张而惊动了多家媒体的盛世情书店请回。第三本是英译本（*Economic and Philosophical Manuscripts of 1844*），由美国的普罗米修斯出版社（Prometheus Books）1988年出版，翻译者是马丁·米里根（Martin Milligan）。这一本我是2006年在新加坡的Kinokuniya书店购得的，花了17.41新元。反复买此书，莫非我曾研究过它？非也。它只是关联着我的一段学习时光和情绪记忆。当然，如今我也应该承认，我实际上是通过《手稿》才真正进入马克思的世界的。虽然我在他那里用功不多，但他弹奏出来的思想妙音却回响在我后来的学术历程中，如同他所说的"一个幽灵"①在游来荡去。

追根溯源，就从我的大学时代说起吧。

1983年，我大二，正在山西大学念书。那一年发生的大事是，上半年，纪念马克思逝世一百周年的活动开始举行。就是在这个纪念活动中，周扬在中央党校礼堂做了一场著名的学术报告，人道主义与异化问题从此进入人们视野。据说，那场报告结束后，王震与周扬握手并请教："你说的'yihua'，这两个字是怎么写的？"②但是下半年，一场"清除精神污染"的"运动"忽然不期而至。紧接着，胡乔木在1984年年初作报告批周扬，随后，一本《关于人道主义与异化问题》的小册子面市，宛如中央文件。此书正文前的开篇语写道："谨以这篇讲话似的论文，献给一切探讨马克思主义、社会主义、人道主义的理论界、文艺界同志，和探讨人生意义、人生目的的青年；……"③很显然，这本白皮书的目标受众也包括青年大学生，这样，它也就顺理成章地被发放到了我们手中。

---

① 马克思和恩格斯：《共产党宣言》，载中共中央马克思恩格斯列宁斯大林著作编译局编：《马克思恩格斯选集》第一卷，人民出版社，1995，第271页。

② 参见崔卫平：《"人道主义和异化问题"讨论始末》，《炎黄春秋》2008年第2期。

③ 胡乔木：《关于人道主义与异化问题》，人民出版社，1984。

很可能这就是我关注马克思的起点，而巴黎手稿、两个马克思、异化、人道主义等说法，也是我在那个阶段获得的新知。不过说实在话，这场讨论对于二十来岁的我来说又显得太高深了，远远超出了我当时的认知能力和理解水平；而隐含在讨论后面的纸背心情，更不可能让我琢磨明白。许多年之后，我在李洁非的书中读到，周扬之所以在那个时候谈异化，是因为他自己就是"一个被异化了的人"[①]。这个说法曾让我悚然一惊，但是在1983年，不要说懵懂无知的我，就连搞理论的专家学者能想到这一层的又有几人呢？

大学最后一年，程继田老师带着他的"美学"课和"马列文论"课上场了，马克思的著作文章和著名论断也就时常挂在他嘴边。但程老师较正统，他似乎没有触及过《手稿》中的经典命题，而只是给我们解读了马恩致拉萨尔、考茨基、哈克奈斯等人的几封信，让我初步领略了马克思的风采。由于选修了程老师的课程，大学毕业之后的第二年，我就买了《马克思恩格斯列宁斯大林论文艺》（人民文学出版社1986年版）一书。没承想，这本书成了我考研时的重要读物，那里面的每一篇文章我差不多都认真读过，重要的段落甚至背过。但同一年买到的那本《手

---

① 参见李洁非：《典型文坛》，湖北人民出版社，2008，第50页。

稿》却没有及时阅读。直到 1988 年，我才真正打开了这本书，带领我们读此书的是夏之放老师。

1987 年，我考入山东师范大学中文系文艺学专业攻读硕士学位，师从李衍柱老师，但夏老师的名字在考研阶段就已频频亮相，因为我的考研用书中有两本都与他有关，一是他与刘叔成、楼昔勇等人合著的《美学基本原理》（上海人民出版社 1984 年版），二是他主编的《文学理论百题》（山东文艺出版社 1985 年版）。读前者，让我意识到马克思的幽灵无处不在，例如，"美是人的本质力量的感性显现"便是此书提炼出来的一个重要命题，而这一命题，实际上又是对马克思思想与黑格尔美学理论的一个嫁接。读后者，又见马列文论的东西不时在题中浮现，比如，有一道题是"列宁的《党的组织和党的文学》一文为什么改译为《党的组织和党的出版物》？今后还要不要再提无产阶级文学的党性原则？"，此题的编写者正是夏老师。许多年之后，我见有著名学者发表文章，力论 1982 年把"党的文学"（партийная литература）改译为"党的出版物"很成问题，他的意思是要改回去。① 但是，因为读夏老师主编的书，我在 1986 年就明白了把"文学"

---

① 参见董学文：《重论列宁〈党的组织和党的文学〉的中文翻译问题》，《文艺理论与批评》2020 年第 6 期。

我与夏老师在山东师范大学文学院，2019 年 5 月

改译为"出版物"的道理。我是改不回去了。

那一年,文艺学专业招收硕士生六人,其中四人跟李老师念书,二人随夏老师修炼。第一学期上专业课,李老师出场,他讲"西方文论专题研究";第二学期,夏老师亮相,他的那门课叫作"美学原理专题:马克思《手稿》研究"。就这样,在1988年的春天,伴随着夏老师每周四节课的讲授,我走进了《手稿》的世界,头两年买到的这本书也派上了用场。

现在想来,一个老师带着六个学生研读《手稿》,他讲一学期,我们读一学期,讲者讲到山穷水尽,读者读到云涌风起,无论怎么说,这在八十年代的研究生教育中都应该是一种壮举。那一年夏老师四十九岁,我二十五岁,而写作《手稿》时的马克思只有二十六岁。

夏老师很会讲课,而《手稿》的内容被他的聊城话编织一番之后,又仿佛四四拍的山东快书,辨识度既高,也远比头一学期李老师的胶东话中规中矩。现如今,我在讲台上站了三十多年之后也早已明白,要想把一门理论课讲得深入浅出又风生水起,是一件很不容易的事情,更何况是马克思的《手稿》呢?手稿就是草稿,那里面有着许多跳跃式的思考;同时,马克思也像《马克思传》的作者所说的那样,笔下"充满了生动的、过分简洁的、警句式的论述",甚至以一种"梦幻般的语言"进行描述。① 这样一来,阅读《手稿》殊非易事,解读《手稿》也难乎其难。但在当年的我看来,夏老师的功夫却好生了得。他先是"总论"一番,介绍《手稿》形成的历史语境和后来的出版过程,然后就分成三大块,把"异化劳动论""共产主义论"和"审美论"徐徐打开了。因为他的听众只有六人,他也就没必要站在讲台上,做高谈阔论状,而是坐在我们面前,像是围炉夜话,促膝谈心。讲到兴奋处,他就会掏出香烟,点燃一支,同时也给我们散发过来。那个时候,我和另外两位师兄都已步入"瘾君子"行列,于是接过夏老师的烟,我们也一起点燃,然后乘机扯几句山师大门外马路牙子边散装大鸡牌香烟的行情,马克思没钱时抽什么雪茄,是不是像我们一样如此幸运,等等。闲话道过,烟雾缭绕中,夏老师又言归正传了:

> 刚才我们谈到了异化劳动与私有财产,那么接下来的一个问题是,为什么马克思要从后来出现的资本主义社会的私有财产入手,而不是从最初的私有财产的形式(比如土地占有)入手来讨

---

① 戴维·麦克莱伦:《马克思传》(第4版),王珍译,中国人民大学出版社,2016,第107页。

论私有财产的本质呢？这就牵涉到马克思的一个独特的研究方法，我把它归纳为"从后头开始思考"。马克思说过："人体解剖对于猴体解剖是一把钥匙。低等动物身上表露的高等动物的征兆，反而只有在高等动物本身已被认识之后才能理解。因此，资产阶级经济为古代经济等等提供了钥匙。"你们瞧，马克思做研究不是从猿到人，而是从人到猿，这是马克思的一个发明创造。任何一个事物，从后头、从它的高级阶段往回看，就能把问题看得更加清楚。这个方法很重要，你们不妨牢牢记住。①

我确实记住了，以至于许多年之后博士生入学考试，我出的一道西方文论解释题中就有"人体解剖对于猴体解剖是一把钥匙"。让我吃惊的是，许多考生并不知道这一说法出自哪里，解释更是无从谈起。这么说，新一代的研究生们没怎么读过马克思？

让我记住的还有《手稿》中的许多漂亮句子："人奉

---

① 夏之放：《异化的摒弃——〈1844年经济学哲学手稿〉的当代阐释》，花城出版社，2000，第192—193页。为使其呈现出演讲体风格，有一些改动。

献给上帝的越多,他留给自身的就越少。"① "劳动为富人生产了奇迹般的东西,但是为工人生产了赤贫。劳动创造了宫殿,但是给工人创造了贫民窟。劳动创造了美,但是使工人变成畸形。"(第49—50页)"结果,人(工人)只有在运用自己的动物机能——吃、喝、性行为,至多还有居住、修饰等等的时候,才觉得自己是自由活动,而在运用人的机能时,却觉得自己不过是动物。动物的东西成为人的东西,而人的东西成为动物的东西。"(第51页)"只有音乐才能激起人的音乐感;对于没有音乐感的耳朵说来,最美的音乐也毫无意义,不是对象,因为我的对象只能是我的一种本质力量的确证。"(第82页)"忧心忡忡的穷人甚至对最美丽的景色都没有什么感觉;贩卖矿物的商人只看到矿物的商业价值,而看不到矿物的美和特性;他没有矿物学的感觉。"(第83页)……这些句子都是金句,一句顶一万句。后来我常常想到,理论家的伟大与深刻有许多衡量标准,但他能否发明金句,其金句能否让人过目不忘,乃至被刻在脑子里,融化在血液中,也应该是检验理论家成色的标尺之一。许多年之后,我写文章

---

① 马克思:《1844年经济学哲学手稿》,人民出版社,1985,第48页。以下所引皆出自该书,故只随文标注页码。

引用马克思语录,发现"吃、喝、性行为等等,固然也是真正的人的机能"(第51页)处已改译为"吃、喝、生殖等等"(第55页),便马上把英译本拎出来核对,看到此处译作"Certainly drinking, eating, procreating, etc., are also genuinely human functions."(第74页)才放下心来。但问题是,"性行为"已被我记得滚瓜烂熟,说"生殖"反而找不着北了。

除了这些锤炼思想的论述之外,我从青年马克思那里还获得了澡雪精神的元气。比如,我们都知道,一个人活在世上,自主、自立、自强是硬道理,而马克思用其哲学话语表述出来,又别有一番风味:"任何一个存在物只有当它用自己的双脚站立的时候,才认为自己是独立的,而且只有当它依靠自己而存在的时候,它才是用自己的双脚站立的。靠别人恩典为生的人,把自己看成一个从属的存在物。"(第86页)您瞧,他这样论述多么来劲又多么提气甚至霸气!在青年赵勇看来,这简直就是让自我站起来、强起来的宣言书。一旦接受了这种教诲,它也就必然会成为生命的一种底色,或者用阿多诺的话说,这种从同一性压迫下解放出来的自由或自尊,就必然会成为"一个无法磨灭的时刻,一种永不褪色的色彩"①。

而就在我们跟着夏老师念叨"人的本质力量的对象化"的时候,我也开始搞对象了。于是《手稿》中有可能被我那五位同学忽略的地方,我也读得仔细,记得分明。书中有一小节内容是在谈论货币,但谈到最后,马克思忽然峰回路转,重新进入人的关系之中,拿爱与被爱延伸其思考:"如果你想得到艺术的享受,那你就必须是一个有艺术修养的人。……如果你在恋爱,但没有引起对方的反应,也就是说,如果你的爱作为爱没有引起对方的爱,如果你作为恋爱者通过你的**生命表现**没有使你成为**被爱的人**,那么你的爱就是无力的,就是不幸。"(第112页)这种论述铿锵有力又句句走心,简直可以当作恋爱宝典。然而,类似论述在《手稿》中毕竟不多,或许是为了弥补这种缺憾,我又把马克思的另一处文字抄录过来,结果,我的这本《手稿》的扉页上出现了如下文字:

　　一时的激情是蹩脚的作家。爱者在十分冲动时写给被爱者的信不是范文,然而正是这种表达

---

① Theodor W. Adorno, "The Essay as Form", in *Notes to Literature*, Volume 1, trans. Shierry Weber Nicholsen, New York: Columbia University Press, 1991, p.17.

的含混不清，*极其明白*、*极其显著*、*极其动人*地表达出爱的力量征服了写信者。爱的力量征服了写信者就是被爱者的力量征服了写信者。因此，热恋所造成的词不达意和语无伦次博得了被爱者的欢心，因为有反射作用的、一般的、从而不可靠的语言本性获得了直接个别的、感性上起强制作用的、从而绝对可靠的性质。而对爱者所表示的爱的真诚深信无疑，是被爱者莫大的自我享受，是她对自己的信任。①

为什么我会单单拎出这段文字呢？可能是我那时正与未来的媳妇鸿雁传书，马克思的话说到了我心坎上，也可能是我那时正读着《情爱论》，忽然发现瓦西列夫在拿马克思说事：十九岁时马克思就看上了燕妮，而在三十八岁那年他还给燕妮如此写信："你好像真的在我面前，我双手捧着你，自顶至踵地吻你，跪倒在你的跟前，叹息着说：'我爱您，夫人！'事实上，我对你的爱情胜过威尼斯的摩尔人的爱情……我不能以唇吻你，只得求助于文字，

---

① 马克思：《对弗里德里希-威廉四世最近在诏书上所做的修辞练习的说明》，载《马克思恩格斯全集》第 42 卷，人民出版社，1979，第 182—183 页。

以文字来传达亲吻……诚然，世间有许多女人，而且有些非常美丽。但是哪里还能找到一个容颜，它的每一个线条，甚至每一处皱纹，能引起我的生命中最强烈而美好的回忆？"瓦氏紧接着评论道："这位革命巨人也是爱情上的巨人。"① 然而在我看来，此时的马克思应该只是一个"蹩脚的作家"，他在信中那番激情四射的表达似乎已完美地吻合了我抄写过来的他那处论述。

大概也正是因为我沉浸在感情世界中，那个学期结束时，我给夏老师提交了一篇《论感情异化》的期末论文。为了写好这篇文章，我阅读了《西方学者论〈1844年经济学—哲学手稿〉》（复旦大学出版社1983年版）、陆梅林、程代熙编选的《异化问题》（上下册）（文化艺术出版社1986年版）、今道友信的《关于爱》（三联书店1987年版）等书，还做了不少读书笔记。此文后来刊发于《批评家》1989年第5期，是我读研期间发表的为数不多的几篇文章之一。但那个时候我已无法向夏老师当面汇报了，因为在1989年春天，夏老师已调至汕头大学任教。记得临别前夕，我们在宿舍里为夏老师搞了一个简陋的送别聚餐，总指挥兼掌勺人是我们的大师兄陈朝豹同学。那时候我并不知道夏老

---

① 基·瓦西列夫：《情爱论》，赵永穆等译，生活·读书·新知三联书店，1984，第202页。

师是被学校打压,负气而走,却也在大快朵颐(也就是充分发挥马克思所说的"动物的机能")和欢声笑语中感受到一种依依惜别的悲音。许多年之后,我在北岛的《波兰来客》中看到了这样的句子——"那时我们有梦,关于文学,关于爱情,关于穿越世界的旅行。如今我们深夜饮酒,杯子碰到一起,都是梦破碎的声音。"[1]——忽然就想起了那场"为了告别的聚会"。那个年代,昆德拉的书也是我的最爱,我从夏老师的出走中是不是解读出了"生活在别处"的味道,如今已不甚了了。但假如"从后头开始思考",夏老师离别山师八年之后又选择叶落归根,此举在我看来可谓伟大、光荣、正确。否则,他就有可能成为孤独的王富仁。我在一篇文章(《为谁风露立中宵——我所认识的王富仁先生》,《文艺争鸣》2017年第7期)中写到王老师的汕头大学之行时曾提过一笔夏老师,让我没有想到的是,夏老师在中学时与王老师是前后同学。"那时候我上高中,他读初中,我是少先队大队辅导员,他是大队长。后来我们一直关系很好。"夏老师后来对我说。

研究生毕业后,我又重回晋东南师专任教,应该是因为那时的大气候与小环境都让我感到压抑,我便给夏老师

---

[1] 北岛:《失败之书》,汕头大学出版社,2004,第87页。

写信，诉说了一番自己的郁闷。1990年10月的一天，夏老师给我回信了——竖排，硬笔行草，写了整整两页纸。他在信中说：

> 你的勇气和才华是周围许多人都感到敬佩的，李白曾言："天生我材必有用。"这算是我送给你的赠言。
>
> 我们决心献身事业，追求真理，就不必太看重一时一事的得失。尽管有些令人不快的挫折，但历史总归在前进。学术界、美学界的沉默，也促使人沉思，使问题向纵深发展。到了适于推进的时候，那些沉思着艰苦耕耘的人会一下子冒出来。你还年轻，我已经历过几次这样的变化。如五七年反右后，有多少有才华的人沉默了。"文革"中又有多少人"逍遥"——其实这些人最工于心计，我学外语，我钻马列，我积累资料，我写成初稿……而那些浮在表面上，总是围绕着报刊一直发言的人，也未必到时候能拿出足以征服人心的东西。历史不是这样走过来的吗？
>
> …………
>
> 长治不在通衢大道上，可能较闭塞。但客观

条件就完全决定一个人的命运了吗？自己可否努力创造，争取一些好的条件？你在济南三年，虽不太逢时，但几个人切磋，已经打开了眼界，了解了当今中国的各个方向。你会感到，真正下功夫做学问，执着地追求真理的人怕也比数不大。以你的基础，智才、才华，我以为今后还会有大发展的。你不要耽搁了自己。

人生之途，殊难料及。但只要自己拼搏，总是功夫不负有心人的。我虽然年长一些，仍不甘消沉，何况你是血气方刚的青年，正处在才华横溢的年代呢！

别的具体问题不说了，但愿我这一锤敲下去，会发出深沉的回声！

夏老师的这封信写得实在，也没有引经据典，但这记重锤下去，我却仿佛听到了从马克思那里发出的回响："在科学上没有平坦的大道，只有不畏劳苦沿着陡峭山路攀登的人，才有希望达到光辉的顶点。"[①] 于是我调整心态，抖擞精神，开始了漫长的修炼过程——既要把人的本

---

① 马克思：《资本论》第一卷，人民出版社，1975，第26页。

夏之放老师来信（1），1990 年 10 月

汕頭大學

振寄博士：

我回信这么晚是因为身外之事多些，加之邮筒办事有些问题。

上次给你的（谢老师）一信未通邮。不知发出没有？

你人怎样了吗？自己还要勤学、多创造，学校这些年（下功夫做了些问题）也有了一些成绩，还有半年了，还要努力，我与今年也是毛麟凤的。以后的事，绝不要躲躲闪闪。

人生之路珠玑难及，但毕竟自己拼搏、奋斗起来不会有人来挡住自己的前途。何况你有空气，方则是年轻人。我也是年轻时那样过来的。但愿我这一种精神下去，不会走错路。

别的话以后再谈。此致

敬礼！

夏之放
+胡老师道

夏之放老师来信（2），1990年10月

质力量对象化，也在试探着进入马克思所描述的那种境界："上午打猎（教书），下午捕鱼（读书），傍晚从事畜牧（体育运动），晚饭后从事批判，这样就不会使我老是一个猎人（教员）、渔夫（书虫）、牧人（球手）或批判者。"① 那个年代，除写作课之外，我还讲过美学课和西方文论课，于是把马克思和"西马"的东西请进课堂就成了我的一项主要工作；我还读了一些弗洛姆和马尔库塞的书，那似乎也是我后来进入法兰克福学派世界的提前铺垫和不经意彩排。

世纪之交，夏老师的《异化的扬弃——〈1844年经济学哲学手稿〉的当代阐释》出版了，这本书的主干正是他当年给我们上课的讲稿。他在后记中说："我初次接触《1844年经济学哲学手稿》，是在60年代。1963年，我有幸考取了由中央宣传部、全国文联、文学研究所和中国人民大学联合举办的文学进修班。……就我个人的感受来说，在那里第一次听马奇教授讲《手稿》，使我有茅塞顿开之感。"而八十年代初在北师大举办的第一届全国高校美学教师进修班上，"我又聆听过前辈美学家朱光潜、宗白华、蔡仪、黄药眠、王朝闻、汝信、李泽厚、马奇等人

---

① 马克思、恩格斯：《德意志意识形态》，载《马克思恩格斯选集》第一卷，人民出版社，1995，第85页。

以及各个部门艺术的著名理论家的学术演讲,从而进一步开阔了眼界和思路。这期间,我再一次听朱光潜、马奇教授讲解《手稿》,使我对于《手稿》本身及其重要意义有了进一步的认识。有这种两次听讲的经历,才有了给研究生开设《手稿》专题课的信心和勇气,才产生了后来不断学习、不断追求的决心和责任感"[①]。

原来如此!怪不得我当年听课时觉得他挖得深、吃得透呢。

而那个时候,我也正式与法兰克福学派较劲了。每当我在霍克海默、阿多诺、本雅明、马尔库塞等人的著作中嗅出了《手稿》的味道,便两眼放光,心中窃喜。但仅有《手稿》这碗酒垫底是不行的,于是我又读开了《资本论》。众所周知,《资本论》是从商品、商品的使用价值和交换价值谈起的,那是马克思思考资本问题的逻辑起点,随后他就谈到了状如幽灵的商品拜物教。但这里的谈论比较形而上,不太容易理解。有一天,我读到了斯特利布拉斯(Peter Stallybrass)的《马克思的外套》,忽然就开窍了。他说,写作《资本论》时,马克思穷困潦倒,经常处在吃了上顿没下顿的状态,于是他的那件外套便频繁

---

① 夏之放:《异化的摒弃——〈1844年经济学哲学手稿〉的当代阐释》,花城出版社,2000,第348—349页。

地往来于他的身体与当铺之间：外套穿在马克思身上时，可以把他打扮成一个体面的公民，他进大英博物馆就不会受阻；外套送入当铺时，那肯定是马克思家里揭不开锅了，它又可以用来救急。这时候马克思就会给恩格斯写信："一星期前，我当了外套，我已经出不了门了。"既然外套对于马克思如此重要，让它在《资本论》中伴随着商品的使用价值和交换价值出场就有了隆重的理由。① ——天哪，《资本论》中居然融入了马克思自己的切身体验！明白了这个道理，谁还敢说"理论是灰色的"呢？

也是在那个时候，我读到了解构主义大师德里达的《马克思的幽灵》。这本书让我明白了一个道理：无论我们承认与否，我们都是马克思的幽灵，都是马克思幽灵政治学和谱系学中的一员。更重要的是，德里达还在书中如此写道："不去阅读且反复阅读和讨论马克思——可以说也包括其他一些人——而且是超越学者式的'阅读'和'讨论'，将永远都是一个错误，而且越来越成为一个错误，一个理论的、哲学的和政治的责任方面的错误。"②

---

① 参见彼德·斯特利布拉斯：《马克思的外套》，萧莎译，载罗钢、王中忱主编：《消费文化读本》，中国社会科学出版社，2003，第109—135页。

② 德里达：《马克思的幽灵：债务国家、哀悼活动和新国际》，何一译，中国人民大学出版社，1999，第21页。

于是我就暗自庆幸,尽管我读得不多不深不透,但我毕竟还读了一点马克思。而我读出来的马克思与昆德拉在其《不朽》中指出的、被"归结为六七条松松垮垮地绑在一起的口号"①式的马克思并不相同。在我的心目中,马克思更有趣、更浪漫、更深刻,同时也更把他所钟情的批判事业推到了极致。"向德国制度开火!一定要开火,这种制度虽然低于历史水平,低于任何批判,但依然是批判的对象,正像一个低于做人的水平的罪犯,依然是刽子手的对象一样。"② 要我说,这才是马克思主义的精髓。

2007年,夏老师又给我寄书了——一本厚厚的《论块垒——文学理论元问题研究》(人民出版社2007年版)。学习过一遍之后我就发现,"诗可以怨""不平则鸣""愤怒出诗人"等"块垒"问题(不得不说,我对这一问题也兴趣颇浓)不仅被他讲得通透明白,而且还被他总结出来的"激情本体论"和"感性活动论"鸟瞰着、统领着,这两论也就成了他解读"块垒"的理论武器。那是马克思的幽灵,同时也是他八十年代研读《手稿》的美学遗产。

---

① 施康强:《被改写的昆德拉》,《读书》1996年第1期。亦参见米兰·昆德拉:《不朽》,尉迟秀译,皇冠文化出版有限公司,2005,第118页。
② 马克思:《〈黑格尔法哲学批判〉导言》,载《马克思恩格斯选集》第一卷,人民出版社,1995,第4页。

记得读完此书后我掩卷遐思，忽然就想到了一个问题：马克思心中有没有"块垒"，他的"块垒"又是来自哪里呢？

2021年5月，汪民安教授拉我参与一个"理论何为，何为理论"的对谈活动。发言时，我的思绪却一下子跑到马克思那里，想到了他的关于费尔巴哈的第11条提纲，同时还想到朱光潜对那处翻译的指谬。在朱先生看来，把"es kommf daruaf an"译为"问题"不到位也不够劲，应该译作"关键"。于是那句名言的后半句便成了"关键在于改变世界"[①]。然而，我又不无悲哀地想到，如今的许多哲学家不要说"改变世界"了，他们甚至丧失了"解释世界"的兴趣和能力。在他们那里，兢兢业业地为这个世界涂脂抹粉，或许已成其主要工作。这是在美化世界！他们已摇身变成了美容师！为什么马克思播下了龙种，却收获了一堆跳蚤？

那一刻我意识到，在我这里，马克思的幽灵又开始五里一徘徊了。

2021年7月3日

---

① 朱光潜：《对〈关于费尔巴哈的提纲〉译文的商榷》，载《朱光潜全集》第五卷，安徽教育出版社，1993，第407页。

生命中不能承受之轻？
——亦师亦友姜静楠

当姜静楠老师过世的消息传到我这里，我又让它进入我们那个七八人的微信小群（1987文艺学）后，师兄弟们顿时一片唏嘘。老大说："亦师亦友好伙计，静楠兄一路走好！"这个"亦师亦友"可谓一锤定音，是我们与姜老师关系的真实写照。只是与其他师兄弟相比，我与姜老师的情谊似乎要更学术一些，而把这种情谊写下来，于我似乎也义不容辞。

于是我决定借着这悲音，立刻动笔，迅速成篇。唯愿我的文字能追上逝者的魂灵，成为最后的道别，成为长歌当哭的祭奠。

我与姜老师相识于1987年的秋冬之季。那一年，我们这个专业的六位同学从四面八方汇聚山东师大，开始了为期三年的研究生生活。那个时候，姜老师硕士毕业后已留校任教，是名副其实的老师，而我们这六人中，虽有四人都工作过，属于回炉再造，却无疑都是学生。我们与姜老师专业不同（他师从田仲济教授，是现代文学专业），身份有别，却不久就鬼混成了"感情深，一口闷"的弟兄，这件事情想起来都觉得有几分神奇。姜老师是1955年生人，我们中的老大、老二、老三分别出生于1957、1958、1959年，莫非是因为年龄相近？姜老师是从哈尔滨考过去的，我们则分别来自江苏、内蒙古、河北、山西等地，莫非是同为外来户更容易心有灵犀？当然，最重要的原因肯定是性相近，习相仿——姜老师有书生气，也有一些江湖气，他以本色"二气"示人，不像有些老师那样端着、装着、扎煞着，与他打交道没有任何压力。而我们这几人，抽烟喝酒，打牌吹牛，也基本上是"说走咱就走，你有我有全都有"的汉子。于是与姜老师在一起，我们仿佛是上了威虎山，进了聚义厅，是很有一些肝胆相照的匪气的。那个时候，我们都把他的"姜"谐音成"蒋"，然后便"蒋委员长"长"蒋委员长"短地叫着，他也哼哼哈哈地应承着，很受用的样子。九十年代我们通信，他落款时甚至干脆省去姓名，直接以"蒋委员长"亮相，由此可见他对这一名号的认同程度。

到研二时,我与姜老师已相当熟悉了,于是有了他的一次约稿。

八十年代是文学的黄金时代,而文学的兴盛也带动了文学评论的繁荣,于是各省纷纷创办评论刊物,仿佛是要为过剩的产能寻找出口。例如,广西创《南方文坛》,吉林办《文艺争鸣》,四川做《当代文坛》,甘肃弄《当代文艺思潮》,福建搞《当代文艺探索》,山西开始操练《批评家》,山东也整出个《文学评论家》。大概是草创之初,《文学评论家》缺人手,编辑部便就地取材,让山东大学、山东师大的老师做特邀编辑,姜老师遂成其中一员。有一天他跟我说:"刊物最近缺货,你能否聚焦近年文学,给咱来它一篇?"那时候我只是无名鼠辈,却居然有约稿可写,何乐而不为?而且,约稿者还是"蒋委员长",他的话就是圣旨,我又岂敢抗旨不遵?于是我大包大揽,满口应承下来。

为什么姜老师会找到我头上?往事如烟,我已经想不起来了。可能的原因是,当时我已发表过两三篇文章,估计他知道我能写。而这篇文章究竟是他的命题作文还是我的自选动作,如今我也忘得精光。我能够记得的是,当时山西作家郑义、李锐已横空出世,他们的作品我不仅全部读过，而且还读出了一些特殊感受。尤其是《远村》《老井》，不仅令人耳目一新，也更让人觉得"新启蒙"任重道远。而那个时候，因给山东人民广播电台写有关作家的广播稿，我也正好把山东作家张炜与王润滋的作品通读过一遍，于是，把这四位作家两两"拴对儿"，评其成败，论其得失，便成为我这篇文章的命意所在。对于郑义和李锐，我分析的是他们作为北京知青的异乡人之眼；对于张炜与王润滋，我思考的是他们"融入野地"的本地人之念，但倾向性也是明显的，因为我褒扬了前者而批评了后者。于是此文被命名为《失去和得到的——山东山西作家抽样分析》。

这篇文章自然首先是要交给姜老师审阅的，但他是不是夸过我，我也忘了。不过，此文一稿即成，姜老师没有让我做过任何修改，却是有印象的。而且，我的观点估计也很对姜老师胃口。那个时候，山东作家虽新作不断，却似乎并不受本地评论家待见。于是一上来就拉开架势，拎着板砖，开两枪，放一炮，似已成为评论界常态，与后来的地方保护主义和出手便是点赞完全不同。我现在想到的是，那时候我年轻气盛愣头青，自然是不怕得罪当地作家的，但姜老师身份不同，他约了我的稿子，难道就不怕那些老少爷们跟他急？

此文乃典型少作，今天看来自然是不成体统，却也有显摆之处：一、文章见刊后不久，即被中国人民大学书报资料复印中心《中国现当代文学》（1989年第4期）全文转载，让我着实得意了一番。而被人大资料复印，我这可是大姑娘坐轿——头一回啊。二、拙文还是"论文随笔化"的最初尝试。写作此文前，我刚好读过王晓明先生的《不相信的和不愿意相信的——关于三位"寻根派"作家的创作》（《文学评论》1988年第4期），因对其随笔式写法尤为喜欢，便心慕手追，活学活用。后来我随笔体越写越多，虽被名刊编辑叫停仍不思悔改，甚至还鼓吹把论文写成论笔，细究起来，这篇文章是要负主要责任的，这就叫作冤有头，债有主。三、就在姜老师约我写作此文的同时，杨守森老师也在约我为刚面世的《想象心理学》（光明日报出版社1988年版）写篇书评，而他也是在为《文学评论家》组稿。让我没想到的是，书评也要挤在那期刊物发表。估计是编辑觉得同一期发同一作者的两篇文章不成体统，便自作主张，从"赵勇"二字中各卸下一块，组合成笔名"肖力"，让它招摇过市。于是我不仅一期刊物发了两篇文章，而且还赚了一个马甲，让我有了一夜暴富的惊喜。

所有这些，都要归功于姜老师的约稿。四年之后，我写出《散文繁荣：喜耶？忧耶？》一文，想再续前缘，便寄给姜老师，请他向《文学评论家》推荐，结果却没能成功。随后他修书一封，细说原委，还捎带着寄来了审稿签。信中写道："原说是《文学评论家》第六期发，可是由于他们要改刊，第六期是最后一期，便将你和我的稿子挤下来了。不是因为'关系'不到家，而是最后一期的稿子太挤了。随后我把大作送给《山东文学》，结果却让副主编枪毙了。今天，编辑将稿子退回来了，说了一大堆道歉的话。不过，我觉得并没什么关系，你尽可放心，我一定找个刊物给你发出来。"（1992年9月27日）

仗义，姜老师就是这么仗义！

而《文学评论家》是不是那时候无疾而终的，我已说不清楚。如今我上网查，百度搜不到，知网没东西，连一丁点关于它的信息都找不到，仿佛这家杂志从来就没有存在过，也仿佛我发文发的是个假杂志。唉……呜呼哀哉！

如果说这次约稿是姜老师找我单练，那么接下来的又一次约稿却可以称得上是"发动群众"了。因为在姜老师的召唤下，我们几位师兄弟——陈朝豹、孙东、冯哲辉、胡建军等人——谁都没闲着，算是成了"蒋委员长"麾下的真正一员。

事情是这样的。

大概是1989年冬或1990年春，姜老师找到我们宿舍，说他有个朋友名叫罗琳的，准备主编一本《寓言鉴赏辞典》，他则作为副主编之一，负责招兵买马，把古今中外的寓言鉴赏落到实处。姜老师说："若是古人的东西，我们抄一遍原文，做一做翻译，然后再写个三五百字的赏析，就齐活儿了。这个事情没什么难度，也费不了多少工夫。我的本意是请弟兄们帮我个忙，也让大家赚点散碎银两。怎么样，愿不愿意跟我蹚这道浑水？"

蹚啊蹚啊，不蹚白不蹚，蹚了不白蹚，跟着"委员长"，黄金有万两。

于是我们每人认领寓言上百个，热火朝天地开始了赏析文字的大生产。在这件事情上，姜老师让我印象极深者有二，一是他特别认真精细，尤其是后来分稿酬时，他简直到了锱铢必较的地步，算是给我们示范了一把"亲兄弟，明算账"是什么样子。在1991年5月19日的来信中，他告诉我罗琳从北京去了济南一趟，带去了已经出版的书和稿费。"我们共写了70万字，每千字稿酬又提高了3元钱，是17元；此外，又给我300元副主编费，50元寄稿费，所以公式如下：（700千字×17元/千字）+300元+50元-190元（买样书8本）=12060元。"而在随后（5月22日）的一封信中，他则告诉我："书是每人买一本，定价34元，稿费已经算出来，是由我与张军锋分工，一人计算，一人复查，因此估计不会有大的出入。据计算，你写的条目是115条，共4136行，每行按27字计算，共计111672字。现将细目寄给你，请核对。……每千字是19.03元，每人再加3元。你的稿费为2128.12元，但减去买书的23.8元（七折），你实际可拿到2104.32元。"

在工资每月只有百十来元的九十年代初，我忽然有了一笔两千多元的巨款，这是不是值得载入史册？我是不是一下子顿悟了"马不吃夜草不肥"的道理？

第二个印象嘛，就不得不提及书中的一则寓言了。全文如下：

> 一秀才数尽，去见阎王，阎王偶放一屁，秀才即献屁颂一篇曰："高耸金臀，弘宣宝气，依稀乎丝竹之音，仿佛乎麝兰之味，臣立下风，不胜馨香之至。"
>
> 阎王大喜，增寿十年，即时放回阳间。
>
> 十年限满，再见阎王。此秀才志气舒展，望森罗殿摇摆而上，阎王问是何人，小鬼回曰：

"是那个做屁文章的秀才。"①

这则《屁颂》妙文,我记得姜老师讲过多次。待讲到"是那个做屁文章的秀才"时,他先是扑哧一笑,然后就"真他妈绝"地赞不绝口。那是对马屁精的极度鄙视,也是对讽刺手法的高度认可。这则寓言给我带来的"后遗症"是,因为姜老师的重复,我甚至都把它背下来了,以致现在写文章,还时不时地说某人"志气舒展,摇摆而上"("摇摆"二字,传神写照,入木三分,越琢磨越有味道),只可惜此梗偏僻,懂得它的人实在是太少。为了打破这种局面,我强烈建议大家诵读《屁颂》,直到把它印在脑子里,融化在血液中为止。

转眼就到了毕业季。而那年夏天,最值得一提的事情莫过于看世界杯足球赛了。我在一篇文章中曾经写道:

> 记得 1990 年的那届世界杯,我又在上学,楼道里却再也没人去支电视了,我等球迷就没了去处,只好跟一个打得火热的年轻教师求援。年轻教师算不上铁杆球迷,半夜三更的球原本是可

---

① 文杰、罗琳主编:《寓言鉴赏辞典》,中国商业出版社,1991,第 593 页。

以不看的，但为了让我们饱眼福过球瘾，不得不与弟兄们一起挑灯夜战。多好的革命同志啊，想起来就让人感动！于是每到夜深人静，我等数人就像溜门撬锁的贼，离宿舍，出校门，摸到他家门口，轻叩门扉，悄然入室。他的妻子与孩子在另一间屋里睡得正酣，我们就高抬腿，轻着地，鱼贯而入他那间斗室。电视已经打开，画面正在闪动，音量调到最小。高声大气的叫喊自然是不合时宜的，一到精彩处，我等看客只好把拳头狠狠地往自己的腿上砸。一晚上下来，大腿全成了青皮萝卜。①

这位年轻教师就是姜静楠。世界杯期间的许多个不眠之夜，我们几位师兄弟都是在他那间斗室中度过的。《意大利之夏》的悠扬乐曲……米拉大叔的四粒进球……马拉多纳塞给卡吉尼亚的那记妙传……"德国战车"的全攻全守……所有这些，都成为镌刻在我们生命年轮中的珍贵记忆。现在想来，假如不是姜老师敞开门户，我们的毕业季该会是多么寒酸！

---

① 参见拙文：《我的电视记忆》，载《书里书外的流年碎影》，中国人民大学出版社，2011，第134—135页。

看完世界杯之后，我便重回上党革命老区长治市，在晋东南师专教书育人了。但回长治不是回延安，那里没有宝塔山可搂，没有亲人怀可扑，这件事情本身就让人郁闷，再加上国事家事天下事，事事揪心，所以九十年代初那两年，我的心情是比较黯淡的。烦闷之余，我便只好向朋友倾吐，而姜老师也是我诉说的对象之一，于是我收到了他的第一封来信。信中说他去了一趟泰安，见到了我的师兄孙东，然后便由此说起，给我排忧解难了：

其实，孙东的状况并不比你好。见他独自一人，连个说话的人都没有，我给他介绍了两个朋友，但要想形成那种"侃"的气氛，恐怕一时是不行了。不过，乐趣是自己找的，待你度过刚去时的陌生，肯定会找到一些乐趣，也许是另一种乐趣。比如长治有个土作家什么的，认识了，就能变为另一种生活方式，关键是你自己要主动。

……我这里有几个山东作家寄来的作品集，他们要我给他们写评论，我至今都没有答应。你现在有兴趣干这个活儿吗？如果想干的话，请来信说明，我将作品寄给你。如果你不想干，在你现在的情况下，我倒劝你盘算一个写本书的计

山东省广播电视学会

赵勇兄：

你好！

来信收到。因急于去微山县拍电视剧，没能及时回信，还请多多原谅。我到泰安去了一趟，见到松东，也从他那里得知你的详细情况，更为你的不幸而感叹一番——只有毫无用处地感叹而已。

其实，松东的状况并不比你好。他独自一人，连个说话的人都没有。我给他介绍了两个朋友，但要想形成那种侃的气氛，恐怕一时是不行了。不过乐趣是自己找的，待你渡过州去时心怕生，肯定会找到一些乐趣。也许是另一种乐趣。比如长治有个土作家什么的，认识了就能变为另一种生活方式，关键是你自己要主动。

《寓言新编》的封面已印出来，现寄给你欣赏一下。我和松东们写的那本书《××××》也交稿了，目前手中没什么活。不过我也没闲着，正在学着编一部电视剧。正收与否且不管它，反正我不能闲着。过一段时间松东可能去北京，我已答应 ＊＊ 他，以便再联系一些活儿。如果活 ×××× 手，肯定忘不了众弟兄，更忘不了你。我这里有几个山东作家寄来 ×× 作品集，他们要我给他们写评 ×× ，我在今 ××× 没有答应。你 ××× 有兴趣干这个活儿吗？如果愿 ×× 话，请来信

住址：济南 ×××× 东路　电报挂号：7800　电话总机：2×991 转 958

姜静楠来信（1），1990年9月

山东省广播电视学会

说明，我将作品寄给你。如果你不想干，在你现在的情况下，我倒劝你盘算一个写本书的计划。不论是哪方面的，我们总要走进一步，成就或美而已。现在动手，才能赶上好时机头。另外，我也不相信你今在长治呆一辈子，有些狗日的地方，决不可能呆上五年以上。因此，只要你对那个学校不屑一顾，不与他们在那里争名夺利或斤斤计较，一句话，只要你在那里"没工夫搭它"，一切暂时的烦恼独苦闷，也就不再会苦恼着你，你也便有了冲出悲哀的办法了。关于这一点，在下是有切身体验之。

你信上说蓝天中正在筹办美术理讨论会，我不知这是指一个学术机构，还是一次会议。不管怎样，即使是学术机构，也自然要开一个成立大会，我很想去参加。你能否帮我弄一个会议通知或邀请之类？最好咱们能借此见面玩一玩。

别不多写，郎谈

长治久安！

静楠

90. 1. 23.

住址：济南市青年路　电报挂号：7800　电话总机：21991 转 958

姜静楠来信（2），1990年9月

划。不论是哪方面的，我们总要走这一步，或迟或早而已。现在动手，可能会赶上好时机的。另外，我也不相信你会在长治待一辈子。有些地方，决不可能待上五年以上。因此，只要你对那个学校不屑一顾，不与他们在那里争名夺利或斤斤计较，一句话，只要你在那里"没工夫操它"，一切暂时的孤独苦闷，也就不再会苦恼着你，你也便有了冲出悲哀的办法了。关于这一点，在下是有切身体验的。（1990年9月23日）

在整整两页的来信中，姜老师果然像老大哥那样关心着我这位小兄弟的处境。他的那番宽心话让我感动，也让我理解了友情的珍贵。而那句"没工夫操它"虽然匪气十足，不登大雅之堂，却既是他的口头禅，也关联着那个年代特定的历史语境，是只有我们之间才能懂得的黑话暗语。还有——他把"长治久安"放在"即颂"之后，这种祝福语别出心裁，让我过目不忘，一下子就记了三十多年；他的字一笔一画，工工整整，端庄秀气，像是钢笔字帖，读着它赏心悦目，愁闷立刻就减少了几分。而这样的蝇头小楷也断断续续，如此这般地绵延在九十年代的时空隧道里，一直到他1998年用起电脑，由手书变成打印的文字为止。而那时候我也即将离开长治，北上京城，我与姜老师的通信史也将告一段落，差不多要画上一个句号了。

想起翟永明的几句诗："在古代，我只能这样/给你写信，并不知道/我们下一次/会在哪里见面/现在，我往你的邮箱/灌满了群星/它们都是五笔字型。"（《在古代》）

一个时代结束了。

就在旧世纪行将终结之际，我收到了姜老师与刘宗坤合写的一本著作：《后现代的生存》（作家出版社1998年版）。"后现代"是九十年代知识界喊得山响的"主义"之一，以至于起劲吆喝者被戏称为"陈后主"或"张后主"，以至于孙津曾经高声断喝："后什么现代，而且主义！"[①] 而那个年代我虽偏安一隅，却也饶有兴味地关注这个学界动静，不断补充着新知，以求破译后现代主义这一高级机密。姜刘之书的到来可谓适逢其时，于是我不仅细读此书，而且读后还有了一些心得体会，便一不做二不休，一口气写了两篇读后感，一是《后现代主义：掀起你的盖头来》，二叫《后现代主义的重新解读》。我把稿子寄给姜老师，向他汇报，他说两篇单独来看，似只适合报

---

① 参见孙津：《后什么现代，而且主义》，《读书》1992年第4期。

纸发表，但若两篇论到一起，"你其实提出一个重要问题，那就是外来文化的传播，由于传播者的不同，会造成文化的'变形'"。随后他又写道："如果你能修改，就送修改稿给《读书》，你看如何？反正不论哪一个，我都很满意。尤其是你谈张洁与电脑那部分，我觉得太精彩了。细想一下，其实，我的文风发生改变也与电脑有关。电脑使人不再那么傻，不再那么清高，不再那么浪漫，不再那么愤世。它讲究的是人的智慧，冷静的智慧！"（1998年7月8日）

电脑是不是像姜老师说的那么神乎其神，因我当时还没有"换笔"，所以不敢妄议，但他这本书让我确有收获却是真的。以前我看待后现代主义，多用人文知识分子之眼，如今却有了科技知识分子的视角。更有收获的是，姜老师见我对"网络化信息"那章感兴趣，便寄我一本尼葛洛庞帝的《数字化生存》（海南出版社1997年版）。此书让我眼界大开，于是我当即决定，必须把买电脑的事情提上日程。一万年太久，只争朝夕。

而且，因为这本书，也让我对姜老师的价值立场有了更多了解。他曾经跟我说过，《生命中不能承受之轻》他读过好几遍，正是在对米兰·昆德拉的反复阅读中，他度过了八十年代的那场精神危机。而当他如此坦陈自己的心迹时，我不仅秒懂了他当年的困顿，而且也接通了我们共同的创伤记忆。我也是昆德拉小说的迷恋者，我也在研三时读过《生命中不能承受之轻》《生活在别处》和《为了告别的聚会》。以我的阅读经验，昆德拉的小说既有本雅明所谓的"震惊"之维，也确实有让人遗忘的疗伤之效。当托马斯在性与爱之间浮沉，在轻与重之间摇摆之时，苏联坦克的轰鸣便渐行渐远，成为可有可无的背景音乐；与此同时，耻辱之痛也就不再才下眉头，却上心头，而是日渐空灵，抽象，虚无，脱离人的躯体，随风而去。从这个意义上说，托马斯或许便是"后现代生存"的始作俑者，他也完成了从现代型知识分子到后现代型知识分子的精神蜕变。

姜老师想过这些问题吗？他对托马斯的选择是欣赏、鄙视还是同情的理解？所有这些，我并没有问他，但是凭借对《后现代的生存》的读解，我似乎已找到了某种答案。

姜老师送我的第二本书是他与另一人合作的译著：《蒂姆·波顿的电影世界》（上海人民出版社2011年版），这自然是他许多年前转向戏剧影视的一个成果，但此书我却没有细读。记得他送我书时是2011年春节期间，他来京，陪其父亲过年；他的高足宋维才博士则请我们一起吃饭。饭间长聊，自然是东一榔头西一棒槌的，无甚记忆，唯独聊到知识分子时,他的一个说法让我动心。他说:"你知道我是怎么给学生解释'社会良心'的吗?当官方与老百姓发生冲突时,成为官方的对立面;当富人与穷人冲突时,成为富人的对立面,这就是社会良心!"我连声叫好。此说也丰富了他的价值立场,不由得让我心中一震。但只是甩出这句掷地有声的话时,他才稍稍有了一些活力,其他时候则显得比较颓。他说明年就不想带研究生了,现在已在考虑退休之后做什么事情。我问还打球吗?他说不打了,打不动了,打一会儿就累得不行。记得九十年代中期我去济南,除了找他喝酒聊天,还是要跟他打打乒乓球的。他打球好身手,一招一式很是讲究。而转瞬之间,他已挂靴退役,这让我很是伤感。

一年之后,我们又有了一次关于知识分子的电话长聊,起因是我给他寄了一本《抵抗遗忘》(安徽文艺出版社2012年版)。此书中的豆腐块文章是我学萨特的东施效颦之作,自然不可能没有一些知识分子气息。而姜老师读过拙书,最有感受的也正在于此。于是我们先在电话中聊,意犹未尽之处,又变成了QQ上的文字。他说:"读罢大作,坚信了知识分子与知道分子的根本区别,表面上是知识,是文化,是性格,骨子里却只在于良知和责任。知识分子是传统的,知道分子是流行的,传统的需要时间而不断经典化，流行的永远像流感一样，过一段时间就会变异出新品种。知道分子受益于知识分子，却不是知识分子。"我说："厉害！几句话比我那篇两万字的论文还说得好。前几年我曾写过《从知识分子到知道分子：大众媒介在文化转型中的作用》，就是想弄清楚这两者是怎么回事。"然而，在这一话题之外，我感觉他不仅依然颓唐，而且甚至更为严重了。他说，夫人的脑袋里长了个恶性肿瘤，春节时才发现，医生说只有两年时间了。他还说，自己的状态非常差，差到把书当废纸，全部卖掉了。这个举动让我大吃一惊。亲人的不治之症确实会给人重重一击，这我可以理解，但书生卖书，却是彻底躺平的节奏，就让我有些看不懂了。于是我只能无言以对，心里却有了一种空旷的悲凉。

姜老师是学现代文学的，但大概从我们毕业那年起，他就转向了影视文学，其证据之一是我记得毕业前夕，我和几个同学被他邀请，在他的办公室用专业设备，看过一部《查泰莱夫人的情人》。我们刚进校时，适逢湖南人民出版社的翻译小说《查泰莱夫人的情人》面世，那时候买此书，还需要系里出具证明，写明"供研究之用"。没想到两年多之后，我们已能看到电影开洋荤了。而姜老师能搞到这种录像带，也让我看到了他转型后的能耐。关于电影，我原本是门外汉，对于他的研究是不敢置一词的。但2005年我为《文艺报》写"阅读榜评"，认真读过他的一篇文章——《国产电影的生存与文化立场》(《文艺研究》2005年第1期)——之后，终于还是没忍住，写下了几行点评文字：

> 张艺谋的电影《十面埋伏》问世之后，国内批评界可以说是骂多夸少。但是姜静楠却指出，不分青红皂白地"骂"它一通其实并不解决什么问题，关键在于以怎样的文化立场发言并进行电影研究。通过分析，他发现中国电影的基本现状是：管理层固守着电影的意识形态功能，编导们固守着电影的艺术表达功能，制片厂固守着电影的娱乐功能，发行公司固守着电影的商品功能。然而在这四个环节之间，却相互形成了某种错位。如此来思考中国当代的电影格局，我以为是非常到位的。如果不能解决这些问题，中国的电影就依然甩不开膀子，迈不大步子，就依然得在互"掐"中求发展，我想，这是谁也不愿意看到的一种局面。

此文才胆识力俱全，让我看到了姜老师五十岁时的文章模样：那是思想成熟的季节，也是"凌云健笔意纵横"的时候。但他去世之后我进"中国知网"中搜寻，才吃惊地发现，此文几乎就是他的封笔之作。是不是那时候他就已经看透了这世间的一切？

我是去年年初从宋维才那里得知他生病的消息的，而这一年因为"非必要不离京"的警报不时响起，让我不敢轻举妄动，便没有了去济南看他的机会。但只是在他去世之后我才得知，他这两年其实一直在北京治疗，顿时让我生出无限遗憾。现在想来，我与姜老师交往最密切的时候，一是八十年代最后三年，二是整个九十年代。而自从有了更便捷的数字传播工具，我们反而疏于问候了。比如所谓的微信互动，也只是他转个段子，我回个表情包，说话通常是只言片语，这是我一直不知他在北京的主要原因。他去世后，我找出他九十年代的那些来信，才忽然意识到，我们用"五笔字型"交流，实际上已陷入海德格尔所说的"贫乏"状态，是远没有书信交往瓷实、厚重的。这是不是也算"生命中不能承受之轻"？

整理姜老师的书信时，我发现其中的一封是这样起笔的："赵勇兄：你好！今天收到来信，估计在济南费了一番周折。本委员长在百忙之中亲笔回信，这恐怕是最后一次了。待我百年之后，这可能是最珍贵的手迹，拍费价将高达25美分。如果有人愿意出价的话。"（1992年7月6日）这几句玩笑话读得我百感交集，心里难受，于是我与宋维才通话，问他姜老师生病以来的一些情况。谈至末尾，他说，姜老师走了虽在意料之中，但这两天却止不住泪水长流。我知道，那是他作为弟子的疼痛。我是朋友，疼痛没他那么强烈，但我也有我的伤悲。

那么，就让我在这无限伤感和悲情的冬季中与姜老师作别，并以一种后现代式的、同时也应该是他喜欢的称谓说一句："蒋委员长"安息！

2023年1月19日—22日写于北京、阳城
2023年2月1日改，7月13日再改

考博未遂记，或张德林先生的橄榄枝

好几年前，记得我刚打开山西作家白琳的散文集《白鸟悠悠下》（北岳文艺出版社2015年版），一篇《考博未遂记》便赫然映入眼帘。还没开读我就心里嘀咕：这个题目该我写啊，怎么被她抢了先？但转念一想，我要是去写"考博"而"未遂"，可能会比较麻烦，因为考博关联着考硕、代培等事项，它们若不被我说清楚，"未遂"就没办法弄明白。只是如此一来，我就不得不像我的家乡俗语所说的那样，"提起簸箩斗动弹"了。

但自从几年前我亲赴上海，拜访过张德林先生后，写的念头却日渐强烈起来。而之所以迟迟没有动笔，一晃又是几个年头，是因为我一直没有找到写作契机。写东西也是需要"moment"的，时机到了，灵光乍现；时机不到，下笔滞涩。如今我提起笔来，决定写一写我的考博往事，倒也不是时机成熟，而是觉得万一哪天得了健忘症，那我这一肚子故事不就白瞎了吗？

为了不至于让故事腐烂变质，我决定赶快把它讲出来。

好了，闲话道过，言归正传，从头说起，您别嫌烦。

一

我在一篇文章中说过："世界上大概由三种人组成，其一是先知先觉者，其二是后知后觉者，其三是不知不觉者。我比第三种人稍好些，属于后知后觉那种类型。我在上大学时从没想过考研，读研究生时也从没想过考博，每次考，似乎都比别人慢半拍。"[1] 这是实情，没有半点虚假。我的大学读在山西，简称"山大"，那是 1980 年代中前期。那个时候，考研并不时兴。更何况，所有的人都傻呵呵的，从未想过考研也是出路，只觉得毕业分配能捧一铁饭碗，就大功告成了。我们班总共 45 人，毕业那年无一与考研有染——不是没考上，是压根就没动过这心思。[2]

在这种氛围中，考研于我就成了一个美丽传说，成了一个"听说过没见过两万五千里"的遥远神话。但几乎是

---

[1] 参见拙书：《人生的容量》，广东人民出版社，2022，第 203 页。
[2] 此文发表后，大学同学赵雪芹指出此处写得不实。当时班里还是有几人（主要是女生）考过研的，只不过她们秘而不宣，且都未修成正果，所以大家根本不知道。

从我入职报到的第一天起，我就动了考研的念头。

大学毕业，我被分配的去处是晋东南师范专科学校。这所高校坐落在"上党从来天下脊"的长治市东北郊，创办于1958年，1962年停办，1978年复校，占地130多亩。我到那里时，学校有中文、政治、英语、数学、物理、化学、生物七个科（不是系），学生千余人，教职工三百多，校长储仲君，书记刘长鼎。那一年分配过去十一二人，大都来自山西大学与山西师大两所院校。记得第一个教师节来临，校领导还请我们这些新兵蛋子在教工食堂吃了顿家常饭，喝的却是我第一次听说的西凤酒。领导一是表示欢迎，二是希望我们扎根"农村"，干一辈子革命。但实际情况是，几年之后，这十多人已星散四方。他们大部分是考研考走的。

我也加入这个考研小分队中，成了其中的一员。不考研的理由是相似的，考研的理由却各个不同。对我来说，考研除了摆脱一穷二白的落后面貌之外，大概还关联着"报仇雪恨"之类的小九九，李铁梅唱道："咬住仇，咬住恨，嚼碎仇恨强嚥下，仇恨入心要发芽！不低头，不后退，不许泪水腮边挂，流入心田开火花。"估计那就是我彼时的心态。何以如此苦大仇深？因为毕业分配给了我致命一击，让我久久缓不过劲来。我原本是能被分到省作协的《批评家》杂志社任职的,而杂志主编董大中先生为了把我留下,也特意去为我跑了一个分配指标。但事到临头,指标却被调包,给到一个来头很大的同班同学手里。那个时候我就成了高加林,对手除了顶替我的高三星之外,还有其父高明楼,以及省委省政府的赫赫威权。① 为了安慰我那颗受伤的心,系分配小组某领导说:师专是晋东南地区最好的指标,你要知足。但我到晋东南师专走一圈,转两趟,便看出了问题所在:这不就是一个大号的中学吗?尤其是看到安放学生的教室是一溜平房,盛放书籍的图书馆是平房一溜,操场尘土飞扬,出门辽天野地,心里顿时就凉了半截。"得走!三十六计走为上。"李勇对赵勇说。"没错,天要下雨,娘要嫁人。考研这条路,谁也挡不住。"赵勇向李勇道。那一年分配,中文科来了两个勇,俩家伙就相互通气,互相勉励,抱团取暖,打虎上山,于是那两年,谁都知道他们要复习考研。有人若是给他们介绍对象,准会被另一人挡住:等等看,万一这俩小子考走了咋办?

结果,就没人敢给我说媳妇。

---

① 关于毕业分配,我在《青春的沼泽——我与〈批评家〉的故事》中已详细写过,可参考。参见拙书:《人生的容量》,广东人民出版社,2022,第85—113页。

连媳妇都顾不上说的人没有考不中的道理吧？

我也进入一级战备状态。当时的情况是，应届大学生可直接考研，往届者须工作两年才有考研资格。而对我来说，考研似乎也确实需要两年。因为我虽不怵专业考试，但英语却心里整个没底。我上大学时，英语是分成快慢班的——学过几下的进快班，整个没学过的到慢班。我的英语基础基本为零，便理所当然地被分进慢班。慢班果然慢，英语学了整整一年，才念完了许国璋的《英语》第二册。记得第一学期结束，孙惠萍老师觉得我学得不歪，就劝我转到快班。她的理由是，慢班老牛破车，懒驴上坡，瞎耽误工夫。但我那时却觉得慢班风调雨顺，过得滋润，既然已做"鸡头"，干吗还去当一"牛后"受那个洋罪呢？我拂了孙老师好意，英语也就永远停留在"slowly"状态。而准备考研时，我原本就是"许二"水平，加上还忘了两年，更是需要从头学起。那时候我就特后悔，假如我进了快班，不就成了"许三多"了吗？

好在那时候年龄小，身体好，能吃苦，敢熬夜，还隔三岔五去英语科听听课，英语也就慢慢有了一些长进。为了保证时间，我在单身宿舍的门后面用毛笔写出一行字："闲谈不得超过十分钟。"意思是提醒铁屁股们注意，浪费我的时间就是在拉我考研后腿，就是妄图让我在师专长期效命。但差不多所有老铁都熟视无睹,根本就不把它当回事,让我打不得骂不得,哭不得笑不得。

转眼就到了1986年初冬,要选导师填志愿了,该报哪所学校拜谁为师呢?几番犹豫之后,我大概列了一些导师和学校,然后给我的大学老师、教过我"美学"和"马列文论"课的程继田老师写信,请他帮我出主意。12月上旬,他给我回复了:

> 信中提到的指导教师,有一些在会议上见过面。据我看,李衍柱、栾昌大、叶纪彬三位导师可以报考。他们均为研究文艺理论。根据你的情况,以报考文艺理论为重,美学需要外语水平较高。南开也可以考虑。
>
> 准备时抓好文学理论(马列文论)、美学概论、文学史,你有一定基础,只要认真准备,是可以考取的。

我在《忆念业师程继田先生》中写过我与程老师的交往。在那时的我看来,程老师就是洪常青,他不光要给我指路,而且还可能施以援手,把我推送过去。而他把李衍柱列在最前,也催生了我对李老师的仰慕之情——他就是那个男一号，不报他报谁呢？选定了导师也就选择了学校，因为李老师在山东师范大学任教，而专业则是早就定下的。那个时候，我与李勇大概都觉得，学理论有劲道，学问大，便双双选了文艺学。当然，也毋庸讳言，我的选择还包含着对理论不舍的情，迟来的爱。大概是从大三起，待我认真读过丹纳的《艺术哲学》之后，便迷上理论，从此一发而不可收，以至《美的历程》（李泽厚）和《悲剧心理学》（朱光潜）到了整本书抄录的程度。恩格斯说："谁害怕那围绕着思想宫殿的密林，谁不用利剑去开辟道路和不去吻醒那睡着的公主，谁就不配得到公主和她的王国。"① 这段话曾被我抄写在一个笔记本的扉页上，成为我的座右铭，而"吻醒公主"也成了我学理论的基本动力。在中文系的各专业中，去哪里学理论呢？——文艺学。那个时候，我虽不知道"文艺学"就是来自俄语"文学学"（Литературоведение）的变通译法，也不知道"Литературоведение"其实是译自德语"Literaturwissenschaft"，但我知道它绝不是吃瓜群众理解的唱唱歌，跳跳舞。学好文艺学，需要锤炼李泽厚式的思维，形成朱光潜式的表达。而在我那时的心目中，朱就是理论标高，

---

① 《马克思恩格斯全集》中的译法是这样的："谁害怕思想之宫所在的密林，谁不敢持利剑冲进密林又不敢以热吻来唤醒沉睡的公主，谁就得不到公主和她的王国。"恩格斯：《伊默曼的〈回忆录〉》，载《马克思恩格斯论艺术》第四卷，中国社会科学出版社，1985，第291页。

李则是学习典范。

许多年之后，面对程老师的书信我心生疑惑：为什么那里没有北京上海的知名高校？为什么那里只有叶纪彬却没有童庆炳？琢磨一番后我想清楚了——还是信心不足。因为第一次考研，想试试水深水浅，也因为唯恐英语触礁翻船，不敢跟北京上海叫板，便只好退而求其次。待考研完毕，成绩公布，果然还是英语差了点行情。记得那年的分数线是50分，我只考了49分，而专业课却凯歌高奏。

差一分的英语有没有机会读研呢？在1987年的春天，我陷入焦虑和迷惘之中。我把这个情况讲给程老师，随即便收到他的回信，他说："我已去信山东师大，将你的情况向李、夏二位先生作了介绍。在信中我向他们说，如果成绩达到他们的要求，请考虑录取。"他还说："由于我已给他们去信，说明你是我的学生，如认为有必要，可以直接给李老师去信。"（1987年3月18日）我是不是给李老师去过信，如今已记忆全无，但5月上旬或中旬的一天，我等来了山东师大研招办的一纸电报，却是记忆犹新。电文很简单："如同意为洛阳师专委托培养，请于5月23日来本校面试。"

反复看过这道电文，我依然有些发蒙。这也就是说，我去面试的前提是愿意接受"委培"，但为什么是洛阳师专？我跟这个学校没什么瓜葛啊，凭什么让我答应这个霸王条件？但又琢磨两天，我还是决定去济南走一趟。不仅是要去经历一下这个难得的面试机会，也是想弄清楚山东师大与洛阳师专是什么关系。甚至我还想到，你不是想赶快离开晋东南师专吗？那么去洛阳师专或许也不失为一个选择，它们虽然都是师专，平级，但洛阳名气大，牡丹甲天下，是铁岭那样的"大城市"啊。

只是后来进了山东师大，遇到了我们专业另两位难兄难弟，我才真正弄清楚了所谓委培的"幕后交易"。一些高校可以向山东师大提出委托培养的申请，山师则以"不委培便无法录取"为由，使一些往届考生就读（应届考生不允许代培），这样山师便可赚些银两。那一年的外语线划在50分，但据说可放宽到45分。这也意味着我的49分英语既可正常录取，也能请君入瓮。当年文艺学专业招进六位学生，其中三人委培，委托学校分别是山东农业大学、胜利油田师专和洛阳师专，就很能说明问题。

但面试时，我并没有搞清楚这些问题。因为委培的解释权在科研处，复试小组也大都云里雾里。面试很顺利，只有一个问题卡了壳。李老师问："毛泽东在延安文艺座谈会上发表了重要讲话，前面开了个头，后面又讲了一大通。你知道后面这次是哪一天讲的吗？"我嗫嚅道："1942

年5月……5月……"夏之放老师见状道："就是今天啊。"我一拍脑袋："对啊，我怎么把这个茬儿给忘了。"

面试完毕，心情舒畅，我去大明湖转了一趟，让公园照相师傅给我拍照留念，同时，我也决定把这个研究生读起来。不仅是山东师大的校园盘旋而上，让我产生了无限遐想，而且更重要的是夏老师温柔敦厚，和蔼可亲；李老师一张嘴，浓浓的胶东口音扑面而来，其挽袖撸胳膊状如乡村老夫子，简直就是山东版的赵树理。跟着他们念书，心里肯定踏实。那洛阳师专怎么办？到时候再说。或者是骑驴看唱本——走着瞧！但与此同时，"洛阳城东桃李花，飞来飞去落谁家？洛阳女儿好颜色，坐见落花长叹息"之类的诗句已涌上心头，于是怜香惜玉之情立马潜滋暗长。洛阳城不是朝阳沟，但或许已有某银环在那里人面桃花，倚门而待？想到这里，我心里美滋滋的，对愿景充满了期待。

那个时候，晋东南师专的考研成绩也大都揭晓。当年考研者十多人，考中者四人，一去云南大学，一到黄河大学，一回山西师大，我则将赴齐鲁大地。几年之后我才知道，1987年是考研最难的年份之一。但只是过了一年，便出现了所谓的"倒挂"现象（报名人数低于招生人数。例如某专业招五人，只有三人报名），结果我们这支考研队伍金榜题名者众，且差不多都是一水儿的好学校。李勇

1987年名落孙山，但他吃得了苦，沉住得气，便又秣马厉兵，稳扎稳打，两年之后顺利考入中国人民大学陈传才教授名下。只有我急吼吼的，根本想不到形势会发生重大变化。而且，更让我想不到的是，就在我抱着"捡到篮里是根菜"的态度等通知时，洛阳师专却变卦了。7月上旬的一天，山东师大研招办的一封来信翩然而至，全文如下：

赵勇同志：您好。

7月1日，我研招办突然收到洛阳师专的来函，信中说："今年经费有限，故赵勇代培之事只有忍痛割爱了。"这简直是胡来，1986年12月25日来人来函要求我们无论如何也得代培文艺学专业研究生，现在又反悔了，真是岂有此理。若不同意，早讲明。到现在录取工作已经结束，并且你的人事档案已转来，不同意，只有不被录取。你再与洛阳师专联系一下，若实在不同意，只好取消录取资格，别无办法。

  致

礼

山东师大研招办

1987.7.3.

山东师范大学

赵勇同志：您好。

7月1日，我研招办突然收到洛阳师专来函，信中说："今年经费有限，故赵勇代培之事只有忍痛割爱了，"这简直是胡来，86年12月25日来人来函要求我们无论如何也得代培文艺学专业研究生，现在又反悔了，真是岂有此理。若不同意，早讲呗。现在录取工作已经结束，查甚何况人事档案已转来，不同意，只有不被录取。你再与洛阳师专联系一下，若实在不同意，只好取消录取资格。别无他法。

敬

礼。

（印章：山东师大研招办）

洛阳师专取消委培后山东师大研招办给我的来信，1987年7月读完来信，我彻底晕菜了。代培不代培，怎能如同儿戏？如此不守信用的学校，你山东师大怎么也敢跟它合作？整个师专的人都知道我考上了，这可让我如何交代？洛阳亲友如相问，就说忍痛割爱之？——亲爱的读者朋友，当您读到这里时，可能会觉得不可思议，但时代的一粒灰，恰好就落到了我头顶上，千真万确。只是事到如今，我已不知是夸它好还是骂它孬了。因为假如洛阳师专信守承诺，我毕业后就得去它那里效劳，赵某人生之路就完全是另一种样子。许多年之后，一位来自洛阳某高校的进修老师来我这里听课。我问："洛阳有个师专你可知道？"她说："以前叫洛阳师专，后来——大概是2000年吧，与洛阳教院合并，升本成功，成洛阳师院了。"我淡淡一笑，说："我差点就去了那里。"女教师顿时惊讶莫名，脸上写满了问号。

然而，在1987年的炎炎夏日，一脸懵逼的却是我，我被这个突如其来的消息雷得外焦里嫩。到目前为止，洛阳师专都是公对公，我怎么跟它联系？何况它还把我闪了耍了，不蒸馒头争口气，我又岂能跟它联系？但接下来需要考虑的是，这个研究生我还想不想读？如果想读，另找一个委培单位掏钱是不是也成？你山东师大不就是要搞创收吗？但问题是，去哪儿找这个委培单位呢？那时候，我大学刚毕业两年,没有关系可找,没有学校可问,甚至也没有多少朋友可以商量。崔岚夫妇大我十岁,是天津人,也是我到师专后交下的朋友。他们就用浓浓的天津话劝我:"这是嘛事啊,好不容易考上,不上多可惜!近水楼台,你去找找咱们的校长储仲君,就让咱学校委培。储老师人可好呢,兴许有门儿。"

那个时候我已是六神无主,只是这么一折腾,弄得我想上学的心情反而更加迫切。于是我一咬牙一跺脚,去办公楼找校长了。

储仲君者,江苏金坛人也,1934年生,1958年毕业于华东师范大学中文系,乃钱谷融先生高足。他搞古典文学,对唐诗尤有研究。我一到师专,便得知这位校长腹有诗书,温文尔雅,讲课是高手,写文章是老手。而当我在资料室看到他译的《舅舅的梦》(陀思妥耶夫斯基)时,更是对这位老牌大学生生出另一番敬意。想起我刚入职时,学校要在筒子楼给我分一间单身宿舍,因暂无空房,校方就想让我住进一位外出进修者的宿舍里,但该老师不给钥匙,于是房产科便与保卫科的人一道,撬锁入户,把他的全部财产贴上封条,让我住了进去。该老师寒假回来,自然对学校的举动恨恨不已,便迁怒于我,说那张公家发的木板床是他的,他要抬走。我不便阻拦,却是没了睡觉的地方，只好去李勇宿舍打地铺，睡沙发（他从别的老师家里抬了一张破沙发）。熬过了那个学期的最后几天，我便打道回府，过年去也。待新学期到来，我去找房产科，管床者却推三阻四，让我克服困难，过个十天半月再说。一怒之下，我找到了校长。一见面我就说："储校长，我要请假。"储校长笑眯眯的，不紧不慢地说："怎么要请假啊，遇到什么困难了吗？说说看。"于是我就一五一十，把我打地铺的窘境和盘托出。最后我说："我现在是上无片瓦，下无卧榻之地。"储校长乐了，立刻抄起电话，拨了一个号码，开口便说："崔钊，你们是怎么搞的？怎么能让一个老师没地方睡觉？……你不要给我解释了，马上给他的宿舍放一张床。"我的越级上访果然有效，不到半天工夫，房产科的人就抬着床，哼哈哼哈给我送来了。但后来崔科长见了我却直翻白眼，那眼神的含义是：你小子还真日能，居然敢找校长！

上一次找校长是告状，这一次找校长却是求人，储校长还能对我出手相助吗？听完我的讲述，他对我说："给咱们学校委培，这是好事啊。学校现在还没一个研究生，但我们需要打造一支高学历的科研队伍。这样吧，你先回去等消息，等我们上会后就通知你。"

两三天之后，吕厚堂老师找我了。他说："赶快与山东师大联系,让他们寄来委培协议书。你的事情学校同意了。"

伟大的储校长!

如今,打开这份保存至今的《委托培养研究生协议书》,我发现山东师大科研处的签字人是娄礼生,日期是7月16日,而晋东南师专的签字代表就是教务处处长吕厚堂,日期是7月24日。而该协议书第二条涉及实质性内容,写得也最为详细,值得照录如下:

> 甲方付给乙方委托培养经常费每人每年叁仟伍佰元,基建费贰仟元。以上经费按学年度(每年八月底以前)付清后,再办理研究生注册手续。
>
> 最后学年的论文课题费(理科每人每年肆仟元,文科每人每年贰仟元)及最后学年的培养经常费、基建费一块由甲方付给乙方。
>
> 委培名单确定后,甲方向乙方付招生费每人伍拾元,于六月底付清,否则不发给录取通知书。
>
> 委托培养研究生在校期间的工资(或助学金)、副食品价格补贴,书籍费、公费医疗由甲

方负责。

若委托培养研究生因故中途辍学,当学年度在校时间不满一学期的,培养经费按半年计算,超过一学期的按一年结算。

该协议书一式三份,我是丙方。待签字画押后,我才意识到我已签下一张卖身契,费用总共18550元。在八十年代后期,这可是一笔巨款,因为那时候我的工资只有71元。于是我掰着指头算账,心情也变得沉重起来。

二

托委培之福,我成了带薪上学者,所以研究生三年,我的日子过得还算滋润。与那些拿着仨瓜俩枣助学金的"贫下中农"相比,我的七百多毛就是"地主富农",属于隔三岔五还敢下馆子吃个猪肉灌汤包的那种。因为衣食无忧,学业也大为长进。到毕业时,我已发表七篇文章,在那一届中文系的二十来个同学中,估计也是数一数二的。

大概是1989年年初,我又写出一篇近万字长文——《论欣赏中的现实性因素干扰》。但为什么要写这篇文章,如今我已说不清楚。它是课程论文吗?既像又不像。因为第三学期还有三门专业课，一门是朱恩彬教授开设的"中国古代文论"，另两门都是我导师李老师开设的，一为"马克思主义文艺学原理"，二是"文学评论"。这两门课李老师都给了我 95 的高分，但后者是否上过课，我却印象全无。莫非它是那种提交论文修学分的课程？

但这篇文章有感而发却是真的。如今我回看此文，发现问题意识来自我彼时的阅读（或观影）感受。那时候，我对柯云路的《孤岛》《新星》《夜与昼》不甚满意，对张艺谋执导的《红高粱》有些看法。便去理论作品中——萨特的《想象心理学》，英加登的《审美经验与审美对象》，威尔逊的《论观众》，还有舒尔兹的《成长心理学》，克雷奇等人的《心理学纲要》等——寻寻觅觅。我极力要论证的观点是，"现实性因素"是一种反审美的东西，理应排除在欣赏之外。但或者是艺术作品不按常理出牌，或者是审美主体没有进入规定状态，结果"现实性因素"一干扰，审美欣赏就会遭到破坏。此文今天看来，可商榷处很多——例如，布莱希特的"间离效果"就是不按常理出牌的典范——但我那时却一定很是得意，以为是哥伦布发现了新大陆。

我把此文交给李老师，不久，他就找我面谈，开口便说："你的这篇文章我看过了，写得不错。这样吧，我跟

《文艺理论研究》的钱谷融钱先生、张德林张老师关系还可以，我给你写个推荐信，你寄给张德林试试，你看怎样？"有这等好事，我还能怎样？还不赶快谢主隆恩！于是我说："好啊李老师，您要是能推荐，那真是太好了。《文艺理论研究》这个杂志我订着呢，办得不歪。"

读研期间，我不光买书没有节制，杂志也订了两份，一是北京的《文学评论》，二是上海的《文艺理论研究》，这既是财大气粗之表现，也是要要一耍文艺学的派头。因为《文学评论》刊发了王晓明的那篇《不相信的和不愿意相信的——关于三位"寻根派"作家的创作》（1988年第4期），我意识到"论文随笔化"的道理，这一彼时觉悟让我终身受益。而因为《文艺理论研究》，王元化、钱中文、童庆炳、孙绍振等大名则纷至沓来，尤其是刊物开设的"文艺理论译丛"栏目，更是引起了我的注意。例如，1988年第3期上有篇阿多诺的译文，名为《艺术与社会》，译者戴耘。这应该是第一次对《美学理论》中核心内容的选译，我大概也是第一次读到了阿氏译文，甚至我对其中的"委身文学"（Committed Literature）也颇为好奇，不知道这是啥东西。许多年之后我写小文《Committed Literature译成啥？》，是对"委托性文学""参与的文学"之译不满，但根源可能在更遥远的"委身文学"那里。经过一番梳理,我让它回到了大家早已接受的"介入文学"。然而,《美学理论》修订本面世,我却看到这一处改成了"尽责文学"①。于是我问学法语的儿子,儿子说,engagement 译成"介入",或 littérature engagée 译成"介入文学",此乃最好译法,这大概要归功于施康强先生,其他译法都不能曲尽其妙。②

呜呼!——扯远了,果然是提起簸箩斗动弹。

张德林老师的名字我是熟悉的,因为那时的《文艺理论研究》,徐中玉、钱谷融任主编,副主编则是张德林、王晓明、宋耀良,张老师的名字印在目录下方,可以说是期期见面。更重要的是,1988年5月上旬,李老师带着我与另两位师兄弟远赴芜湖,让我见识了"中国文艺理论学会第五届年会"的盛况。而就是在那次与会人数多达189人的会议上,我见学会秘书长张老师忙前跑后,餐叙之时,他还被人推出来,清唱了一段京剧。我对传统京剧很是无知,但凭借我从小听革命现代京剧的底子,也能觉得

---

① 阿多诺:《美学理论》(修订译本),王柯平译,上海人民出版社,2020,第356页。
② 最早翻译萨特的施康强在"介入"第一次出现时便作注道:"'介入'(engagement),或译作'干预',是萨特的基本文学主张。他要求文学介入政治和社会斗争。"萨特:《为什么写作?》,施康强译,载柳鸣九编选:《萨特研究》,中国社会科学出版社,1981,第2页。

张老师唱功出色，其眉眼、身段、举手投足似也经过专门训练，水平不是一般的高。许多年之后，我读张老师的《一个知识分子的精神漫游——我的"戏迷"生涯》，才意识到他对京剧的酷爱几到疯魔程度，是美谈，该点赞。他说，八十年代华东师大工会成立京剧社，他任社长，演了许多出戏——

想不到我少年时代的梦想到了五十开外的年岁竟得到"自我实现"的机会。我在师大的礼堂内，在全校师生和亲朋好友面前扮演了杨四郎，还扮演了其他角色。每次演出，我都精神焕发，神采飞扬，好像越活越年轻了。最有意思的是，1990年6月7日，我演《将相和》中的蔺相如，挡道那一场戏，我把我夫人高亚真女士请出来当车夫推车，把我的三名研究生张闳、郭熙志、郭春林和一名助手陈佳鸣请出来当卫队，台上演得火热，台下的学生和亲朋好友一个个乐开了怀，掌声不绝，做到了师生同乐，夫妻同乐，亲朋好友同乐。当年赵景深老师演出《长生殿》的情景又在我眼前重现了。①

哈哈……张闳……当卫队。读到此处，我咧着嘴乐了。很显然，跟着张老师，不仅有书可读，而且有戏可唱。我要是追随他混个三五年，是不是也能成为京戏迷？但在1989年，我却没有想到这一层。我把稿件寄出去，所能惦记的只有一件事：拙文是不是能入张老师法眼。

但是不久，我就忘了惦记。因为……那时有一万个理由让我不得不把这篇狗屁文章彻底忘记。待我忽然想起，三个多月已一闪而过，我却没有收到任何回复。许多年之后，我应现任主编朱国华教授之邀，为《文艺理论研究》做过三年特邀编辑。于是我知道，现在通过网上采编系统投出稿件，是可以看到一审、二审、外审之类的动态的。但在1989年，我却只能死等；没等到回复即意味着稿子被拒，而稿子被拒，只能说明它没有达到发表水平。对此，我不敢有丝毫怨言。

只是，我并不死心，还想寄到别处碰碰运气。给哪家杂志好呢？琢磨了三五天，决定寄给《名作欣赏》。理由嘛，一是我写的就是"欣赏"，对路数；二是我籍贯山西，

---

① 张德林等：《时代见证——张德林八十华诞纪念集》，时代国际出版有限公司。2010，第120页。

家乡的刊物是不是也会对我更为友好？我把这个决定告诉李老师后便寄了出去。那个时候，《名作欣赏》还是双月刊，但处理稿件的速度却快得出奇，大概是十天半月后，编辑部就告诉我稿件可用。而又过了个把月，我已收到第三期样刊。打开看，我的文章发在头条，这让我倍觉牛气，它安慰了我那颗受伤的心，也让我的虚荣心得到了满足。

然而，万没想到的是，度过那个漫长的暑假之后返回学校，我却收到了《文艺理论研究》的用稿通知。通知是寄到李老师那里的，信封上写着"李衍柱教授转赵勇同志"，通知中写道："赵勇同志：大作《论欣赏中的现实性因素干扰》收阅，准备近期刊用。尊稿未知是否另投他刊或已发表。请速来函联系，并告之通讯地点及邮政编码。"通知整体打印，是公函模样，但姓名、文章题目及"近期刊用"是手写的，日期是1989年9月23日，盖着编辑部的方形公章。

许多年之后，我才意识到那封信便是出自张老师之手，但那时我却顾不得这些，只是长吁短叹，只怪自己性子急，急性子，错过了在高级别刊物上露脸的大好时机。那个时候，刊物还没有所谓的核心、权威和CSSCI之说，但即便如此，我也知道《文艺理论研究》比《名作欣赏》强，这就好像大上海强过并州城一样天经地义。于是叹息之余，我只好赶快写信，说明情况。信的草稿有二，一是写给编辑部的，很简略；一是写给张老师的，较详细。后一封信中有这样的话："因很长时间没收到回音，又考虑到贵刊质量很高，恐怕刊用的希望不大，后适逢《名作欣赏》要稿，于是就又把原稿给了他们。"所谓"要稿"云云，显然是我编出来的理由。因为我与《名作欣赏》并无交道，是第一次投稿。这样写，似乎是想淡化一下我没有从一而终的过错，却一不留神，把自己搞成了一个仿佛稿约不断的名流。

但我究竟寄出了哪封信，现在却早已忘得精光。

张老师没有给我回信。

啊哈……我的八十年代……擦肩而过的《文艺理论研究》……会唱京戏的张德林先生。

然后，"八十年代'哗啦'一声坍塌成记忆中的废墟"[1]。

三

九十年代来临的第一个夏天，我回到了晋东南师专。

为什么不再找一个好单位，让它把那笔代培费和三年

---

[1] 聂尔：《最后一班地铁》，花城出版社，2009，第97—98页。

工资给我还上呢？一些人就是这么干的。但于我而言，回去还债似乎已是必然选择。这是因为，一、1990年的毕业分配，连"统分"者都就业形势险恶，我再换个单位似比登天还难。二、师专待我不薄，我若撂挑子走人，便是背信弃义，这也有违我的做人原则。三、读研后期，我已结婚成家，找的便是师专媳妇。媳妇虽然没唱过"上河里的鸭子下河里的鹅"，但那时的我就像刚刚出狱的岛勇作，想看见"幸福的黄手帕"却也是真的。于是，研究生毕业，我规规矩矩，老老实实，甚至有了一种"慷慨歌燕市，从容作楚囚"的豪迈与悲壮。

但三年时间，师专已物是人非。原来的所谓"科"改成了"系"，系主任原来是梁积荣，毕业于北京大学中文系，如今却换上了梁的师专学生、号称中文系四大金刚之一的李仁和。李金刚给我排的是写作课，而写作这门课虽然也是主课，却是让年轻人练手的。我对此排法自然表示不满，但据说李金刚曾经扬言：他原来上的就是写作课，他不上谁上？别以为读了个研究生就人五人六的。我学了三年文艺理论，按理说应该有了上"文学概论"课的资格。而且读研期间，我对这门课已有所准备，光是讲稿就写了一大摞，却依然被系主任钉到了写作课的十字架上。而且，让我没想到的是，这一钉就是十年。

我与"师专媳妇"在晋东南师专校门前，1991年冬

不行，还得走。你不让俺在师专上"文概"，洒家到北京上海的高校去上好不好？后来我考博有许多原因，但连对口的专业课都捞不着上，则是我不得不走的主要原因之一。

校长也换了。储校长已经调离，北上山西大学师范学院任副院长，新来的校长名叫林清奇。林是山东菏泽人，1941年生，1966年毕业于山东大学中文系，当过山西师大的中文系主任，主要从事文学理论的教学与研究，出版过专著《美与艺术》（安徽教育出版社1988年版）。得知林校长的这些情况后，我有点想入非非了：我在校长的家乡上过学，我学的专业就是校长的老本行，以后我若找他办事，他是不是会网开一面？于是，第一次见面，我就把我的硕士学位论文拱手相送，请他指教，以示恭敬。林校长说："啊？山师的呀。论文我要拜读。"这个客套话听得我心里热乎，顿时觉得林校长仿佛就是我家亲戚。

但那时候我并没有把考博提上议事日程。原因很简单，我刚回来就要考博，于情于理都说不通。我需要韬光养晦，伺机而动。然而，很可能只是一年之后，我想远走高飞的念头已开始疯长。长治的冬天不算太冷，夏天尤其凉爽，是特别宜居的一座小城，这种自然环境至今让我心驰神往。然而，说到人文环境，却不敢恭维。我读研期间，晋东南师专编过一本《教学科研成果目录汇编》，算是把师专所有人的科研成果都拢成了一堆。但看看中文科的成果，所谓论文不过是在《山西教育报》上发过一个豆腐块，所谓著作不过是参编过《元曲鉴赏辞典》。当然，其中也有几个厉害人物，年长者如宋谋玚，年轻者如傅书华和武跃速，但他们势单力薄，根本成不了气候。成气候的是上上课，打打球，下下棋，吹吹牛。十多年前我写《逝者魏填平》，结尾处说："办公室里依然有人下棋，那种落子时的巨大声响，敲击着九十年代的剩余岁月，仿佛是对魏填平遗志的继承，也仿佛是对他未竟事业的延续。"① 这是实情，没有任何夸张。在这样一种人文环境中做学问，真是令人绝望。

而且九十年代初，我像钻在老鼠洞里的一只耗子，时常有憋闷之感。只是偶尔去太原开会，才觉得能见个光，透口气。为了融入环境，我每天早上打篮球，下午打乒乓球，偶尔还打打羽毛球，仿佛自己就是专业运动员。打了一年球后，我觉得可以把毕业论文收拾出来投投稿了。稿子给谁呢？这时候我想起了《文艺理论研究》和

① 参见拙书：《人生的容量》，广东人民出版社，2022，第339—340页。

张老师。

兴许是我与《文艺理论研究》擦肩而过的创伤记忆让我对它格外上心，兴许是会唱京戏的张老师让我觉得可亲可敬，总之，在1991年的秋季学期之初，我把硕士论文中拆下来的第一部分寄给了张老师。9月底，他回信了，信中说："大作《介入偏离与阅读倾斜》一文我已读过，我认为可发，已进一步送主编审定，估计会通过。本刊近几期稿子甚多，什么时候发表以后再通知。请你耐心等待吧。请勿一稿多投。"这封信读得我心花怒放，血脉偾张。您放心，这一次打死我也不敢投到别处了。我会等的，等到地老天荒，等到万物花开，等到上海的喜讯到边寨。

果然，没过多久，我就等到了喜讯。这个喜讯不能说与文章有关，也不能说与文章无关。那个学期，傅书华与武跃速两位老师到华东师大进修，张老师便托傅书华捎来口信。傅在给我的信中说："昨（10月5日）去张德林老师处，他让我转告你，你的大作他已看过，并已送徐中玉先生处终审，估计可以刊出。"然后他又写道："张德林老师喜欢你的文章，很称赞了一番。他明年招两名博士生，问您是否有意报考。如有意，请将意见告他，并向师大研究生院索取招生简章。"

这消息真可谓绝渡逢舟,雪中送炭,我岂有不愿意之理?于是我给张老师去信,大概是表了表考博决心,也流露出某种担心。因为我是委培生,学校能否通融,是个必须考虑到的问题。11月上旬,张老师给我来信了。他用信纸写了两页多,全文如下:

赵勇同志:

你好!10月14日来信早已收阅,因忙于各种杂事,迟复为歉。

我1992年继续招收现当代文学博士研究生2—3名,热烈欢迎你来报考。

我读过你两篇来稿,我觉得你的文字功力颇好,理论思维和艺术感觉都不错,有志进一步深造,肯定会出成果。前些日子,向贵校来的访问学者傅书华、武跃速同志问起你的情况,他们说对你很了解,因而请他们转达一下你有没有兴趣来报考我的博士研究生。现在得到你的信息反馈,我是很高兴的。

我招收的是现当代文学博士生。考试的科目有:1. 现当代文学史;2. 文艺理论;3. 普通外语;4. 专业外语。

两门专业课，不出偏题或死记硬背的题目，主要是考分析和表达能力。现当代文学，大体说现代（1919—1949）和当代（1977—1990）各占一半，现代文学的参考材料，唐弢那本现代文学史或其他人的现代文学史均可（了解个大概，主要靠自己发挥）。当代文学，可参考曹文轩《中国八十年代文学现象研究》（北京大学出版社）、温儒敏《新文学现实主义的流变》（北京大学出版社）及其他论述当代文学的专著和论文。近年来各重要学术刊物论述现当代文学方面的专题，亦须关注。如思潮走向，新潮、先锋小说，新写实小说等等探讨。文艺理论方面，不专门考一本书，大体包括传统文论及引进文论两大方面，更应关注新时期文论动向。多关心几家重要杂志多年来发表的主要论文，北京如《文学评论》等，上海《文艺理论研究》等。外文一关颇重要。如考英语，普通外语，像考托福那样，方面可能较广。专业外语，考翻译，英译中。往往是一段论文，一段小说。可带字典，要翻完一定数量的印刷符号。外语及格线是50分。

你准备报考，你们那里的领导肯不肯放，要

打通。

　　此复

教安！

　　　　　　　　　　　张德林　匆草

　　　　　　　　　　　　1991. 11. 4.

橄榄枝！张老师向我抛出了橄榄枝。

即便是今天我捧读此信，依然有一种莫名的感动。那时候，我只是一名毕业一年的研究生，身在一所"第三世界"的专科学校，仅靠给张老师寄过两次稿，居然就能被他如此高看，让我如何不心潮起伏，欣喜若狂？后来我在敬文东写张老师的文章中读到："考试完毕，我去华东师大一村拜见张先生。我告诉他，我感觉自己的外语可能考得不好，要真是那样，估计今年当不了您的学生。张先生笑了笑说，你能考四十分以上吗？如果能，我就可以让你跟我读博士。接着，他又告诉我，他会尽量提高我的专业成绩，以便'要挟'研究生院，甚至还报出了具体的分数——尽管他那时连试卷都没拿到。"[①] 敬文东考的是张老师1996年的博士生，他的这番说法让我想到了张老师

----
　　① 敬文东:《谢谢张先生》，载张德林等:《时代见证——张德林八十华诞纪念集》，时代国际出版有限公司，2010，第430页。

文藝理論研究 编辑部

赵勇同志：

你好，10月14日的来信早已收阅，因忙于各种琐事，迟复为歉。

我1992年继续招收现当代文学博士研究生2-3名，热烈欢迎你来报考。

我读过你两篇来稿，我觉得你的文字还颇好，理论思辨和艺术感觉都不错，有志进一步深造，肯定会出成果。为此好，要贵校来的访问学者传出华、武跃速同志问起你的情况，他们说对你很了解，因而请他们转达一下你有没有兴趣到来报考我的博士研究生。现在得到你的信息反馈，我是很高兴的。

我招收的是现当代文学博士生。考试的科目有：1. 现代文学史； 2. 文艺理论； 3. 普通外语； 4. 专业外语。

两门专业课不出偏题或死记硬背的题目，主要是考核你的分析和表达能力。现当代文学，大体说现代（1919-1949）和当代（1977-1990）各占一半，

张德林先生来信（1），1991

文艺理論研究 编辑部

现代文学的参考材料,唐弢那本现代文学史其他人的现代文学史均可。(3册乡大根起,主要靠自己发挥)。当代文学,了参阅教材《中国当代文学现象研究》(北京大学出版社)温儒敏《新文学现实主义的流变》(北京大学出版社)及其他论述当代文学的专著和论文。近年来我国各学术刊物论述现代当代文学方面的专题,亦须关注。如思潮走向,新潮,先锋小说,新写实小说等,探讨。文艺理论方面,不专门发一书,大体包括传统文论 及引进文论两方面,更应关注新时期文论动向。多关心几家重要杂志,多年来发表的主要论文,北京的《文学评论》等,上海《文艺理论研究》等。 外文一关 颇重要。如外语语,普通外语,最好抱福那样,方面可能较广。专业外语,最好阅读,笔译

张德林先生来信(2), 1991

文藝理論研究 编辑部

中。往往是一段诗、一篇小说。而书至典
要装订完一定数量的印刷符号。外语及格线
是50分。

你准备报改, 你们那里的领导肯不肯
放, 另打通。 此复

敬安!

张德林
1991. 11. 4.

张德林先生来信（3），1991

来信和他对我的殷切期望。我就觉得，假如我的外语只能考四十分，张老师也会把我的专业分数打得高高的，然后为我奔走呼号的。许多年之后，我与张柠教授讲起这件往事，他调侃道："你呀，没这个福气，否则你就与我弟弟成同学了。"他说的没错，张闳、陈福民是1992年的中榜者。

感动之后我去找校长了，因为张老师的"要打通"让我意识到，"肯不肯放"实在是关系重大。假如学校不愿意放人，那我不是白忙活了吗？而这个事情，估计谁都不敢做主，只有林校长能够拍板。而林校长，我不是把他当成我二舅那样的亲戚了吗？我找他行行好，他岂能坐视不管？

果然，林校长没有让我失望。当我说出我想考博且有目标学校和导师之后，林校长显然也较感兴趣。他眨巴眨巴眼睛（这是他的一个标志性动作），说："张德林嘛，我知道。华东师大可是所好学校，你考那里有把握吗？关键是你看上了人家，人家还得看得上你……至于你这个委培嘛，我们得研究研究，没人规定就不能考。"我一听这口风，便满脸堆笑道："那谢谢林校长，我可要准备起来了啊。您就让我试试，能不能考上，我心里也没底。"林校长说："没说不让你准备啊。"

许多年之后,我又回味林校长的那番话,才意识到他给我的答复其实是可进可退、官气十足的。他使用的是驾轻就熟的行政话语,我却把它当成了有一分证据说一分话的学术话语。于是我很兴奋,觉得遇到了中国好校长,我要是不认真准备,就既对不起张老师,也对不起为我开恩放行的林校长了。于是我请傅书华帮我刺探英语情报,他说,石羽文编的那本《综合填充1000题》(上海交通大学出版社1987年版)很管用,我便弄了本书,做起了题;同时,我也把曹文轩、温儒敏的书请回来,准备开读。而根据我以往的经验教训,英语依然是重头戏,这一回,我必须把功夫下足。

热火朝天准备了两个月,就到了报名时间。那个时候考博,考生是没有报名自主权的,你必须拿到人事部门同意报考的一纸文书,对方才敢给你发准考证。而人事处的公章虽然掌管在处长手里,但找他没用,他听校长指挥。于是我不得不再找校长,以求开启放行绿灯。但出乎我意料的是,林校长忽然像变了个人,成了铁面无私的包青天。"不行!你也不想想,你回来服务还不到两年,谁敢放你考?让你去考,我们怎么向师专广大师生员工交代?什么?张德林相中了你?相中你我们就得放人?这是什么逻辑?你还年轻,只要安心本职工作,在咱们学校也是可以大有作为的嘛。"

只是三五个回合,我就败下阵来。那个时候,我一是对林校长的一百八十度大转弯准备不足,他的强硬让我发蒙;二是我也自知理亏,不敢跟校长叫板。黑格尔论悲剧时说过,悲剧冲突其实是两种对立理想的冲突。从各自的立场看,互相冲突的理想既是理想,就带有理性和伦理性上的普遍性,都是正确的,代表这些理想的人都有理由将它们付诸行动。然而若从当时的世界情况看,双方都是立足于自身,自说自话,所谓的理想又都是片面的,抽象的,不完全符合理性精神的。[①] 校长代表校方,正确而片面;我是我生命意志的代言人,片面而正确,两者交手,哪能不形成冲突?——那一阵子,我复习文艺理论,正看到黑格尔处,他的悲剧学说立刻派上了用场。我倒是理论联系了实际,但实际上却输得很惨。

正确的林校长!

许多年之后我跟朋友说起这件往事,朋友听后沉吟片刻,说:"你找了校长两次,两次之间没再找过?""没有啊,他不是答应我可以准备了吗?""你呀,就是太书生

---

① 参见朱光潜:《西方美学史》下卷,人民文学出版社,1979,第504页。

气,你要是中间再找找他,敬敬神,送送礼,兴许问题就解决了。中国的事情,许多时候都是一笔糊涂账。他不让你考,是为了学校利益,自然政治正确;他让你考,更是胸怀祖国,放眼世界,格局大,有气魄,难道能说政治不正确?你公事公办,他就那边正确,你私事私办,他就这边正确。"

啊?还可以……这样。那一刻我如醍醐灌顶,只恨当时这个"刁参谋长"不在身旁。但随即我又正色道:"太三俗了吧你!我们林校长是这样的人吗?你以为人家稀罕你那三斤二锅头二斤猪头肉?"

朋友哈哈大笑,我也为我的揣着明白装糊涂乐得龇牙咧嘴。

但在1992年年初,我却心情黯然。储校长当年答应我委培时,学校并没有跟我签下一纸合同——回来后必须服务三年五载,或十年八年,这意味着我的卖身年限可长可短。领导高兴了可以早放我走,领导郁闷了又能够不让我溜,一切都变成了未知数。"多少次太阳一日当头/可多少次心中一样忧愁/多少次这样不停地走/可多少次这样一天到头",那个时候,崔健的这首《出走》已被我唱得烂熟,那也是我彼时的心情。

就是在这种暗淡的心情中,我告诉了张老师这个不幸的消息。不久，他的来信翩然而至：

赵勇同志：

你好！信接到已多日，春节期间迎来客往，信复迟了，请见谅。

关于报考博士生一事，你已尽了力，未能取得校方最后的同意，颇遗憾。当然，你仍可继续争取，或许会说通。实在没有办法，只好作罢。但不要为了此事，影响你的工作和情绪。

有些事，估计傅书华同志回校后已跟你谈过。关于你的那篇接受美学的论文，我早已送上去请主编最后审处，他有些不同意见。我前些天又向他谈过，请再看一看，能用，删去一些争取用，等下期发稿时再定。这点，务请谅解。

下学期，我准备招收 2 名博士生，有个研究课题"当代小说艺术论"（25万字—30万字），想同研究生一起搞。先讨论提纲，分章分目，准备材料，分头撰写，集体讨论，再修改统稿，2—3 年内完成。出版社已初步联系好。你若有可能来学习，欢迎参加。

即颂

教安！

张德林

1992. 2. 11

果然是福无双至，祸不单行。看来我那篇文章也要黄。

那个时候，外面的形势已是"东方风来满眼春"。邓小平告诫人们：改革开放胆子要大一些，不能像小脚女人一样。看准了的，就大胆地试，勇敢地闯。然而，在考博的事情上，我却既无法试，也不能闯。

羌笛何须怨杨柳，春风不度玉门关。

四

那篇文章果然黄了，原因是主编认为有问题。

许多年之后我访谈张老师，他说徐中玉先生当《文艺理论研究》主编时，"每篇稿子都得亲手签发，执行严格"。也就是说，徐先生并非那种挂名主编，他是要认真看稿的。这让我对徐先生的敬意油然而生。而我在《文艺理论研究》上终于发表出第一篇文章，是在我考博未遂的两年多之后。文章能够刊发，依然经过了张老师的提携和举荐，也依然经过了徐先生的首肯与签发。张老师在来信中说："尊稿论散文我早已读过，角度新颖，谈法与众不同。现在总算批下来了，发本刊1994年第5期，未删。"（1994年8月6日）他说的是我那篇《回忆与散文》。此文写了五部分内容，总共一万四千字。待我拿到样刊，发现还是删去了一部分内容（两千字）。虽稍有遗憾，但我已经很满足了。这也是我整个九十年代在这个大刊上发表的唯一一篇文章。

就在拙文荣登《文艺理论研究》之际，林校长也调离晋东南师专，荣升为山西省经济管理学院副院长。新校长会落到谁的头上呢？一时间议论纷纷，但谁也不明就里。我一看群龙无首，有机可乘，便当机立断，决定再考博士。副校长梁景德先生有书生气，也有菩萨心，他见我对做学问痴心不改，矢志不渝，便惺惺相惜，同意了我的报考，我也终于拿到考博通行证，开始了九十年代中后期屡战屡败、屡败屡战的峥嵘岁月。而那个时候，我已把目标锁定北京，把心思放在童庆炳老师这里。而之所以改弦更张，一是想到自己的专业是文艺学，跨到"现当代"不是不可以，却还是离理论远了些。二是觉得自己是北方人，北京的水土或许更适合我。只是我没想到，从我九十年初动了考博念头到最终考上，居然用了童老师所谓"一个单元"（十年）的时间。我真笨！

事后想来，假如我选择上海，是不是会容易一些？因为我相信，张老师对我的攻博，很可能一直是虚位以待的。

每每念及张老师对我的错爱，我都感喟不已，也愧疚不已。

2019年是我北上京城二十年，也是童老师过世的第四个年头。就是在那一年，我拉开了有关童老师大型访谈的序幕。想到童老师与徐先生和《文艺理论研究》的交往，其知情者大概也只有张老师能说得清楚了。于是利用开会之机，我决定去上海拜访张老师。当然，除这一动因外，我也更想向他致敬，以感谢他的知遇之恩。6月10日上午，当我走进他家住所时，师母高亚真女史对我说："张老师得知你要访谈他，很兴奋，今天五点多就醒了。平时的话，他是要睡到八点多的。"而张老师迎接我的方式，则是把童老师指导过的一位著名博士的著作摊放在书桌上，说："你瞧瞧，印在书里的博士学位评议书也有我一份。"以此说明他与童老师交情不浅。那天张老师很高兴，也很健谈，让我收获颇丰。一年之后，我整理出了录音稿，请他过目，没想到他以一位资深副主编的严谨，把打印稿改得密密麻麻。记得我在他家时，他要送我《审美判断与艺术假定性》等书，签名时手抖得厉害，短短的十多个字写了足足五分钟。而在这份打印稿的最前面，则是张

作者访谈张德林先生时的合影，2019 年 6 月

老师颤颤巍巍的笔迹："赵勇教授：此文我已详细修改，凡是我看到的，知道的，想写的，可提供你参考的，都写在上面了。……我修改此稿，花了至少十多天，从来没有过。"看到这一处，我的眼睛湿润了。

张老师是1931年生人，那一年，他已八十九岁了。

附记：此文写毕，我曾发给高亚真老师，请张老师过目并指正，随后（2023年2月6日）她给我微信，说："赵勇老师，今晨起张老师拿着老花镜和放大镜看了半天。因年迈，九旬老人头昏眼花力不从心！后由我读给他听。他说听此文，让他回忆起当时的情景：历历在目，真实！真实！佩服您的记忆力真好！过去招学生，对象都是有真才实学的，导师看中的再招。大作写得精彩生动！说你很有才气。"非常感谢两位老师对拙文的肯定！

2023年1月13日写
2023年2月3日改，9月9日再改

第三辑　戏比天大

做生活·写材料
——学术话语晋城话之后

一

我的家乡有句方言土语,许多年来我都是只闻其声,不知道也从未想过它的正确写法,直到好几年前我读程小莹的长篇小说《女红》(《小说界》2014年第1期),看到满纸飘着这样的句子:

> 那些纺织厂的男人——那些有精巧技艺的钳工、电工、电焊工、机修工……还有几件男人吃饭家什——扳手,旋凿……男人做生活,细纱机的保全、保养、检修。她就喜欢看男人做这样的生活。
> 她特为去看过马跃做生活,到空调室的检修

工场。

不过，她真正做生活的时间，并不多，因为喜欢唱歌跳舞，人也长得好看，便有许多工厂业余文体活动要参加。

如果工厂仅仅是"做生活"的地方，那几乎就死定了。（以上着重号均为笔者所加）

没错，就是例句中的"做生活"！看到上海人也说着山西晋城的老土话，我连忙搬出《现代汉语词典》，果然在"生活"的第五个义项处看到了相关解释："活儿（主要指工业、农业、手工业方面的）：做生活。"我又上网查，百度百科里就收有"做生活"的词条，那里的解释是："吴语词汇，干活、工作、做事的意思。"其例句也更加丰富："《水浒传》第四十一回：'这人姓侯名健……见在这无为军城里黄文炳家做生活。'刘半农《三十初度》诗：'江河过边姊妹多，勿做生活就唱歌。'"等等。

而在我的老家晋城，"生活"是可以指向方方面面的。张三问李四："热天火燎的，你怎么还要下地？"李四说："地里还有些生活。"七斤嫂擅长飞针走线，九斤老太见了就夸："你这生活做得可真不歪呀！"赵树理在

《李有才板话》中写道："老杨同志到场子里什么都通，拿起什么家具来都会用，特别是好扬家，不只给老秦扬，也给那几家扬一会，大家都说'真是一张好木锨'（就是说他用木锨用得好）。"① 扬场是一个技术活儿，农村里能做好这样生活的人也通常不多。县里来的老杨居然还会扬场，说明生活做到了家，这样的好把手怎能不叫人刮目相看？

我在一篇推送后记中曾经夸过高竞闻等六位硕、博士生同学，我说："在将近一个月的时间里，你们任劳任怨，精益求精，活儿做得相当漂亮！活儿做得漂亮是个什么概念呢？你们可以读读《绿化树》，看看张贤亮是怎样描绘海喜喜的。"② 说这番话时，我心里想的其实是"生活做得好"，但这个说法太冷僻了，便只好用"活儿做得漂亮"取而代之。而我能想到张贤亮笔下的海喜喜，却是在他去世的 2014 年重读其作品的意外收获：

再说海喜喜，这个体力劳动者也有值得我美

---

① 赵树理：《李有才板话》，载《赵树理全集》第二卷，大众文艺出版社，2006，第 286 页。

② 参见拙文：《不成样子的缅怀——"童庆炳先生逝世五周年纪念专辑"推送后记》，"北师赵勇"公众号 2020 年 7 月 12 日。

慕的地方。俗话说:"外行看热闹,内行看门道。"即使他干端坯递泥这样的简单劳动,我马上知道他非常有眼色;泥炕面的时候,他的步骤也和我一样合乎劳动运筹学的原理,没有一个多余的动作。干完泥活以后,自己的身、手却很干净,几乎纤尘不染。在农村,是很讲究这点的。比如说,有的姑娘媳妇和面,和一斤面会有二两沾在手上、盆上、案板上。而受人称赞的姑娘媳妇就讲究"三光":和完了面,手光,盆光,案板光。劳动也是这样。干净、利落、迅速,是体力劳动的最高标准,正如文学中智慧的最高表现是简洁一样。这不是光靠经验能达到的。没有干过农业劳动的人,以为那只要有力气就行,熟能生巧嘛。其实不然,我见过劳动了一辈子的老农,干起活来仍是拖拖沓沓——当地人叫"猫拉稀屎",和写了一辈子文章的人还是行文啰唆相同。①

需要稍作解释。

---

① 张贤亮:《绿化树》,载《张贤亮小说精选》,四川人民出版社,1999,第196页。

章永璘——即第一人称叙述中的"我"——是位读书人，但是，当他被打成右派开始了劳动改造的岁月后，他却不得不开启"学做工"（Learning to Labour）模式。他读书（比如读《资本论》）是行家里手，而一旦要"做生活"，自然不是土生土长的海喜喜的对手。从他的情敌海喜喜那里，同时也从和面"三光"的巧媳妇那里，章永璘感受到了劳动之美。

那么，章永璘（或者张贤亮）的工作——读书写小说——可以称作"做生活"吗？如果按词典解释，脑力劳动似乎是要排除在外的。但是，在我父母的心目中，我这个脑力劳动者却享有体力劳动的同等待遇。假如我十天半月没把电话打回去，父亲就准会打过来。他张嘴就问："最近没来电话，是生活太多？"

而生活多少，也是母亲关心的事情。2019年春节，我回老家过年，母亲劝我道："你揽的生活太多了！以后能不能少写点？你老是写写写的，看把你的圪脑写坏了。"那个时候，我也正在治疗睡眠障碍焦虑症，头晕脑涨的，圪脑确实不好。而母亲则坚定地认为，我的"神经病"是被生活累垮的。她觉得我生活多，又没学会偷懒，必然要过度用脑，这才是我患病的主因。

但问题是，读书、教书、写书，这就是我要做的生活。或者是在我这里,"做学问"就是"做生活"。假如我不去做这样的生活,那生活还有什么意义?

更何况,就像海喜喜一样,生活不仅要做,而且还要做好。把生活做到山高月小,水落石出,做到海到无边天作岸,山登绝顶我为峰,那才是境界。

豫剧艺术大师常香玉就做到了境界。我的老家紧临河南,小时候听收音机,尽是河南人民广播电台的节目,比如豫剧《朝阳沟》。于是,常香玉的唱腔、选段常常长驱直入,把我迷倒在地,因为她唱得珠圆玉润,酣畅淋漓,把豫剧之美推向了极致。直到许多年之后我才明白,所有这些都源于她对豫剧艺术的深度敬畏,因为她信奉"戏比天大"。

仔细想想,"做生活/做学问"又何尝不是我们这些读书人所唱的一出人生大戏?"戏比天大"又何尝不能成为我们乃至所有从业者的警示语和座右铭?

我曾经在课堂上反复提及路遥,尤其是他那篇《早晨从中午开始——〈平凡的世界〉创作随笔》,更是到了"年年讲、月月讲"的地步。为什么此篇随笔被我看重?因为那里面隐含着"做生活"的全部秘密。为了写出《平凡的世界》,路遥准备了三年时间,包括大量读书(近百部长篇小说,理论、政治、哲学、经济、历史和宗教著作，养鱼、养蜂、施肥、税务、财务、气象、历法、造林、土壤、改造、风俗、民俗、UFO等知识性小册子），翻阅1975—1985年十年间的五种报纸（《人民日报》《光明日报》《参考消息》和一种省报、一种地区报）。而为了"深入生活"，他"开始提着一个装满书籍资料的大箱子在生活中奔波。一切方面的生活都感兴趣。乡村城镇、工矿企业、学校机关、集贸市场；国营、集体、个体；上至省委书记，下至普通老百姓；只要能触及的，就竭力去触及。有些生活是过去熟悉的，但为了更确切体察，再一次深入进去——我将此总结为'重新到位'。有些生活是过去不熟悉的，就加倍努力，争取短时间内熟悉"①。记得许多年前我读到这里时，不由得啧啧感叹：路遥的生活做得可真是细啊！如果我们的博士生能像路遥一样舍得下力气，还何愁写不好博士论文？

但实际情况是，常常有人写不好博士论文。据说童庆炳老师在世时，每到四五月间，他的血压就会升高。何以如此？主要是论文给闹的。那个时候，他通常会看一堆博士论文，每每发现选题新意不足者，论文写作敷衍者，做成资料汇编者，他就会生气撮火，结果血压噌噌往上蹿，

---

① 路遥：《早晨从中午开始》，北京十月文艺出版社，2010，第97页。

低压99，高压160。而在我看来，所有这一切都是因为生活做得不好。

年轻气盛时，我也对我的学生发过火，起因自然也是对他们做的生活不很满意或很不满意。记得有一年博士论文预答辩，我宽音大嗓门，把我的两个学生狠狠批了一通。听众立刻私下议论：赵老师今天发飙了。我也曾给我的学生群发邮件，说要善待自己的文字："女孩子出门时可能很注意梳妆打扮，要洗脸，要梳头，头上要抹桂花油，把自己收拾得干净、整洁、利落之后才觉得可以见人了。对待自己的笔下文字要像对待自己的穿着打扮那样上心。须知：文章一旦拿出来，那也是要见人的，岂有让它蓬头垢面之理？"[①] 如今我更想说的是，"善待"既是态度问题，也是能力问题。如果不把能力提上去，态度再好也是白搭。而能力提高的秘密，或许就隐含在我们挂在嘴边的"诗学"里。

巴赫金写过《陀思妥耶夫斯基诗学问题》，童老师的遗著是一本《文化诗学：理论与实践》，我在文艺学专业招博士生，方向又是"中西比较诗学"。长久以来，我们只是了解了"诗学"的基本意思——诗学就是文学理论，

---

① 赵勇：《刘项原来不读书》，浙江古籍出版社，2022，第135页。

却对它的其他意思浑然不觉。于是，当黑尔姆林关于"诗学"的解释向我走来时，我确有冷水浇背，陡然一惊之感。他在《阿多诺的批判诗学》中说道：美学涉及理论，诗学关乎实践。而在希腊语中，"诗学"就有"生产制造"的意思，所以，如何做事情或是如何创造作品是一个诗学问题。为了把这个问题落到实处，他特意借用奥斯汀《如何以言行事》（*How to Do Things With Words*）一书中的说法，认为阿多诺的"批判"是施行话语（performative utterance）而非记述话语（constative utterance），是干预文化境况的一种尝试。而所谓的"批判诗学"，就是如何把"批判"这件事情做好。[①]

说得太好了！

我们知道，李渔曾把作品的结构放在首位，结构如同"造物之赋形"，"工师之建宅"——这是一个诗学问题。那么，写博士论文又何尝不是一个诗学问题？也就是说，你在写作之前，是不是也要考虑"何处建厅，何方开户，栋需何木，梁用何材"？写作之中，是不是也该想到"文章自古千秋业"，然后"三国红楼掂复掂"？完稿之后，"披阅十载"固然太长，但披阅三月，增删五次总可以吧？

---

① 见 Steven Helmling, *Adorno's Poetics of Critique*, New York: Continuum, 2009, pp.5-6.

而定稿之时，是不是也该像路遥那样，"每一个字落在新的稿纸上，就应该像钉子钉在铁板上"[①]？假如这些生活做到了位，论文写不好才怪呢！

如此说来，写论文类似于搞创作？

是的，这正是我想表达的意思。然而，当我悟出这个道理时，却分明是"眼前有景道不得，崔颢题诗在上头"了。比如李长之，他在《关于写散文》中说："我写论文，有一个特点，就是视如创作。我一定等待灵感来时，好像一气可以把握整个文字的面貌——内容和形式——了时，才激动着写下来。这种文字往往有好几年的酝酿。……写论文要像写创作，这是我的第一个要求。"[②]

而我所关注的阿多诺，更是把写论文视如搞创作的典范。当然，在他的心目中，"论文"显得太死板、太僵硬、太教条也太无趣了，"论笔"（Essay）才是他心仪的文体，而"把第一哲学转换成哲学论笔体"[③] 则倾注了他毕生的雄心。面对阿多诺笔下的论笔，布克-穆斯忍不住感

[①] 路遥：《早晨从中午开始》，北京十月文艺出版社，2010，第127页。
[②] 李长之：《关于写散文》，载《李长之文集》第三卷，河北教育出版社，2006，第329页。
[③] Theodor W. Adorno, "Die Aktualität der Philosophie", in *Gesammelte Schriften*: *Philosophie Frühschriften*, Bd. 1, Frankfurt am Main: Suhrkamp Verlag, 1973, S. 343.

叹：这哪里是写论笔啊，分明是在"谱写"它们！阿多诺的"言辞艺术作品通过一系列辩证的反转与倒置表达了一种'观念'。那些句子如同音乐主题一般展开：它们在不断变化的螺旋中分裂开来并自行旋转"①。在我看来，他把思想"谱写"成论笔，就好比运动员站在10米台上，完成了109B（向前翻腾四周半屈体）的跳水动作，这是要比一般性的文学创作难度系数更高的创作。明乎此，也就明白为什么许多人甘愿做他的门下走狗了。阿多诺确实很难，但他又难得很酸爽。

而自从明白了"诗学"就是"如何用语言做生活"（这是我对奥斯汀书名的方言式译法）之后，我的那些"生活"也果然成了"神火"，一下子变得流光溢彩了。因为在我们老家的发音中，"做生活"就是"做神火"。

二

秋尽冬来之际，满地黄叶堆积之时，我忽然心血来潮，想让学生来我家后花园走一走，看一看，顺便拍点"憔悴损"照片。

---

① Susan Buck-Morss, *The Origin of Negative Dialectics: Theodor W. Adorno, Walter Benjamin, and the Frankfurt Institute*, New York: The Free Press, 1977, p.101.

打打打住！你家……有有有后花园？

对啊，奥森公园，680公顷。你也可以说是你家的，我没任何意见。

于是我在微信群中吆喝，响应者众。

但事到临头，张三说，我在整材料，得请假。李四说，我明天要交个材料，去不了。王麻子也说，突然来任务，要临时弄份材料。

我说，都是子美，杜甫很忙！但是，难道李白就不忙吗？我也正在写材料，逛公园是摁下了暂停键。

"写材料"一出口，我才意识到一不留神，溜达出一句晋城话。

但是，估计这句晋城话并不普及，应该比较小众化。

我在以前的文章里提到过公社大院，那是二十世纪六七十年代的事情。所谓公社大院的公社，指的是水东公社。

丹河从我们村前流过，流到西边，那个村就成了水西；河之东亦有村存焉，自然它就是水东了。我们村叫水北。

水北距水东大概只有三里地。我在一篇文章说："丹河在水北与水东之间流成了一个倒下的S形，短短的路程，我们需要过三次河。"①

那个时候，我父亲还在公社做事，所以，大概从三五岁时起，我就成了公社大院的常客，先是老公社——那是占用的村中央的一座古庙老院，后是新公社。新公社修在正街西边，大门朝北开。大门里边转圈修着房子，围成的院子可真是大。公社大院确实名副其实。

大院里有一帮文化人——郑允河、张建民、张三元、牛春明、王豫生、司广瑞……。1977年高考，张建民考成了晋城县的理科状元，却因政审不过关，只好继续窝在水东公社。司广瑞考进了山西师范大学，成为恢复高考后从我们村走出去的第一个大学生，可惜英年早逝，年仅四十八岁。

这些人中，就有舞文弄墨的，他们说那是写材料。

写什么材料呢？我想他们的开头段大概是这样的："长江流水波浪翻，东风劲吹红旗展，山在欢呼海在笑，一轮红日当头照。在国内外一片大好形势下，我们迎来了大搞农田水利基本建设的高潮。工业学大庆，农业学大寨，铁人王进喜，劳模陈永贵，祖国大地红烂漫，不到长城非好汉……"

---

① 赵勇：《我的学校我的庙》，载《人生的容量》，广东人民出版社，2022，第46页。

许多年之后我向父亲求证,父亲说,司广瑞是放电影的,牛春明是弄广播的,张建民写过一段材料,但主要是当团委书记。专门写材料的只有张三元,王豫生,还有早早过世的王海林。郑允河其实是搞统计的,但在写材料方面,他是老孩头儿。①

郑允河是北京人,1949年南下,下到我老家后,便不再驱车更向南,而是安营扎寨,娶妻生子,成了说着北京话的晋城人。后来他被打成右派,先是发落到金村公社,后因公社分家,1962年去了水东。

这帮文化人中,应该是郑允河和张建民最有文化。直到现在,张三元还把郑允河唤作师父。这充分说明,他写材料是受过郑师父点化的。因为取上了真经,张三元的文化指数便芝麻开花,噌噌蹦高,经常 hold 不住,三天两头炫富。比如,写材料之余,他能流连万象,沉吟视听,随物以宛转,与心而徘徊,开口就来三句半,张嘴即是打油诗,活脱脱一个李有才。

2018年春节期间,我用公众号旧文新推。刚推不久,张三元忽发微信,说:"勇,请把《过年回家》系列一至四发过来,让叔享受一下。"我遵旨照办。文刚读完,其

---

① "老孩头儿"是晋城话,意谓 Number One。

打油诗也呼啸而至:

> 勇的文章写得好,
> 叔叔根本比不了。
> 要问原因是什么?
> 还是墨水喝得少。

张打油诗兴大发,一下子刺激了赵打油的打酱油欲,于是我顺嘴嘚嘚道:

> 叔叔叔叔你说啥,
> 不怕叫我着不下?①
> 墨水实际没你多,
> 主要是我要心大。

张三元属鸡,今年七十五岁了;郑允河属狗,今年已八十有六。父亲说,老公社时,有三人属狗,大家笑称三只狗——公社书记马贵书,妇联主任王玉仙,另一只就是郑允河。

---

① "着不下"是晋城话,意谓骄傲自满。

今年春节前夕，疫情暴发，我匆匆跑回老家一趟，比"二十三日去，初一五更回"的灶王爷还要团结紧张。就是那个时候，我听说为建丹河新区，水东、水西、管院、青山街等村已在年前被悉数拆除，夷为平地。水北村因古庙古院古建筑多，命大福大，暂不拆除或永不拆除。我本想去看望一下允河大伯三元叔，再去看看荡然无存的水东水西，却怕感物伤怀误时间，出不了娘子关，回不去北京城，只好丢盔卸甲，落荒而走。

我能够想到的是，几年之后，在四周林立的高楼中，水北村（假如它能幸存于世）或许就是丹河两岸的孤岛，又像是被现代化或现代性这架战车碾碎之后的遗址。它在时代的春风中摇曳，也在历史的秋光中悲歌，会不会抹上几笔本雅明所说的 Aura（光晕）？

但是，水东不在了，公社大院也永远掩埋在大楼之下。

这就是"材料"，它们的故事是不是可以写成材料？

由此及彼，忽然意识到好多材料我还没有写。比如，长江学者三次入围三次落选，为什么他们上去了，不才赵某却无边落木萧萧下？有人说，那是他学问不行。错了！他哪里有他们那种学问？再比如，赵打油原本当着基地主任，为什么当着当着就北风卷地百草折，鹊巢鸠占鸠唱歌了？有人说，那是他把中心搞乱了。造谣！他哪有那么大的本事？罗钢教授说，所谓做学问，就是要用一手材料颠覆二手材料。① 说得太对了！打着灯笼都找不着的一手材料在你这儿呢，你不写谁写？难道你要让二手材料窃窃私语或粗声大气？

所以我要写材料！

于是我跟学生说，以后我们不要说"写论文"了，俗！就说"写材料"，虽然这种说法不但来路不明而且下落不明（水东都没了嘛），不但土而且土得掉渣，土得让我想起"风尘和抑郁折磨我的眉发/我猛叩着额角。想着/这是十月。所有美好的都已美好过了"，但是，它是不是更有味道，是不是更接地气？

没去成奥森公园的同学看到我拍的照片后，本来后悔得正拍着地皮哭，一听我为材料先整容，后赋意，立刻破涕为笑，说，成。

2020 年 11 月 10 日写
2022 年 2 月 18 日改

---

① 他的原话是："对学者而言，最重要的是掌握第一手文献。只看第二手文献就有可能受骗上当。学术研究的一个方法就是用第一手文献去颠覆第二手文献。"罗钢，《课题经费多了，学术界却成了名利场》，https://baijiahao.baidu.com/s?id=1614993250492590066&wfr=spider&for=pc。

告诉他们，要敢于跟高难度的理论叫板

——致喀什大学再纳汗·阿不多

再纳汗好！

很高兴十二年后你通过公众号找到了我。你说你现在是新手上路，想让我给你提供一些带文艺学专业研究生（包括指导研究生毕业论文）的建议。我想了想，似乎有可谈之处，但似乎又是老生常谈。有没有用处我说不好，就想到哪儿写到哪儿，供你参考吧。

我是留校第二年开始带研究生的，第一年分给我一个学生，第二年就成了三个。那个时候，北师大文艺学专业的研究生招生人数还不少，我记得最多时是一届三十多人。于是那些年，我每年都有三四个研究生进来（其他老师也是如此）。你来北师大进修前后，招生人数已开始往下减了，一直减到现在每年的十二三人。这样，每个老师也就只能带一两个学生了。

说实在话，最开始带学生时，我基本上是摸着石头过河，因为这方面不可能有任何经验。加上人少，所以除"规定动作"之外，我也没安排什么"自选动作"。好在我们这里师资力量雄厚，开出的课程多，又个个身怀绝技，即便我这里实行无为而治，他们也依然可以转益多师，学到本事。

所以有那么几年，我好像更信奉"师傅领进门，修行在个人"的道理，像"五哥放羊"一样，对他们不怎么管，而是给他们充分的自由——读书的自由，选题的自由，写作的自由。但同时我也会提醒他们："钱什么时候都可以挣，但书不是什么时候都可以读的。"之所以把这种话说到前头，是因为身居北京，机会多，诱惑也多，如果定力不够，便可能为了几个小钱，每天忙于学业之外的事情了。而如此一来，便耽误了大好的读书时光，是很划不来的。

后来学生多了，特别是也带开博士生之后，便有了所谓的读书会，即每学期选一本比较经典又比较开脑的理论书，大家细读，形成读书报告，然后定期聚到一起，有人主讲，然后讨论，等等。我不知在其他高校是什么情况，但这种师生共读一本书,把书读深读透的做法,在我们这里是有传统的。二十世纪八十年代中后期,童庆炳老师指导着号称"十三太保"的十三个研究生,当时他们就曾以读书会的形式,认真读过苏珊·朗格的《艺术问题》《情感与形式》等著作。童老师去世后我见到了他的《艺术问题》等书,发现里面勾勾画画处、夹条子处、写批注处甚多,说明当年他是认真读过的。而能认真读一本好书,不但会使学生脑洞大开,而且也能使老师受益无穷。

而且,更重要的是,假如有学生读出了感觉,或许他的论文选题就有了目标,找到了方向。举个例子,我的一位研究生叫丛子钰的,当年应该是在读书会上读《美学理论》,对阿多诺产生了"恋情",于是他的硕士论文锁定阿多诺,写他音乐哲学中的"晚期风格"概念。工作两三年后,他又回来攻读博士学位,论文选题依然是阿多诺,写的是阿氏文学理论与文化冷战的关系问题。阿多诺是一个难度系数极高的理论家,一般人很难把他搞定,但丛子钰却先是对他有感觉,后来又对他有研究。这种感觉最初来自哪里?读书会。

有时候,读书会不是在读书,而是在读文章。例如,阿多诺有篇《关于诗与社会的演讲》("Rede über Lyrik und Gesellschaft",英译为"On Lyric Poetry and Society"),

前两年我们把它读到了读书会上。读的主要是英译本，懂一点德文的对一对原文。每人负责一段，会下先做翻译，会上有领读，有讨论。这种字字句句落到实处的细读，这种许多时候都要与阿多诺的句子作斗争的苦读，其好处当然很多。如果说它有什么问题的话，那就是读得太慢。像阿多诺的这篇文章，译成汉语也就是13000字左右的篇幅，但我们却用了整整一学年才把它读完。而为了拿出一篇像样的译文，我与两位博士生又来回许多趟，修改好多遍，从今年5月一直折腾到现在，才觉得总算有了些模样。

因此，当我最近在读霍尔那本砖头厚的文集，读到他的下面这处论述时，确实是"于我心有戚戚焉"的。他说："我想提出一种关于理论工作的不同的比喻：搏斗的比喻，与天使进行较量的比喻。值得拥有的理论是你不得不竭力击退的理论，而不是你可以非常流畅地言说的理论。我随后会对文化研究在今天显示出的这种令人惊异的理论流畅性（theoretical fluency）进行讨论。"[1] 这番说法让我想起当年倪文尖所说的理论陷阱：文化研究变成了一种时尚的学术话语，成为一套掌握了"权力""区隔"

---

[1] 黄卓越、戴维·莫利主编：《斯图亚特·霍尔文集》，中国社会科学出版社，2022，第90—91页。

"镜像""霸权""身份认同"等关键词之后便可以运用自如的操作程序,以至于"大三本科生就能够大面积地生产颇为'像样'的文化研究产品"①了。很可能,这就是霍尔所说的"理论流畅性"。而阿多诺的理论恰恰是反流畅的,你必须与之搏斗,你不得不把它击退。或者像洛文塔尔说的那样,阿多诺的理论无论是思想还是表达,都是横亘在你面前的一种"拦路虎"(skandalon),你战胜他的唯一办法就是除掉这个东西。

我之所以从读书会说到阿多诺,又从阿多诺谈及理论的难度,是想说明我们这个专业的一个特点。一般来说,选择文艺学专业深造的研究生,往往都是对理论感兴趣或比较感兴趣的。但他们或许没有意识到的是,理论还有难易之分、艰涩与流畅之别。应该告诉我们的学生,一开始就要下定决心,不怕牺牲,敢于向难度系数极高的理论叫板,勇于向艰涩程度极大的理论挑战。而当你击退这种理论之日,往往也就是你收获最大之时,这就叫作"取法乎上"。如果只是守着一些油光水滑的东西过日子,搞研究,那是不会有太大出息的。

当然,让研究生去面对高难度的理论,其前提是他们

---

① 倪文尖:《希望与陷阱:由几篇习作谈"文化研究"》,载李陀、陈燕谷主编:《视界》第7辑,河北教育出版社,2002,第114页。

要有"敢于面对"的能力，而这种能力是需要培养的。如何培养这种能力？我觉得除了多读、多想、多写之外，没有什么捷径好走。我读研究生是在二十世纪八十年代后期，当时我的导师李衍柱老师给我们开设的课程有"西方文论专题""文艺学方法论"等，夏之放老师则给我们讲过"马克思《手稿》研究"。而正是因为这些课程，我才开始读西方原典，从柏拉图一直读到康德、黑格尔。我现在还记得，当年我的同学中途回家，我趁他们"度蜜月"的时间读完了黑格尔的《美学》三卷四册。而那时刚刚翻译过来的康德的《实用人类学》，贝塔朗菲的《一般系统论》等，也成了我的案头读物。马克思的《1844年经济学哲学手稿》更是跟着夏老师，读了整整一学期。去年我写过一篇《〈手稿〉，夏之放，或马克思的幽灵》（《中国图书评论》2021年第11期），其实就是饮水思源，想追溯一下我对"西马"的关注始于哪里。我后来敢于去碰法兰克福学派，虽然是被童老师耳提面命的结果，但也与自己先前的理论积累不无关系。就是说，要告诉自己的学生，如果你想战无不胜，或者退一步说，你想立于不败之地，那么就不仅需要让理论武装自己，而且还要把自己武装到牙齿。一个武林中人要想行走江湖，就既需要参透独门秘籍，又需要博采众长。理论中人也该是如此。

走笔至此,我可能是想指出一个或许被人忽略的道理:任何一个专业,任何一门学科,它都是有门槛的,要先读那些入门的书,才能跨进这道门槛,然后才谈得上往深处钻、往高处走。例如,如果是泛泛地学习西方当代文论,那么伊格尔顿的《20世纪西方文学理论》,乔纳森·卡勒的《当代学术入门:文学理论》等肯定是入门书,但是要读懂阿多诺,可能就比较麻烦了。《否定的辩证法》的英译者阿什顿说过:"为了详详细细地追循阿多诺的思想线索,你需要几乎完全了解康德、完全了解黑格尔、并从内心深处——不单是'用心'——了解马克思和恩格斯。只有当这本书的语句给你造成的震动类似于马克思主义的奠基之父的语句给你造成的震动时,你才能和阿多诺一起去思考。"① 而除此之外,你还需要对这些现代人物有可靠的认识,他们是柏格森、胡塞尔、席勒、本雅明、贝克特、勋伯格以及卡尔·克劳斯,当然还有阿多诺的论战对象海德格尔。这就意味着,读懂从康德到海德格尔那些理论家、作家、音乐家的作品,是我们读懂阿多诺的前提。而那些风流人物,哪一个是盏省油的灯?所以,我特别理解钱理群在研究鲁迅时感觉到的那种"无可弥补的知

---

① E.B.阿什顿:《否定的辩证法·英译者按语》,载阿多尔诺:《否定的辩证法》,张峰译,重庆出版社,1993,第5页。

识和精神差距"。他说:"在某种程度上,我真正是'五四'所培养出来的一代,我没有读过私塾,从一开始接受的就是'五四'开创的'国语教育',读的现代白话文的新课本,我就是这样成长起来的,先天地缺少传统文化的熏陶,'五四'新文化、新文学成了我的知识结构中的主体。"后来当他围绕着鲁迅展开阅读时,"我雄心勃勃地制订了一个很庞大的阅读计划,就是鲁迅作品中提到的书,我都要读,当时还真的根据《鲁迅全集》开列了一个长长的书单。也就是说,很自觉地要补课,以缩小自己跟鲁迅之间的知识差距。但也只能说,其志向与勇气均可嘉,而实际上是做不到的"[①]。实际上,钱理群这里是在谈后来者研究鲁迅的限度问题,却也让我想到了门槛。所以,每每涉及这个问题,我都会感到某种绝望。像阿多诺,他在十五岁时就跟着克拉考尔研读过康德的《纯粹理性批判》,我们又是在多大年龄读这本书的?而且即便我们会去读它,我们真正理解了多少?我们读懂它了吗?

除了阅读之外,我还想说一说写作。其实,这方面的想法在我今年出版的《刘项原来不读书》中已有表述。钟子翱先生是童庆炳的老师,当年他曾告诉童老师,五十岁

[①] 钱理群:《我的精神自传》,广西师范大学出版社,2007,第64—65页。

之前不能写文章，只能做卡片，等你成了一位饱学之士后再写不迟。童老师觉得这个说法不靠谱，便向郭预衡等先生请教，最终意识到光读不写是不行的，正确的做法是边读边写，边写边读。童老师说，古人有"悔其少作"之说，"但是我不悔，我认为这像一个小孩学走路，他能站起来迈出第一步，那一步可能是很不稳的，是要跌倒的，或者歪歪扭扭的，这都没有关系，你会越走越稳，越走越好。如果说要等他学会像大人一样走路了，然后要按大人那个样子走，那他永远走不出第一步"[1]。我觉得童老师的说法是不刊之论。所以我一直告诫我的学生，既要敢于写，还要善于写，争取在每个阶段写出自己最满意的文章。这就意味着在研究生阶段是完全可以写也应该写的。即便过了一些年你回看自己的文章，可能会发现它很稚嫩，水平低，那也没关系，因为这正说明你在进步。实际上，写作是一门需要终身修炼的功课，因为思想需要不断磨砺，表达也需要不断提升。总想着一鸣惊人，或者是一口吃个胖子，那肯定是不现实的。

至于毕业论文，我的做法是把选题的自由充分交给学生，让他们去发挥自己的主观能动性。只有在他们实在选

---

[1] 童庆炳：《朴：童庆炳口述自传》，罗容海整理，广西师范大学出版社，2022，第116页。

不出题目时，我可能才会有所建议，甚至命题作文。而之所以如此操作，是要让他们明白，选题其实是论文写作的一部分，选择怎样的题目，意味着你的兴趣所在，也意味着你携带了怎样的问题意识，将来会在何处用功。但我会把选题的原则告诉他们：表面上看，选题不过是为了完成一篇毕业论文，但实际上是一种综合的考量。它意味着你一段时间的"深挖洞，广积粮"，也意味着你在怎样的积累上起步，并终将形成怎样的积累，以至于将来会吃哪碗饭。我是希望一个人的论文选题能够成为"潜力股"的。也就是说，它不仅是你某段时间的学术根据地，而且还应该是一块风水宝地，你可以在那里不断开疆拓土，春种秋收。如果它只是戈壁滩，盐碱地，那是种不出庄稼，打不来粮食的。

有的老师希望自己的学生选题时能够聚焦到自己关注的领域之内，这当然可以理解，但我却从来不做这样的要求，而是让他们敞开选，可劲儿造，哪怕所选的题目我较生疏或不熟悉。在这个事情上童老师已给我们率先垂范。他指导过七八十个博士生，其中的选题五花八门，古今中外都有。他当年鼓励我做法兰克福学派的大众文化理论，并不是他对这一块很熟悉或有研究，而是他觉得法兰克福学派当年遭遇的问题很重要。由此我便意识到，学生选题选到老师的一亩三分地里固然便于指导，但选到"三里湾""荷花淀"，甚至选到了"上甘岭""无名川"，我们也不必叫苦连天。不熟悉的领域我们不是还可以去熟悉吗？你来北师大进修前后，正好有一位名叫杨玲的博士来我这里做博士后，她的博士论文写的是超级女声李宇春与粉丝文化现象，博士后出站报告又开始琢磨青春文学郭敬明。而对于粉丝文化、青春文学，我虽然不能说是两眼一抹黑，却也所知不多。只是通过与她"合作"，我这位合作导师才算是补上了这一课。如同十月革命的一声炮响给中国送来了马克思列宁主义一样，杨玲博士的出场亮相，给我带来的是粉丝、玉米、郭敬明，这是教学相长，何乐而不为？

当然，我也相信，能考进来读研究生的学生，个个聪明伶俐，没有傻瓜笨蛋。所以如何"给天才留出空间，为中才立下规矩"，就成了一个研究生教育中值得认真考虑的问题。实际上，毕业论文的写作就是一个在规矩中磨砺思想或戴着镣铐跳舞的过程。对于一篇硕士学位论文来说，文章写得成功，并不见得你有多少创新（没有人不想创新，但创新又谈何容易？），而是看你能否写得中规中矩，如同跳台跳水那样，能否把规定动作完成得无懈可击。

好了再纳汗，我这个答复写得已不算很短，准备就此打住。要感谢你的询问，给了我一个清理自己的契机，甚至让我想起三十多年前我读研究生时的情景。那个时候，每过半月二十天，我与另外三位同门师兄弟就要去导师家里坐一坐，聊一聊——聊学习，聊生活，也聊国家大事，个人危机。八年前，我曾写过一篇《在李老师家客厅》的散文，似乎就是想聚焦时代的暗角，描摹一下我们这代人的心灵创伤、精神状态。而在导师家中聊天，可以海阔天空，可以胡说八道，甚至可以去掉伪装葛优躺，那是多么惬意的一件事情啊。如今，研究生已基本上不到导师家里了，所有的谈话都放在了办公室。这当然省了学生的奔波之苦，却也少了一些聊天的轻松、随意、温情甚至惊喜，一切似乎都是公事公办，又匆匆忙忙，我们仿佛成了里茨尔那本《社会的麦当劳化》中的人物。喀什天高皇帝远，是不是依然古风犹存？如果是，那你还是可以把这种与学生的聊天活动发扬光大的。而以后我若有机会造访新疆，也一定去看看你们的喀什大学。

即颂

教安！

赵勇

2022 年 11 月 19 日

做学问并无坦途可走

——致河北大学拟录取硕士生胡同学

胡文秀好！

首先是祝贺！祝贺你收到了河北大学文艺学专业的拟录取通知。能够在那里攻读硕士学位很好啊，因为最近几年，我与这所高校文艺学专业的老师走动较多，深切感受到这是一支朝气蓬勃的教学、科研队伍。如今，这支队伍在李进书教授的带领下，活力十足，敢闯敢干，生龙活虎，虎视眈眈——他们早就在与法兰克福学派叫板，现在又扩展至马克思主义文艺伦理方面，要"深挖洞，广积粮"，精耕细作。你能在他们那里读书，应该是非常幸运的。

当然，估计你也为没能进入北师大而感到遗憾，这是没办法的事。今年研招办给出的复试比例是1∶2，文艺学专业要在10位参加复试者中选出5人，竞争还是很激烈的。你的情况比较特殊——二战北师，年龄较大，通过自考一路走来——所以给我们留下了很深印象。记得当时几位老师对你的顽强和执着都惊叹不已，觉得你能以自考生身份，战胜无数正式本科生而进入复试，这本身就证明了你实力不俗。但复试又很是残酷，必须优中选优，淘汰一半，所以包括你在内的几位同学也就与北师大失之交臂了。

希望这一挫折不会影响到你的情绪。

对于接下来的研究生生活，你想让我给点忠告，提些建议。我想了想，似乎有话可说，似乎又不太好讲。我就泛泛地谈一点自己的想法吧。

我对自考生的情况谈不上熟悉，但据我猜测，你以前可能自学的时候多一些，走进课堂的机会少一些。所以我觉得，你最需要践行者，是利用真正走进大学校园的三年时间，充分打开自己，用周身的每一个细胞去感受、体验和充实自己的学习生活。学习并不意味着仅仅与书本打交道，而是要身临其境，耳濡目染，感受八面来风。在此过程中，有同学相互切磋，有老师言传身教，有讲座传经送宝，有空间独立思考，这种氛围和在氛围中的熏陶是非常重要的。疫情三年没办法,许多学生都只能困在家里上网课,他们当然也学到了知识,却是错失了在我看来或许是更重要的东西。这种东西就是课堂环境、校园氛围、学院气息、人文光晕,等等。没有它们的滋润,思想既僵硬,知识也死板,二者就不可能"如老翁携带幼孙,顾盼有情,痛痒相关"了。

因此,"现在重要的是恢复我们的感觉。我们必须学会更多地**看**,更多地**听**,更多地**感觉**"①。我要把苏珊·桑塔格当年说的话首先送给你。

再则,就是要把原著原典读起来。一般而言,学生都会读一些教材,这自然是必要的。但再好的教材都只是给你搭了个花架子,做了个空壳子,它们显然无法代替对原著的阅读。许多学生为了应付考试,甚至可能会把教材背得滚瓜烂熟,这当然对考试有用,却很难化为滋养身心、磨砺思想的材料——想起朱国华教授曾把教材比作鸡精,把经典比作鸡肉,形成过一番高论,建议你找来读读(参见《天花乱坠》,上海文艺出版社2024年版,第126页)。这些年来,我一直在断断续续对付阿多诺,也算是对他略有心得。但我也知道,《西方文论史》之类的教材也会介

---

① 桑塔格:《反对阐释》,程巍译,上海译文出版社,2003,第17页。

绍他的美学思想、文学理论。假如你不读他的原文原著，只是看了一点别人的概述转述，记了几句没有上下文的阿氏语录，虽然你也能应对一些场面，但是却永远不可能走进阿多诺的世界。因为阿氏理论本来就非常高大上，读原文都不一定能拎得清，只记几段教材上的话又如何管用呢？

所以，"只有从那些哲学思想的首创人那里，人们才能接受哲学思想。因此，谁要是向往哲学，就得亲自到原著那肃穆的圣地去找永垂不朽的大师。每一个这样真正的哲学家，他的主要篇章对他的学说所提供的洞见常十倍于庸俗头脑在转述这些学说时所作拖沓藐视的报告；何况这些庸才们多半还是深深局限于当时的时髦哲学或个人情意之中。可是使人惊异的是读者群众竟如此固执地宁愿找那些第二手转述。"① 这是叔本华说的话，我也把它送给你。

我看你信中说，通过研究生阶段的学习，以后你还想继续深造。既如此，我觉得你可以由浅入深，逐渐去啃一些硬骨头。理论也分三六九等，不是每一种理论都值得你去费心用功的。有些理论虽然不一定是水货，但技术含量不高却是事实。对于这样的理论，一般性地了解一下也就

---

① 叔本华：《叔本华文集·生命与意志》，任立、潘宇编译，华龄出版社，1997，第18页。

够了。还有些理论吃不透，摸不准，很难搞，不好懂，人们往往望而却步，或半途而废。但只要弄通一点，其功效或许就会十倍于那些大路货的理论。所以前两年我答复喀什大学再纳汗时，曾特别提及霍尔的说法："值得拥有的理论是你不得不竭力击退的理论，而不是你可以非常流畅地言说的理论。"①就是说，假如你通过一番搏斗，击退（也就是战胜）了这种理论，或许你就茅塞顿开，豁然开朗，进入到一个新的境界了。

但你也要充分意识到，学理论、做学问是一条艰辛之路，须塌得下心，扛得住贫，板凳要坐十年冷；吃得了苦，受得了罪，为伊消得人憔悴，同时，也需要有一些天赋和灵气作保障。所以最后，我想把马克思的话送给你："在科学上没有平坦的大道，只有不畏劳苦沿着陡峭山路攀登的人，才有希望达到光辉的顶点。"② 这个译法因出现在《资本论》里，影响很大，流传很广，但第一句译成"做学问并无坦途可走"，我觉得也是可以的。因为德语词"Wissenschaft"兼有"科学"与"学问"两层含义，我就见过有英译者翻译该词时，直接把它译成了

---

① 黄卓越、戴维·莫利主编：《斯图亚特·霍尔文集》，中国社会科学出版社，2022，第90—91页。

② 马克思：《资本论》（纪念版），人民出版社，2018，第24页。

"science and scholarship"。

顺便附上这句名言的德语原文与英译文，供你参考：

Es gibt nur eine Landstraße der Wissenschaft, und nur diejenigen haben Aussicht ihren hellen Gipfel zu erreichen, die die Ermüdung beim Erklettern ihrer steilen Pfade nicht scheuen.

There is no royal road to science, and only those who do not dread the fatiguing climb of its steep paths have a chance of gaining its luminous summits.

祝好！

赵勇

2024 年 4 月 12 日

暗恋北师无罪，转益多师有理

——致一名落榜考生

田同学好！

来信收悉。谢谢你把我当作"隐含的读者"并告诉我这一切。373 分，确实是离你的梦想最近的一个分数了，但分数线就是那么残酷，它把你，自然也把许多考生挡在了复试之外。当然，即便再多考几分进入复试，也依然不能确保马到成功，因为还有竞争，还要淘汰。记得 2018 年的春天，一位参加完复试的同学得知自己没能被录取后，第二天就给我写来一封长信。那封信要表达的东西很多，其实是很不容易写好的，但她情动于中而形于言，把"二战北师"的感受、心情、家境、压力等和盘托出，拿捏得、把握得恰到好处。这封情采兼备的信也打动了我，于是我立刻断定，这是一名不错的考生，她被排在将录未录的边缘或许存在着一些问题。我把这封信转给院里负责招生工作的老师，她也说信写得不俗，可以试试向学校争取一个名额。但努力一番，终于无功而返，让我觉得特别遗憾。

所以每年其实都有遗憾发生。你们没有考出好分数会留下极大遗憾，我们因为名额所限没有招进更多的好学生，也会感到很是遗憾。

你说你对文艺学，尤其是对北师文艺学充满了一种向往，于是辞职备考两年，当别人都劝你"脚踏实地"时，你却在"仰望星空"，这种理想主义的情怀我是很能够理解的。想起我当年第一次考博未遂，然后选定北师大作为我的考博目标，也是一而再，再而三，屡战屡败，屡败屡战。所以，当童庆炳老师晚年总结出一个"单元论"（十年为一个单元，一个单元只能做一件事情）并拿它来敲打我们时，我说，我用一个单元的时间才考到了北师大，太笨了。许多人不考则已，一考即中，他们的聪明才智和运气让我羡慕。但具体到我，却常常与"三"为伍，考大学三次，考博士三次，当年考硕士居然一次通过，现在想想简直不可思议，这既不正常也不科学啊。但我之所以明知山有虎，偏向虎山行；明知自己笨，还想做学问，也许就是被所谓的理想啦情怀啦支撑着，没有像你的家人、朋友规劝你的那样，去安安稳稳过日子。年轻的时候心高意大，海阔天空，是很正常的；一亩地，两头牛，老婆孩子热炕头，反而显得太孙少安了。所以，为了你心中的目标，你憧憬过、仰望过、奋斗过，这是一件很值得自豪的事情。尽管结果不尽如人意，但并不意味着你的追求就没有价值。

我说这些并不是要让你向我学习，花一个单元的时间三战北师，这既不现实也没必要，虽然在我的印象中有考硕五回且终于考成的学生；而是要为你所谓的"暗恋"北师文艺学好几年又征战两年，找到一个可以交代的理由。今天仿佛又是"多快好省"了，一切都处在罗萨所谓的"加速"之中，还像我那样老牛破车似的考，已显得不合时宜。而备考一次也相当不易，不但会备受煎熬，而且每年的竞争对手也不一样，即便你想卷土重来，但最终能否成功，也依然是个未知数。你说你"大概会基于现实就业的考虑，选择调剂'性价比'较高的专硕，也即重新'走回老路上'"，我觉得这是一个很实在的选择。考成学术硕士然后继续考博，走学术之路，这应该是你梦想的组成部分，但这条路其实是很艰辛的，即便肯用功，能吃苦，最终能否弄出个模样，也很难说。我知道一些同学考硕然后再考博，其实主要还是想混一个比较高级的饭碗，并没有把学问太当回事。如此这般之后，也就泯然众人矣，不会有多大出息。与其这样，那我觉得还不如做一些更实际的工作，那样也许会更有成就感。

最近一些年，在我们专业的新生见面会上，我总会跟同学们叨叨一番"珍惜"之事。我想告诉他们的是，他们之所以能走进北师，笑到最后，是因为他们在残酷的竞争中打败了包括你这样的诸多对手，而这些对手大都是哭着喊着想来北师大念书的，只是因为种种原因才名落孙山。但如果金榜题名者进来之后觉得已经"楼上楼下，电灯电话"了，便开始红酥手，黄縢酒，两个黄鹂鸣翠柳；长亭外，古道边，吃着火锅唱着歌，因而贪污了时间，浪费了机会，那我就觉得罪莫大焉，就像那句毛主席语录那样，"贪污和浪费是极大的犯罪"。你得对得住"新马太"这块风水宝地，别以为真的到了"北京吃饭大学"。因此，我希望你能够调剂成功，并且也能好好珍惜这个虽然不太圆满却也还是来之不易的机会。

谢谢你关注我的视频课程、著作文章等。可以继续关注，但我只是北师文艺学的一员，你还应该关注北师内外文艺学专业更多的优秀学人。要学会"别裁伪体亲风雅，转益多师是汝师"。

即颂

春安！

赵勇

2021年3月16日星期二

田同学好！

谢谢你一年之后告诉我下落。就在北师大陈老师门下读书很好啊，我还以为你被调剂到了别的学校。祝贺你来到了北师——迟到的祝贺也是祝贺。

是我的一位已毕业的学生转来了共青团中央公号上的推文，我才知道去年回复你的邮件被他们截图弄到了文章里。实际上，最近几天，我的公号呼呼涨粉，直到昨天我才意识到也是因为那个回复你的邮件——有人把它转到了豆瓣上，许多同学看到之后便来关注我。这篇推文比较"出名"，去年在短短几天里就被阅读三万多次，既破了我推文的纪录，也吓了我一跳。

既然进了儿童文学专业，就要摸清这个专业的脾气，读一批与这个专业相关的专业书，把自己武装起来。我记得海明威回答记者为什么要写作时，其说法是"不愉快的童年"。可见，"童年经验"是作家创作的助力之一。本雅明写过《柏林童年》，算是把童年记忆写到了一个境界。

我当年读研究生时读过皮亚杰的《儿童心理学》《发生认识论原理》，感觉受益不浅。——顺手写下这些，也许对你有用。

　　选修一些文艺学专业的课也挺好，因为许多东西是相通的。有时候，能够练就"隔山打牛"的本事，或许就成了牛人。我最近又重读了郭预衡先生的一些文章；郭先生的主业是古代文学，他写出的三大卷《中国散文史》赫赫有名，是一座丰碑，但是他却通读过《鲁迅全集》，鲁迅研究是其底色。于是我就想，他之所以比其他治古代文学史的学者站得高，看得远，想得深，说得透，是因为鲁迅把他武装到了牙齿。

　　知道郭先生吧，当年北师大中文系没评上博导的著名教授。

　　即颂

　　学安！

赵勇

2022 年 2 月 23 日

今天的博士论文应该写多长?

一

这个题目诞生于 2020 年,因为那一年,张柠教授写过一篇妙文:《今天的长篇小说应该写多长?》。我读后一寻思,博士论文岂不是也该讨论一下长短问题?如要讨论,我何不借鸡下蛋,套用这个题目,写篇吸睛文章,以为老夫我解惑?

只是,题目有了,文章却没写。何以如此?可能还是时机不到。今年,高校的"农忙季节"刚一结束,我便匆匆提笔,倒也不是时机到了,而是因为读过几篇长文,让我有了说话的欲望。

说话之前,先要申明,我在中国语言文学之下的二级学科文艺学专业混饭,故所看论文,无论硕士博士,都以此专业为主。但因为我对现当代文学专业也不算陌生,便或被朋友邀请，客串其中，或被教育部哪个学位论文服务平台相中，逼我就范。所以，我所谈论者，也包括这个专业的论文。其他专业的论文我不敢说，也说不好。

记得在今年的一场博士论文答辩中，一位外请的专家有感于某篇论文材料稍多，略嫌冗长，便说："能否再压缩一番材料，把论文弄得精粹些？我觉得一篇博士论文写个十六七万字，最为合适。写得越多，暴露的问题越多，也容易让人看得头大。"她刚一说完，篇幅问题就被其他评委"驳回"，因为现在的一个趋向是，写得越多，论文似乎就越好。或者是，一长遮百丑，一短毁所有；长了有人夸，短了必被骂。于是我也附和道："我刚参加了清华大学的一位博士论文答辩，名为《文学的共同体思想研究：巴塔耶、布朗肖与南希》，论文很厚，写得不歪。作者在修改说明中明确告诉我们，全文字数是37.2万字。这是我今年看到的最长的论文，但还是没有长过去年北大那篇，那篇应该是五十几万。"

五十几万呢？回来之后我便查阅，发现去年那篇名为《危机思想的两副面孔——论阿多诺与海德格尔的虚无主义批判与艺术话语》。此论题撞我枪口，让我兴趣大增，于是审读此文，便不愿一目十行，而是慢阅读，细琢磨，自然花费了不少时间。也想起在网上答辩现场，我问这位同学：此文 500 多页，这么厚一本，究竟有多少字呢？他说：55 万。

天呐！这应该是我这些年来看过的最长的博士学位论文，没有之一。

博士论文如此，硕士论文乃至学士论文又是怎样呢？5月底，在我们专业的硕士论文答辩现场，我撂出一句大实话："从长度上说，今年我看论文，一个强烈感受是学士论文硕士化，硕士论文博士化。"这当然不是信口开河，而是有感而发，因为现场就有一篇 16.9 万字的论文在那里领跑，题目也非常高大上：《"跨越性批判"的形成：阿多诺早期音乐—哲学思想中的自我与整体问题（1921—1930）》（方维规教授指导）。此文的长度很可能刷新了近些年北师大文艺学专业硕士论文的纪录。无独有偶，前不久我参加本科生论文答辩，我们这个小组的一位同学足足写了百页（光后记就写了五六页），一问，才知已达 10 万字。此文名为《重塑社会主义集体记忆的雕像——新东北作家群"子一代"视角探析》（李莎博士指导）。因为这两篇论文都是既写得长，也写得好，它们也就被双双推荐，成为我们这个研究所选送到文学院的优秀学士、硕士学位论文。而实际上，用这两篇论文申请硕士、博士学位，也该是八九不离十的，这岂不是"学士论文硕士化，硕士论文博士化"？

所以，以后一位大四同学意欲吐槽，他可以这样"融梗"："周围的同学不是写十万就是写八万，你要是写了一万四千五，你都不好意思跟人家打招呼。"

二

但无论是哪类论文，越写越长恐怕还是最近这十多年的事情，因为我们那时候，论文还是不允许写长的。

我的博士学位读在世纪之交，记得当年导师童庆炳老师跟我们谈论文规模，正心情不好，便眉一皱，脸一沉，说："你们那个论文呢，每篇写个 10 万字就够了。不要写得太长，写长了会给评委增加负担，耽误人家时间。"我一听只能写 10 万字，心中不禁咚咚打鼓，又暗暗叫苦，却也没敢当场理论。过了一阵子，我见童老师脸上不再阴云密布，而是多云转晴，便试探道："童老师，我那个论文题目比其他同学的都要大，别的同学只写一人，我得一下子干掉四个，10 万字恐怕拿不下来啊，您能不能多给我一些篇幅？"那个时候，我已决定跟法兰克福学派的阿多诺、本雅明、洛文塔尔、马尔库塞较劲，而要想把他们摆平，这四位爷哪个是盏省油的灯？这是我跟童老师要字数的原因。

童老师一听有道理，便眉一扬，手一挥，大方地说："行了，那就多给你5万字吧。"接着他又叮嘱："就15万啊，可不能再多了。"

我心中狂喜，谢过童老师，仿佛《三里湾》中的铁算盘多分了五亩水浇地。

但随着论文展开，便觉得15万字依然很不宽裕。可是，我若觍着脸再让童老师追加字数，显然又很没诚信。怎么办呢？想了三天两后晌，我决定"悄悄地进村，打枪的不要"——先把生米煮成熟饭再说。解决了思想问题，后来我再下笔，就不再有字数限制的顾虑，而是每一部分可着劲儿造，撒着欢儿写，直写到山穷水尽处，方才想起还可以坐看云起时。待写完之后把那四五部分拢成一堆，艾玛，已是25万字之多！坏了坏了，这可如何向童老师交代？

那个年代，学生给导师送论文，还不兴隔空投送电子版，而是要装订成册，把论文直接交到导师手里。我一看论文串到一起已页码不少，便想出让其"瘦身"的两个妙招：一是把其中的四小节标题只放在目录里（美其名曰"存目"），其内容则从正文中删除，这样一下子就少了五万字。当年许多人玩"存目"，是还没坐胎，是真的没生下来；我跟他们不一样——我是生下来了却上不了户口,得藏着掖着,仿佛一个私生子。二是论文打印,别人通常用小四号字排版,我则用五号字铺路,这样再排得紧一些,密一些,也能省下一些篇幅。主意已定,我便拎着那份稍加装订的论文去见童老师了。路上我已想好,若童老师捏一捏论文厚薄,说:"这是 15 万字吗?"我就可以坦然相告:"不好意思写冒了,但冒得不多,也就十五六七万吧。"

没想到童老师一翻论文,根本就没说字数问题,而是劈头盖脸训我一顿:"怎么用这么小的字印论文?而且排得还这么密?这是让我看的吗?我都快七十的人了,你这不是诚心要把我搞得头昏眼花吗?"

我自然不敢说明实情,便赶忙说:"哎呀童老师,我这不是交得晚吗?一着急,就忘了好好排版了。这好办,我马上回去,换成小四号,再给您出一份。"

我的话还没说完,童老师就又数落上了:"结语'暂缺'是什么意思?难道结语你也要存目?"

"不是不是……因为正文部分写完已筋疲力尽,我就想着先歇个脚,喘口气,然后再挽袖撸胳膊,鼓足干劲奔终点。兴许您前边还没看完,我这结语就到位了。"

"那怎么行呢?我看论文是要看看前面、看看后面,翻翻导论、翻翻结语的。"

"啊，原来这样！那好办，您再等我一两天，这回我不敢懒驴上坡了，而是要快马加鞭，结语很快就能搞定。"

从童老师家出来，我不敢怠慢，而是一溜小跑回到宿舍；气还没喘匀，就开电脑，翻资料，投入"抓革命，促生产"的最后一搏中。

三

我的博士论文名为《整合与颠覆：大众文化的辩证法——法兰克福学派的大众文化理论》，此论文出版时，我才给存目的篇章上了户口，结果2005年初版38.1万字，2022年增订版41.8万字，这当然都是排版字数，实际字数并没有那么多。比如，在我的电脑统计中，初版是28.8万字，增订版是34.3万字。修订版之所以多出5万字，是因为初版时文献综述被我全部拿掉了。我本来是准备放上去的，但童老师说："你的字数已经不少，若再加上5万字综述，就太厚了，会给出版社和读者都增加负担。"我唯唯。

但准备出修订版时，我反复考虑，最终还是决定把综述放上。我在修订版后记中说："当年成书被迫拿掉这个综述时，我很是心疼。如今我决定把它收进来，倒也不是旧病复发，而是觉得这些资料或许能为后来的研究者提供一些线索。"① 这是实话实说。而另一个没被我写到那里的原因是，当年答辩时，有答辩委员曾直言不讳，说我的论文"缺一个文献综述"。其实是不缺综述的，只是那时我还没把它鼓捣好。许多年之后我把它放出来，也是要证明我所言不虚。

然而，后来论文变成书，见到我们这届同学的博士论文规模，我还是心生惭愧，因为与他们相比，我确实写多了。如若不信，我可以罗列几篇，稍作比对（均为排版字数）：王珂的《百年新诗诗体建设研究》（上海三联书店2004年版），20.7万字；陈太胜的《梁宗岱与中国象征主义诗学》（北京师范大学出版社2004年版），22.4万字；汪民安的《福柯的界线》（中国社会科学出版社2002年版），23万字；张意的《文化与符号权力——布尔迪厄的文化社会学导论》（中国社会科学出版社2005年版），23.6万字；刘淑玲的《〈大公报〉与中国现代文学》（河北教育出版社2004年版），25.2万字；胡继华的《宗白华：文化幽怀与审美象征》（文津出版社2005年版），26.1万字；吴子林的《经典再生产——金圣叹小说评点的文化透视》（北京大学出版社2009年版），35.8万字。

---

① 赵勇：《整合与颠覆：大众文化的辩证法——法兰克福学派的大众文化理论》，北京大学出版社，2022，第414页。

这里除吴子林的论文字数与我的有一拼外，其他人都是20多万字。而这个字数，也正是张柠所谓的一部长篇小说的理想篇幅，因为他在笔者开头提到那篇文章中说："'短篇小说'最合适的长度，是半小时到两小时之内一口气读完的篇幅，3000到1万字。'中篇小说'最合适的长度，是一天能轻松读完的篇幅，3万到6万字。'长篇小说'最适合的长度，是一个黄金周就能轻松读完的篇幅，20万到25万字之间。"[1]

把短篇、中篇、长篇小说的篇幅对应于学士、硕士、博士学位论文的字数，是不是也有些道理？

或曰：这里所谓的小说字数，都是从读者角度提出的，需要把读者阅读花费的时间考虑进来吗？

我来讲一个陈忠实写《白鹿原》的故事，估计答案就清楚了。

路遥写作《平凡的世界》之前，规模就已定好："三部，六卷，一百万字。"[2] 但那是八十年代中期的事情。而到陈忠实准备撰写《白鹿原》的八十年代后期，文学失去了轰动效应，雅文学市场开始萎缩，知名作家欲出小说

---

[1] 张柠：《今天的长篇小说应该写多长？》，《文艺争鸣》2020年第11期。

[2] 路遥：《早晨从中午开始——〈平凡的世界〉创作随笔》，载《路遥全集·早晨从中午开始》，北京十月文艺出版社，2010，第85页。

集，征订数居然不足千册。所有这些，都让陈忠实不得不重新考虑自己的小说规模：原来他是计划把《白鹿原》写成上下两部，"每部大约30万至40万字"的，但从小说的市场角度考量，"我很快就做出决断，只写一部，不超过40万字"。因为书若出版，"读者买一本比买两本会省一半钞票，销量当然会好些"。为了省下字数和篇幅，他决定把更多的描写语言转换为叙述语言；甚至在动笔写这部长篇之前，他还先写了两个短篇（《窝囊》《轱辘子客》）练手，在语言上做试验。而最终，《白鹿原》果然也在他预期的字数中被搞定了。[①]

这是因为考虑读者而减字数、缩规模却不但使作品获茅盾文学奖而且让它在读者中享有好口碑的成功一例。你说考虑读者重要不重要？

因此，凡是没能力把长篇小说写成《红楼梦》的，都应该考虑做减法。

四

童老师也是一个"读者中心论"者，答辩的时候他考虑答辩委员，出版的时候他关心普通读者。而在童老师的

[①] 参见陈忠实：《寻找属于自己的句子》，北京大学出版社，2011，第90—95页。

假定中，答辩委员或普通读者拿起这篇论文，肯定会不偷懒，不厌烦，一挨一页，一字一句，从头看到尾的。

后来我也当了答辩委员，有那么几年，我看论文还是蛮认真的。记得人间四月天，我带上一本打印出来的论文步入我家附近的奥森公园，找一幽静处坐下，然后喝口茶，抽支烟，半上午只读三五十页，仿佛进入了马原描述的读小说的节奏："看小说一定要沏一杯茶，安安静静的，没有人打扰，心里很闲。……太阳那么温和，你坐到窗前，靠近太阳能照见的地方，让那阳光暖暖的照到你身上。然后偶尔喝一大口好茶。半个小时、一个小时看个短篇。大概三个小时看一个中篇。看完以后把眼睛闭上，那真是享受。"[①] 但几年之后，我已不得不"多快好省"起来，因为送到我手上的论文越来越多，论文写得也越来越长，看论文已是一项光荣而艰巨的任务，几无乐趣可言。而那时候，一篇论文要想让我从头看到脚，除非它写得风流往下跑，除非它写成了《拉伯雷研究》。

既然提到了《拉伯雷研究》，我就不妨多说几句。《巴赫金传》中说，巴氏在1940年就完成了这篇长篇论文，当时的题目叫《现实主义历史中的弗朗索瓦·拉伯雷》。但是

---

① 马原：《小说和我们的时代》，《长城》2002年第4期。

到 1946 年，他要以此论文申请语文学博士学位，却没承想遇到了麻烦：有三位评委对他的论文评价颇高，但苏联科学院的另三位通讯院士却极力反对。辩论持续了七个多小时之后投票，给他博士学位是七人赞成，六人反对，给他副博士学位则大家都没意见。因为这一事故，致使"这部专著一直以手稿形式一动不动地躺了几乎二十年时间，结果是我国的语文学遭受了重大损失，而且还不只是语文学……"①。

托程正民老师开讲巴赫金之福，我在攻读博士学位期间就读了这本 48.7 万字的厚书（当然是指中文翻译字数）。我现在还记得，读《拉伯雷研究》我慢条斯理，居然读了半年之久——不是因为没时间读，而是舍不得三下五除二，一举把它拿下。如此经历，在我的理论阅读史中可谓绝无仅有，我似乎也找到了纳博科夫所说的"用背脊读书"的"酥麻滋味"——"读《荒凉山庄》的时候，我们只要浑身放松，让脊梁骨来指挥。虽然读书时用的是头脑，可真正领略艺术带来的欣悦的部位却在两块肩胛骨之间。可以相当肯定地说，那背脊的微微震颤是人类发展纯艺术、纯科学的过程中所达到的最高的情感宣泄形式。让我们崇拜自己的脊椎和脊椎的兴奋吧。让我们为自己是

---

① 孔金、孔金娜：《巴赫金传》，张杰、万海松译，东方出版中心，2000，第 289 页。

脊椎动物而感到骄傲吧，因为我们本来就是头部燃着圣火的脊椎动物。"① 这也就是说，假如长篇小说写到了《荒凉山庄》的份上，你尽可以写 1176 页，假如博士论文写到了《拉伯雷研究》的份上，你也尽可以写 694 页。但可惜的是，你既不是狄更斯，也不是巴赫金。

假如你就是一枚"普通青年"，那么做论文时参照一下学校定下的规矩还是很有必要的。例如，敝校每年都会下发一本《本科生论文手册》，其中的论文撰写处提到了篇幅："人文社会科学类一般为八千至一万五千字，理工科一般为六千至一万字。"而敝校的《研究生手册》（2021 年版）中则说：硕士学位论文，"字数一般应在二万至五万字之间"，博士学位论文，"原则上理工科不少于五万字，文科不少于八万字，不超过二十万字"。

也在网上看到一个武汉大学的博士学位论文撰写要求，上面写着："理、工、医学学科博士学位论文字数宜控制在四万至十万字，人文、社会科学学科博士学位论文字数宜控制在十万至十五万字。"

如此看来，学位论文的撰写还是有字数限制的，它们确实相当于张柠所谓的三种小说的篇幅。

---

① 纳博科夫：《文学讲稿》，申慧辉等译，生活·读书·新知三联书店，1991，第 98 页。

五

所以，有句"废话"我不得不说：写得长的，可以是好论文，但也不一定就是好论文。

写得长，便意味着架构大，头绪多，处理的问题也更为复杂。与20万字的论文相比，30万字绝不仅仅意味着多出了10万字，还意味着你更需要思前想后，更必须左顾右盼，更擅长南征北战，以至如李渔所言："先筹何处建厅，何处开户，栋需何木，梁用何材。"(《闲情偶记·词曲部》) 莫言曾经说过："长度、密度和难度，是长篇小说的标志，也是这伟大文体的尊严。"① 博士论文也理该是如此。也就是说，你长度上去了，密度、难度却没有随之跟上，那你就把一篇论文写成了水货，写成了懒婆娘的裹脚布。童老师当年曾批评一篇博士论文写成了资料汇编，让我们引以为鉴，我想它是绝对不缺少长度的，它缺少的可能是密度和难度，是深度和厚度。

舍不得删改，其实是论文写作的通病。有人可能会说：为找这则资料，上穷碧落下黄泉，我容易吗？为写这段论述，三更灯火五更鸡，我不努力吗？但所有这样都不是阻止我们下狠手的过硬理由，决定文字去留的永远应该

---

① 莫言：《捍卫长篇小说的尊严》，《当代作家评论》2006年第1期。

是它在文中的功能和作用。鲁迅先生说:"写完后至少看两遍,竭力把可有可无的字,句,段删去,毫不可惜。"①阿多诺说:"一个作者永远不应该舍不得删除,作品长短与好坏无关,担心文章不够长是幼稚的。"② 与两位先贤相比,我的话要糙一些:"假如你使用了装饰性引文,大路货材料,假如你的论述只是扬子江里的一泡尿——有它不多,无它不少,一个字:删!"

因此,决定论文质量和成色的肯定不是其长度。马丁·杰伊的《法兰克福学派史》(广东人民出版社1996年版)是其博士论文,38.5万字,显得厚了些,但它言之有物,至今都是研究法兰克福学派的案头书。陈平原教授的《中国小说叙事模式的转变》(上海人民出版社1988年版)也是其博士论文,23.7万字,好像有些薄,但它的问题意识开一代风气之先,治现代文学者,哪个能在它面前绕道而行?于是我便想到,虽然韦伯有言,学术研究与艺术创作不可相提并论,但毕竟前者的成果也有寿数。活得越长,就越是好东西。反之,若论文面世,只能充当上职称的筹码,评奖项的绩效,此外它便姥姥不疼,舅舅不

---

① 鲁迅:《答北斗杂志社问》,载《鲁迅全集·二心集》,人民文学出版社,2005,第373页。

② Theodor W. Adorno, *Minima Moralia: Reflections from Damaged Life*, trans., E. F. N. Jephcott (London and New York: Verso, 1991), p.85.

爱，这样的论文大概也就只能敝帚自珍了。

写到这里，也该卒章见底了。今天的博士论文究竟应该写多长呢？一般而言，学校制定的相关规定便可解决问题。但由于这些年来行情看涨，"不超过二十万字"的规定已没有实际意义。这样一来，看看当年"开山大师兄"的率先垂范，我们似乎能够从中受到一些启迪。中国第一个文艺学博士是罗钢先生，他的博士论文名为《历史汇流中的抉择——中国现代文艺思想家与西方文学理论》（中国社会科学出版社 1993 年版），21.8 万字。中国第一个现代文学博士是王富仁先生，他的博士论文名为《中国反封建思想革命的一面镜子——〈呐喊〉〈彷徨〉综论》（北京师范大学出版社 1986 年版），38.9 万字。这两篇论文，前者曾被童老师无数次夸赞，说那是罗钢可以传世的三本书之一。而后者也是有口皆碑，声名远扬，已是经典之作。于是谈及博士论文规模，倘若我们把罗钢的字数看作下限，把王富仁的字数看作上限，这样是不是比较靠谱？

当然，为中才立规矩，也要给天才留空间。如此这般，以后若有人写了 60 万乃至 80 万字的博士论文，我们才不至于吓一跳，然后说他大逆不道了。

2023 年 6 月 7 日

本雅明的 Aura， 张玉能的译法

听说张玉能老师（1943年8月—2022年3月）过世的消息后，我想起了一件往事。

2006年，还在我们这里（北京师范大学文学院）任教的曹卫东教授在文艺学研究中心主持了一个"20世纪德国文学思想史研究"的基地项目，邀请张玉能、杨恒达、方维规教授和我入伙。为了督促大家各就其位，各司其职，举头望明月，低头做课题，他决定开一个碰头会。于是2007年3月中旬的一天，我们聚在了一起。

会是小会，人少，加上杨老师有事没来，就我们四个人叽叽喳喳了一上午。

那是我第一次见张老师。六十多岁的他专程从武汉赶来，可见他对这个课题的重视程度。而他的慈眉善目和宽音大嗓又让人一下子放松了警惕，消除了距离。于是刚聊几句，我就觉得这老头没架子，挺随和，好像另一个汪曾祺。

您还别说，拿张老师与汪老头的照片比一比，眉眼还真是差不离。当然，张老师更敦实，显然不如汪老头飘逸。

因为要与20世纪德国文学思想较劲，阿多诺、本雅明自然是绕不过去的。而一说起本雅明，敦敦实实的张老师就扔出了几句沉甸甸的话："本雅明那个Aura，译法乱糟糟的。我一直想写一篇考辨文章，讲一讲Aura的来龙去脉，敲定一个最好的译法。现在既然要做这个课题，似乎可以动手了。"

"写啊写啊！""现在不写更待何时？"那个时候我们仨是不是起哄架秧子了，其实我已忘却，但我的来劲却是有据可查的。第二天，大概是想起了张老师的那番话，我便提笔向他请教，邮件中说："昨天您谈起Aura一词，我很感兴趣，因为做博士论文时，采用哪种译法更合适，也曾让我颇费踌躇。我最终采用的是'灵光'之译，也在注释中略有辨析。但我不懂德文，希望早日看到您的考辨文章，以为我解惑。"

当天我就收到了张老师的回复，全信如下：

赵勇同志：你好！

谢谢你的关心，我已经于今天早上7:00准时到达武昌，半小时以后就到家了。

认识你非常高兴，而且在一个课题组，将来见面的机会就不少了。

关于Aura的中译，现在是五花八门，但是，我想有一个原则：不能没有"光"，从否定层面来看，不能有"韵"。简单地说，因为Aura这个词就是与光有关的，而且"光"在西方基督教之中是重要的象征，所以，本雅明就用Aura来显示传统艺术的"唯一性"和"宗教仪式性"，因此，最好译为"光晕"，译为"灵光"也可以，但是绝不能译为"灵韵""光韵""韵味""神韵"等等，因为那样会产生误解。韵在中国传统文论之中是有特殊涵义的，而且其中没有任何宗教意味。我早就想写这篇考辨文章，可是生怕得罪德语的翻译者。这次，我仍然是犹豫不决的。

写下这些供你参考，你不妨也给我提供一点参考。至于请教，实在不敢当，充其量也就是互相学习、切磋。

以后多联系！

祝你万事如意！

张玉能

张老师以"同志"相称虽然略显古板（后来的邮件他一直都是"赵勇同志"），但他的迅速回复还是让我非常开心，于是我在邮件中说："我当时在简单的说明中也注意到了宗教意味的问题，亦觉得神韵等等太中国化和古典化。但我当时还想到的是，这一词语除宗教意味外还有美学意味，所以我使用'灵光'，亦肯定了'灵韵'。为什么肯定它现在已想不起来了。记得最初觉得'灵韵'一词很别扭，是汉语语境中生造出来的，但是不是就是因为它的生造，反而有了一种神秘感？所有这些当时都没有仔细考虑，现经您指出，觉得'灵韵'之说也是有问题的，以后我得首先改正这一点。"紧接着，我举了某学者喜欢以"灵韵"行文的例子之后继续写道："既然问题这么多，您就更应该写这篇文章了。下面这句话说得不好请您别介意：我觉得您已到了一个不必再怕得罪人的年龄了。"

那个时候，我已把我那本已经出版的博士论文（《整合与颠覆：大众文化的辩证法——法兰克福学派的大众文化理论》，北京大学出版社 2005 年版）送给了张老师，为了让他一目了然，我又把书中为 Aura 做的那个三四百字的说明性注释复制到邮件里。那个注释起头便说："Aura 一词很难翻译，就笔者所见，此概念的汉语译法有韵味、光晕、灵气、灵氛、灵韵、灵光、辉光、气息、气韵、神韵、神晕、氛围、魔法等。……"

大概是我的鼓动还有些效果，张老师决计写这篇文章了。于是他在邮件中说：

> 我想可能此文涉及的问题比较多，会写得比较长。你就耐心等待吧！比如"机械复制时代"，实际上应该是"可技术复制时代"，一般人把 bar 这么一个后缀给搞掉了，这一下有可能又要扯到我翻译席勒的《审美教育书简》时，发现有人就是因为搞掉了这么一个后缀，把"审美可规定性"一词搞成了"审美规定性"，于是对席勒的审美教育使人达到自由的思想变得费解了。实际上，"审美可规定性"，就是使人在审美活动之中成为"自由"的可能性状态，所以才可以使人走向政治自由。这本来不是很好理解吗？诸如此类，还有许多。仅仅懂外语翻译美学著作有时候真是隔靴搔痒。所以，还是自己琢磨为好。我原

来不想写就是怕触动太多人的神经和虚荣心。

张老师的这番话让我很是感慨,我便回复道:"译事确实是很不容易的,好的翻译能让读者受益无穷,糟糕的翻译则既损害了读者也损害了原作。而这些年国内译作多多,但上乘的翻译似乎越来越少。我虽不搞翻译,但耳闻目睹,亦略知其中的一些秘密。您提到的'机械复制',让我想到在英文中若是直译,亦可译为'机械的再生产'(mechanical reproduction),这样是不是也不太恰如其分?"而我的这一邮件刚刚过去,张老师就有了回音:

> 本雅明的书名是:*Das Kunstwerk im Zeitalter seiner technischen Reproduzierbarkeit*,应该直译为《可技术复制时代的艺术作品》,其中 technisch(技术的)修饰 Reproduzierbarkeit(可复制性),sein(它的)指代艺术作品。如果硬译应该是《艺术作品在技术上可复制性时代的艺术作品》,简化为《可技术复制时代的艺术作品》,而 technisch 直接译为"机械的"就不是十分准确。"技术的"比"机械的"范围更广泛一些,包括印刷术、电影、电视、电脑;而"机械的"是名词

"机械"的所属格，机械一般指机器（工业社会之中的机床、拖拉机之类），作为形容词指的是"呆板不灵活"，所以主要是指的"机器"，就没有"技术"那么广泛。特别是到了电脑时代，可复制性就更是千变万化，可以加深对本雅明的论述的理解。

乱说一气，仅供参考！

都是内行话，怎么可能是乱说呢？于是我在邮件中罗列一些人对本雅明文章题目的译法后紧接着写道："以前我也觉得'机械'一词容易引起歧义，但'可技术'又觉得有些别扭。您这么一说我明白了。不过'机械复制'已影响较大，恢复过来恐怕不太容易了吧。这是我读您信后一点直感，不知妥否？"

张老师说："你的感想正是我的目的。改不改书名没有什么，但是必须透彻知道其中真义，不然容易望文生义，再一引申就以讹传讹了。尤其是经过转译的文章，就应该特别谨慎运用。我最早是通过俄文翻译的《审美教育书简》，但是，总有些不顺畅，后来下决心直接找《席勒选集》德文版来读、翻译，这样就有发言权了，因为心中有数了。非作者母语的译文可以借鉴、有启发，但是不能作为第一手材料。再就是遇到有些译文，即使是母语原文所译，遇到关键之处，我也还是要查对一下原文。这样就有把握多了。"而在此信的末尾，张老师又特意写了这样一笔："遇到你就变得啰唆了。树老根多，人老话多，莫嫌我老汉说话啰唆！"

两三天后的4月18日，我给张老师回邮件了：

张老师您好！

这两天我们这里忙于博士生的复试，迟复为歉。

与您通信是一个让我受益的过程，怎么能说是啰唆呢？我当时做博士学位论文时心里是颇为忐忑的，因为要做法兰克福学派，自己又不懂德文，所以后来心生退意。但童老师坚决不让退，我就只好硬着头皮上去了。后来虽看了比较多的英文资料，但心里依然没谱。聊以自慰的是，马尔库塞与洛文塔尔到了美国之后，基本上在用英文写作，或可稍稍遮丑。

前些日子我与一个同样做西方选题的朋友通信，我说做西方的选题可能有两个境界，第一个是如何把人家说了什么搞清楚，第二个才是自己还能说些什么。而之所以把第一个也称为境界，就是因为有时候要搞清楚弄明白也是非常不容易的，这其中有语言的原因，亦有语境等方面的原因。

不知我的这个想法是否妥当。

即颂

春安！

赵勇敬上

而那个时候，张老师也正在紧锣密鼓地写作之中，他在邮件中曾抱怨过一句："关于本雅明的文章真正写起来还是真麻烦。"不过至 4 月 21 日，我已收到了他的大作——《关于本雅明的 Aura 一词中译的思索》，他在邮件中说："文章已经草成，先请你提提意见，看有什么地方要再斟酌的，然后再寄给曹卫东。你一定不要客气，因为它要代表我们课题组的水平。"

于是我马上拜读。张老师开篇不久便引我博士论文中关于 Aura 的那段注释，让我受宠若惊。而整个论文也正是按他第一次给我回邮件的思路写成的，即为什么必须有"光"，为什么不能有"韵"。这样一来，就事实摆得充分，道理讲得分明。为了打消张老师的顾虑，我还为他宽心道:"我觉得此文发表,也只是会惹得翻译界少数几个人郁闷。那些在文章或著作中只是提到这个概念的人,由于他们本来就没有认真琢磨过,所以我觉得他们是没有生气的理由的。"同时,我也在邮件写道:"您把拙著中的文字置于文前,对我来说是一种抬举。但因为我那段文字中亦肯定了'灵韵',所以我觉得也是对我的一种批评。我本人没有任何意见,唯有心服口服。而且以后我在为文和讲课中也要把'光晕'一词用起来,并向学生推荐您的文章。拙著以后如有再版之机会,我也要把它改过来。"待我把五百多字的读后感发过去后,张老师给我来了个长邮件。他说:

> 谢谢你的鼓励。本来还有一些话可以说,但是文章已经是一万多字了,就只好打住,另外想总结几条翻译的原则,比如:1. 应该充分考虑原文的词典意义和语境;2. 注意所翻译的文本的文化背景;3. 翻译的对称原则,不能有过多阐释性话语,需要阐释另外加注;4. 谨慎使用中国传统文化(美学)的已有范畴,不对应就不要强用。蔡仪先生就曾经批评过朱光潜的翻译的中国化。《西方美学史》之中有许多可以学习的

地方，也有许多可以思考的地方。张志扬专门写过长文商榷朱光潜翻译的《美学》（黑格尔）。大家尚且如此，更何况一知半解者？5. 语句一定要通顺易解。宗白华翻译的《判断力批判》避免了朱光潜先生的不足，却陷入了"生硬难懂"的处境之中。这些话本来想说，后来想想还是作罢，因为我是中文系出身，德语是第二外语，虽然在维也纳住了一年整，但是仍然不可与曹卫东、方维规诸兄同日而语。还是要有自知之明。

以上这些就是我们朋友之间私下说说，交流交流，不足与外人道也！译事之难，译者自知。所以不能对别人的译文指手画脚，但是，造成了混乱还是要说一下。所以，我写此文，但是不明点名，明眼人一看便知。

在那一阵子与张老师的频繁通信中，我能够感觉到他的谦逊、平和与宽容，但是对于他认为不正确的东西，他又不愿意藏着掖着。这种匡正时弊的心情与温润如玉的长者之风融合在一起，让我很是感佩。两个多月之后，他又给我邮件："这次武汉文学理论三十年会议，你和曹卫东都没有来，遗憾！"而所谓的武汉会议，是指6月23日—

25日由华中师范大学承办的"'文学理论三十年：从新时期到新世纪国际学术研讨会'暨中国中外文艺理论学会第四届代表大会"。在这封邮件中，张老师一是解释为什么没让程正民老师给我带他的书，二是问我"曹卫东在忙什么？为什么我的电子邮件他老是不回？"。末了他还不忘问询和提醒："童庆炳老师的夫人情况如何？这个时候你们作为学生应该多关心一下！恕我冒昧，你们应该都是细心人！"曾恬老师生病的消息是不是我透露给他的，我已经记忆模糊。而他居然惦记着"关心"，说明他的心更细，也让我很是感动。

7月中旬的一天，张老师又给我来邮件了，他说："我已经把拙著《新实践美学论》《西方美学思潮》《赫尔德美学文选》等三本书交给曹卫东老师，请他带给你，请你批评指正！还有一本《席勒的审美人类学》手头暂缺，以后再说吧。"同时他也提到了关于"光晕"一文的去处：文章将刊发于《外国文学研究》2007年第4期。

那一年的那一轮邮件之后，我与张老师就成了熟人。此后十余年在全国各地开会，不时都会见到他的身影。而每次见面，他都会跟我攀谈一番，我也立刻会想到 Aura。尤其是方维规教授写出一篇更为厚重的文章《本雅明"光晕"概念考释》① 并在文末注释中说过，张玉能令人信服地阐释了用"光晕"汉译 Aura 的理由之后，Aura 译为"光晕"仿佛已板上钉钉。记得 2020 年我们开"本雅明与中国——纪念瓦尔特·本雅明逝世八十周年线上研讨会"，曹卫东教授讲"哈贝马斯论本雅明"时，阳光忽然从他背后的窗户中射进来，搞得他头氲氲，脸朦胧，秋虫在呢哝。过了一会儿，曹办工作人员才发现问题，赶忙拉上了窗帘。那时我瞅一眼 B 站直播，发现那里已是欢乐的海洋："Aura""真光晕""本雅明降临""哈哈哈哈"……"窗帘一拉，立刻进入机械复制状态"。您瞧，这时观众用的就是"光晕"。假如换成"灵韵"，哪里还会有那种喜感？

然而，Aura 译作"光晕"还是受到了挑战。例如，我们这里的杨俊杰博士就从希腊和拉丁语词出发，认为 Aura 多指一种有"色彩"的气，故或可译为"霞气"②。而同济大学的赵千帆博士在辨析了一番 Aura 和"气韵"

---

① 此文原载《社会科学论坛》2008 年第 9 期，后修订和增补为《本雅明"光晕"概念再疏证》，收入作者书中。参见方维规：《历史的概念向量》，生活·读书·新知三联书店，2021，第 390—411 页。

② 参见杨俊杰：《也谈本雅明的 aura》，《美育学刊》2014 年第 5 期。

之后则认为："我仍然坚持'气息'是对 Aura 更好的译法。"① 如此看来，少壮派的"主气说"已经在向张老师等人的"主光说"叫板了，但我却没见张老师生过气。记得 2016 年 10 月，我们把一次学术会议开到了童老师的老家。就是在福建连城，我的一位博士生当着张老师的面宣读其有关 Aura 与气韵的论文。而张老师对此文既有褒奖之词，也坚持己见，他希望自己的"主光说"能与"主气说"并存于世。

也正是在连城会议上，我与张老师互加了微信。从此往后，我们就再没通过邮件。

2018 年 4 月的一天，他在微信上跟我要地址，说要给我寄一本《深层审美心理学》。2019 年 5 月 11 日，我用公众号推送一篇文章，其中谈到我计划用"论笔"对译阿多诺所谓的"Essay"。文章推出后不久，张老师忽然发来一条微信，他说："赵多诺先生，你的严谨治学精神令人感佩。我总觉得'论笔'译名有点别扭，很费解。不如译为'论劄'或'论札'，论说性劄记或札记，以区别于正规论说文。仅供参考。"我回复道："哈哈，谢谢张老师！建

---

① 参见赵千帆：《Aura 与"气韵"：兼及概念在翻译中的回响》，《广州大学学报》2021 年第 3 期。

议很好，我随后再认真琢磨一下。"

受北大出版社之邀，我在新冠疫情肆虐的日子里开始修订我的那篇博士论文了。进行到本雅明部分时，我在 Aura 处掂量许久，最终把原来的"灵光"全部替换成了"光晕"。但是，那个说明性的注释却被我写得更加丰富了。我在那里既呈现了张老师和方维规教授的辨析文章题目，也附上了杨俊杰与赵千帆博士的相关译法，以使 Aura 之译成为一个开放的问题。那时候我就想到，这本书的修订版面世后，我首先要给张老师寄奉一册。万没料到的是，忽然却听到了他遽归道山的噩耗。

"光晕"消散了。

于是，我决定把这段往事写出来，权当对张老师的一种缅怀吧。

2022 年 3 月 20 日初稿
2023 年 12 月 31 日改定

做翻译也是搞创作

——就阿多诺译文致我的硕博士生同学

同学们好!

阿多诺的这篇文章折腾得我们够呛。我们花了一学年的时间在读书会上阅读、翻译、讨论,想必大家对阿多诺的文风、表达已有所领教。去年 12 月,我跟竞闻同学要来了大家的终译稿,计划找时间读一读,校一校,没想到一直拖到现在。最近一段时间,我对着三个文本(两个英译本和德语原文,后者只能核对一些关键用语)很认真地校译了一遍,现在趁这个热乎劲儿,我来说说自己的感受。

整体而言,大家每人的翻译虽参差不齐,但可以看出都是各显神通,尽心尽力的,其中有的翻译水准很高。我记得第一首诗是邹真吾翻译的，他的译诗以及对诗的阐释之译，古色古香，用词典雅，非常好！其他同学的译文也都有可圈可点之处，能够感觉到大家为了打通阿多诺，已使出了浑身解数。

但我在校译时还是做了许多修改，有些段落甚至到了句句修改的地步（我没有启用文档修改模式，否则大家会看到"满纸飘红"）。而之所以修改，其实还是遵循"信达雅"的翻译原则，想尽可能让阿多诺的译文变得通透一些，好读一些，甚至有文采一些。比如，修订稿中的一些关键用语我跟上了德语原文，这一方面是提醒，另一方面也是对"信"的落实。第一自然段中，有这样的句子："一个言论场的本质在于不接受社会化的力量，而是通过隔绝的感伤去克服它……"这里的"隔绝的感伤"比较费解。我核对原文后，意识到阿多诺这里其实暗引了尼采的说法，于是我除把这个句子处理成"表达领域——其本质在于它不承认社会化的力量，或是通过距离的惆怅（Pathos der Distanz）去克服它……"之外，还在"距离的惆怅"下加了一个注释，以此说明在尼采那里是什么意思。第三段中，原译"意识形态指的是非真理，是虚假意识，是欺骗"大体上也是可以的，但因为这是阿多诺的名言，所以我觉得还可以处理得更准确、更讲究一些，于是我修改成这样并跟上了原文:"意识形态不真实,是虚假意识,是谎言(Ideologie ist Unwahrheit, falsches Bewußtsein, Lüge.)"。还是这一段,有一个关键术语译成了"真理内涵",这不能说错。但因为这个概念已有固定译法,所以我改成了"真理内容(Wahrheitsgehalt)"。倒数第几段中,有这样一个句子:"The poems of the hypochondriacal clergyman from Cleversulzbach, who is considered one of our naive artists, are virtuoso pieces unsurpassed by the masters of *l'art pour l'art*."。原译是:"这位患忧郁症的克雷沃斯巴赫(Cleversulzbach)牧师被视为我们的素朴诗人(naive artists)之一,其作品是'为艺术而艺术'(*l'art pour l'art*)的大师们都难以超越的精妙篇章。"这个句子前半句是一个明显的误译,后面的"素朴诗人"也不尽准确,于是我改成了这样:"这个克莱文舒尔茨巴赫——他被我们视为素朴艺术家(naive künstlern)之一——所作的诗歌,是那些'为艺术而艺术'(*l'art pour l'art*)的大师们都难以超越的精妙篇章。"

还有一些修改,虽然没跟原文,但也是查阅之后的改动。例如,我们依据的英译本中有这样一个句子:"but a quotation not from another poet but from something language has irrevocably failed to achieve: the medieval German poetry of the

Minnesang would have succeeded in achieving it if it",原译为"而是来自德语注定无可逆转地未曾实现的东西：中世纪的德语宫廷抒情诗本可以成功实现它",我查原文后,觉得这里的"未曾实现"是意译,原义是"遗失、丢失"(另一个英译本译作 lost 是准确的),便改成了"而是来自德语不可挽回地遗失的东西：中世纪的德语宫廷抒情诗(Minnesang)本可以成功实现它",但因为英译者的"have succeeded in achieving it"照应了前面的"failed to achieve",直接使用"本可以成功实现它"又不太合适了,于是我又参考第二个英译本,把这句改成了"中世纪的德语宫廷抒情诗(Minnesang)本可以把它创造出来"。

有些改动是出于"达"和"雅"的考虑,我也可以举几个例子。比如第二自然段中有个句子,原译为:"在这种情况下,没有虚假的普遍性,即没有什么深刻的特殊性,继续束缚着除了它自身以外的东西,也就是人。"我觉得这么改似乎要好些:"在这种状况下,没有什么虚假的普遍性（亦即极端的特殊性）能继续给除了它自身以外的东西——也就是人——披枷戴锁。"又如,原译是:"这首诗表达了一个小天地里的温暖和安全感,但这同时也是一首风格崇高的作品,它并未受到闲适（Gemütlichkeit）与安逸的破坏,没有多愁善感地赞美那与广阔世界对立的狭小，亦未颂扬那种拘于个人小角落里的欢愉。"应该说译得已经很不错了，但我还是做了修改："这首诗表达了一个小天地里的温暖和安全感，但它同时也是一首风格崇高之作——既未受到闲适（Gemütlichkeit）与安逸的破坏，也未多愁善感地赞美大世界映衬下的小天地，更未颂扬囿于个人一角的小确幸。"这里之所以要用"既……也……更……"组织句子，主要是为了表达的紧凑，而"大世界映衬下的小天地"和"囿于个人一角的小确幸"又大致对称，这样转换成汉语后就有了一些美感。需要说明的是，"小确幸"是为了对称的一个意译，虽然这个词比较新潮，但我觉得用来传达阿多诺所要表达的意思应该是大体不差的。

再举一例，原译："让我再以波德莱尔为例，他的抒情诗不仅是对中庸（juste milieu）观点的一记耳光，也是对所有资产阶级社会同情心的掌掴。波德莱尔在《巴黎风貌》（*Tableaux Parisiens*）诗集中的诗歌《小老太婆》（Petites vieilles）或关于善良女仆的诗歌中，将他悲惨的、傲慢的面纱予以群众，比起任何'穷苦人们'诗歌来说，波德莱尔的诗歌反而更加忠于他们。"这里的第一句前面是"一记耳光"，后面是"掌掴"，意思既重复，也不对称；后一句可能涉及理解问题，我觉得译得不准确。于是我最终改成了这样:"让我再一次提及波德莱尔,他的诗不仅是对中庸之道(juste milieu)的打脸,也是对整个资产阶级社会同情心的棒喝。而在其《巴黎风貌》(*Tableaux Parisiens*)的诗集中,像《小老太婆》(Petites vieilles)或与宅心仁厚的女仆相关的诗,比任何'穷人诗'(Armeleutepoesie)都更忠实于他戴着悲傲面具(tragisch-hochmütige Maske)所指向的普罗大众。"

在翻译的过程中,往往会遇到这种情况:西方人的某个固定说法与我们这里的某种说法很像,既如此,能否用我们这里的说法对译?我觉得这时候要比较慎重。在翻译中,一种语言变成了另一种语言,无论如何,这都是一种语境的转换;但由于所翻译的内容是迥异于我们的东西,所以,如何能既保持原来语境中的陌生化效果又能被我们比较顺畅地接受,大概就成了每个译者值得考虑的问题。《翻译之耻:走向差异伦理》中讲了这样一个故事:美国翻译家诺曼·托马斯·乔万尼与阿根廷作家博尔赫斯在1967至1972年间一直通力合作,前者将后者的许多小说和诗歌译成了英文。在英语界,乔万尼虽然帮助博尔赫斯获得了文学地位,但他的翻译却是非常富有侵略性的——大胆改写西班牙原文,紧贴当今标准用语,捋顺博氏文中的突兀转换,避免抽象用词等等,其目的是更贴近美国读者。他的原则是把翻译视为打理画作,他说完成清洁工作之后,要能看清画中明亮的颜色和鲜明的轮廓,而之前则是看不清晰的。大概是博尔赫斯后来也意识到了乔万尼的侵略性和压榨性,四年之后,他突然终止了与译者的合作。①

这个例子比较极端,也很能令人深思。我们做翻译虽然不一定会走到他这一步,但有时不知不觉就用我们的思维方式和语言习惯(包括习语、成语、俏皮话、流行语等)去琢磨、对译他们的东西了,这时候一定要尽可能在两种语言的转换中保持一种平衡。假如过分依赖我们这里的特殊表达,就等于是让它完全变成了我们文化语境中的东西,这样虽然好理解了,但很可能又会落入一种语言的陷阱之中。比如在其他书中我见有人如此翻译阿多诺:"在黑话的面具下,任何自私自利的活动都有了公共利益的光环,为人民服务的光环。"② 这里一出现"为人民服务",译文似乎就有了喜感,仿佛阿多诺也熟悉毛主席语录。

但如何把握这两者的尺度,我觉得是一个不断摸索的

---

① 参见劳伦斯·韦努蒂:《翻译之耻:走向差异伦理》,蒋童译,商务印书馆,2019,第6—7页。
② 特奥多·阿多尔诺:《本真性的黑话:评德意志意识形态》,夏凡译,浙江大学出版社,2021,第46页。

过程。我在修改大家的译文中偶尔也会遇到这种情况,你们可以帮我看看是否合适。比如我修改后有一句是这样的:"屈从于语言如同屈从于客观事物的主体坐忘状态(selbstvergessenheit),与他在表达上的冲口而出(Unmittelbarkeit)和自然而然完全是一回事:因此,语言最内在地把诗与社会关联在一起。"这里的"selbstvergessenheit"直译是"忘掉自我";而"Unmittelbarkeit"则是"直接性"。它们被改成"坐忘状态"和"冲口而出"后,前者关联着庄子的"物我两忘",后者接通的是苏轼的"好诗冲口谁能择"和"此数十纸皆文忠公冲口而出,纵手而成,初不加意者也"。阿多诺在这里谈论的是诗人借助语言的创作过程,那么他所论者是不是与中国文化传统中的"虚静"有关?是不是与创作中的"截获内部言语"相通?正是因为想到这里,我才把它们拿了过来。

当然,此译文从标题到内文,还有一个关键改动,即把"抒情诗"改成了"诗"或"诗歌",这要得益于方维规教授的提醒。在丛子钰等同学的博士论文答辩现场,方老师大概是发现子钰在文中以"抒情诗"行文,便谈论了他对"Lyrik"的理解。他认为"Lyrik"的主要意思就是"诗",英译者把它译成"Lyric poetry"是错误的。那个时候我已在校对这篇译文,他的提醒来得正是时候。于是校完之后，我先是下载了方老师那天提及的他的文章——《似"诗"而非谈"文学"——误译背后的概念史问题》（《北京大学学报》2022年第3期），细读一遍，然后决定抛弃英译题目《论抒情诗与社会》，回到德语原题《关于诗与社会的讲演》上。相应地，里面的"抒情诗""抒情主体""抒情语言"等也做了改动。而这一情况我已写入译文中第一个较长的说明性注释中了。

我在以前的文章中就曾说过，阿多诺的东西是非常难的。这种难不仅在于其思考的"高大上"，而且也在于其表达的独异性。我把他的这些文章称为"论笔"，而在阿多诺那里，他是把论笔写作当作一件件艺术品来经营的。所以翻译阿多诺的东西，我们不是跟一般性的文章打交道，而是在与艺术品做交流。既然面对的是一件艺术品，我们在翻译它时就不得不小心翼翼，不得不思前想后，甚至不得不"吟安一个字，捻断数茎须"。我此前翻译阿多诺，虽然是隔靴搔痒，但也依然能感觉到阿多诺表达的迷人之处：节奏似嘈嘈切切错杂弹，气势如百万雄师过大江。我想把这种气势和节奏的效果译出来，就只好在汉语的表达上瞎琢磨。但瞎琢磨的前提是你得汉语里有货，你得把自己武装到牙齿，否则就可能招架不住，败下阵来。郭宏安当年翻译的是加缪的小说，随身携带的却是一本先秦散文集，他在琢磨那里面的一个个句子。为什么要这样？因为"他从先秦散文的简约节制风格中发现了萨特《〈局外人〉的阐释》中所说的加缪句子的'高妙的贫瘠性'的策略"[1]。这就是所谓的"兵来将挡，水来土掩"。假如你缺"将"少"土"，就只能兵荒马乱，水漫金山了。

而且，我觉得翻译家也应该是文章大家。能写好文章的人，做翻译也不会有多弱（当然前提是得外语好）；相反，文章写得拖泥带水者、云遮雾罩者、如同瘪三者，或是像阿多诺所说的"舍不得删除"[2]者，要想拿出佳译，估计也殊非易事。因此，做翻译也是搞创作，可以把它理解为一种特殊形式的写作活动。王小波曾把他的师承关联到翻译家查良铮、王道乾那里，他说正是因为他们的文字功夫炉火纯青，他才在其译文（如杜拉斯的《情人》）、译诗（如《青铜骑士》）中看到了汉语的美。[3] 真人不说假话，我觉得王小波道出了一个以前为人忽略的写作传统。

---

[1] 程巍：《句子的手艺》，作家出版社，2020，第193页。

[2] Theodor W. Adorno, *Minima Moralia: Reflections from Damaged Life*, trans. E. F. N. Jephcott, London and New York: Verso, 1991, p.85.

[3] 参见王小波：《我的精神家园》，文化艺术出版社，1997，第140—143页。

我跟大家说这些，也是想借机重申我的一个观点：如果大家的论文是西方选题，那么论文的成功与否很大程度上取决于你的翻译是否成功，从这个意义说，写论文就是做翻译。因为道理很简单，你面对的第一手、第二手资料都是出自西方人之手，它们很可能还没有翻译过来。你要写出好论文，首先得看得懂外文资料；看懂了之后还得把它们译成好中文，然后让这些译文进入自己的文章中。假设你的论文写了20万字，也许有一半篇幅就是由各类引文构成的。本雅明说："我著作中的引文就像路旁跳出来的强盗一样，手拿武器，掠走了闲逛者的信念。"[1] 那么，你论文中的引文能否让你的读者投以青眼，进而夺走他们的信念，关键就看你译文的水准了。你的译文好，说明你对西方学界的那些大神小鬼读得透；而读得透，可能就捋得顺，展得开，挖得深，说得圆。今年的硕、博士毕业论文中，丛子钰在文化冷战的问题框架中琢磨阿多诺的文学理论，难度很大，舒翔在超现实主义的历史语境中思考阿特热的摄影作品，也不容易写好，但他们的论文都受到了好评，被评委老师视为优秀之作。还有周梦泉与何嫄的论文，也是纯西方选题，二人动用的外文资料很多，也把论

---

[1] 瓦尔特·本雅明：《单行道》，王涌译，华东师范大学出版社，2016，第112页。

文写到了相当高的水准。写好论文的因素自然有很多，但是我想，翻译在其中也一定扮演了一个重要角色。

因此，正在做或准备做西方选题的同学，一定要过好翻译关。

现在我就把你们的终译稿和我的修订稿一并发给大家，你们可以对照着看看，尤其可以对照一下自己负责的段落，看看我的改动是否合适，有没有错误。如果觉得有问题，请告诉我，以便我再琢磨、修改、完善。翻译往往无法毕其功于一役，而是一个不断打磨的过程。

另外，因为疫情，这个学期我们过得又是比较煎熬。校园不出不进已整整一月，答辩改到了线上；与毕业相关的一些活动能否正常进行，还是未知数。而就在这种局面中，彼时参加读书会做翻译的同学即将迎来自己毕业的日子。这样，我也可以把这封信作为我与毕业同学在校时的最后一次交流。近日，钟大禄——他为我们的读书会也为我找了许多电子书，借此机会我要向他表示感谢——跟我要2022届同学的毕业寄语，我刚刚手写到纸上，正好可以抄在这里：

"错误的生活无法过得正确。"（Es Gibt kein richtiges Leben im falschen. /Wrong life cannot be lived rightly.）这个学期，我常常想起阿多诺的这句名言。现在我就把它送给你们，希望大家能够打破魔障，拥有一种正确的生活。

赵勇

2022 年 6 月 4 日

附记，此信写出后，我与博士生高竞闻、舒翔同学又往来多个回合，对《关于诗与社会的讲演》做了进一步修订。此译文先期刊发于《诗探索》2023 年第 3 辑（九州出版社 2023 年版），后被收入笔者主译的《奥斯维辛之后：阿多诺论笔选》（北京大学出版社 2024 年版）一书中。

后记

记得十年前,因阅读程小莹的小说《女红》,发现有"做生活"一词在此长篇中频繁出现,一下子激活了我对家乡话的记忆。从此我就跃跃欲试,想写一篇我所理解的《做生活》,把学术话语"晋城话"。但比较悲催的是,此文的写作契机却姗姗来迟。直到两年多前我读《阿多诺的批判诗学》英文书,看到黑尔姆林对"诗学"的解释,方才觉得可以动手了。而此文写成后不久,适逢拙书《人生的容量》《刘项原来不读书》面世,于是我就暗自琢磨,如果再出散文随笔集,何不就叫《做生活》?

因此,当李怡教授邀我加盟"60后学人随笔"丛书时,我不仅欣然从命,而且他所希望的那个"漂亮书名"也像脱缰的野马,从我脑海中一跃而出。如此看来,把"生活""做"到前面,确实好处多多。

为什么我对"做生活"如此在意又情有独钟呢?本书

《做生活·写材料》一文已有详细答案，我在这里便可偷工减料，点到为止。"做生活"是我老家山西晋城的一句土话，意谓"干活、工作、做事情"。我把它拿过来用做文章名乃至书名，其实更多是要表达"做学问"之意，或是体现如何"用语言做事情"。但假如我把"做学问"置于书之封面，不仅显得愣和二，而且还有些假正经，似乎太矫情。而一旦把"做学问"晋城话或晋城化之后，这件事情就变得妥帖自然了，仿佛风行水上，月落沙滩。所以我首先要感谢我家乡的方言土语——在做学问做得有可能理屈词穷之际，是晋城话让它焕发了生机。

既然"做生活"关联着"做学问"，也就决定了这本书的选文内容。它当然是一本散文随笔集，但其中的文章却并非"家常散文"（familiar essay，一译"絮语散文""小品文"）而是我所谓的"学术散文"或"学术随笔"。或者也可以说，即便我在那里"絮语"，其对象也不是"坐南朝北吃西瓜，皮往东放"，而是"自上而下看《左传》，书向右翻"。职是之故，我把收在这里的文章分为三辑。第一辑名为"边走边唱"，该词看似普通，却是我对多年前一部国产片名的挪用，其中呈现的内容则主要涉及"边读边写"。第二辑名为"常青指路"，此梗来自革命样板戏《红色娘子军》。我想表达的意思是，那些被我书写的人物就像洪常青一样，他们出现在我人生的不同阶段，为我指明了前行的方向。既然前两辑的命名都与音乐、戏曲有关，第三辑我便一不做二不休，干脆借用常香玉的说法，来了个"戏比天大"，内容则大都是在讲读书、写作、做学问的道理。而这样一来，这本书的三辑内容似乎也就有了一些逻辑关系："常青指路"之后我们仍需要"边走边唱"，但要想把这出戏唱好，就一定得明白"戏比天大"。假如只是把"做生活"当作儿戏，或者把"做学问"当成媚俗、媚上或变现工具，当事人自然也能风光一时，甚至快活一世，但一般来说，"煞戏"之后基本上也就"没戏"了。

于是我跟我的学生说，现在人们做学问往往可分为两种，其一是"为稻粱谋"（来自龚自珍的《咏史》诗句："避席畏闻文字狱，著书都为稻粱谋。"），其二是"使声名传"（来自曹丕的《典论·论文》："是以古之作者，寄身于翰墨，见意于篇籍，不假良史之辞，不托飞驰之势，而声名自传于后。"）。许多时候，前一种学问也不得不做，因为不做你就吃不上饭，喝不成酒。但假如你做得很上瘾，很走心，很入魂，或许你就开始摇头晃脑，虚头巴脑，成了一个异化变质分子。与之相比，后一种学问可能评不上某奖项，争不到甚课题，上不了政治台面，出不来经济效益，但它更能让人说真心话，写放胆文，进而绝假纯真，合乎学人最初一念之本心。如此说来，我们是不是也应该给"第二种学问"多留出些时间，多付出些精力，就像巴赫金所期待的那样，别老在"第一种生活"中愁眉苦脸，而是要走进"第二种生活"快乐无边。

不过，当我如此为我的学生"常青指路"时，我也常常扪心自问：你过的是"第二种生活"吗？你做的是"第二种学问"吗？你是不是站着说话不腰疼？你是不是吃不到葡萄就说葡萄酸？一旦这样追问，我就有些茫然，也对两种学问的复杂性有了新的认识。聊以自慰的是，我在这本书中和盘托出了我"做生活"的点点滴滴，这既有助于读者朋友老吏断狱（我相信"群众的眼睛是雪亮的"），或许也能为后来者提供一些经验教训。本来我还想在这本书中多放些东西，以便丰满其经验，充实其教训，但刚一编排，就已到了篇幅所能允许的上限，这是让我有些遗憾的。例如，在"常青指路"中，我既想把《与死神赛跑——我与梁归智老师的君子之交》收进去，也想选一篇写童庆炳老师的文章，但前者太长，将近两万七千字；后者很多，放在另一本我正筹划出版的《童庆炳与他的中文系》中似更合适，便只好作罢。

感谢李怡教授的盛情邀约，让我有了与其他几位"60

后"朋友同台亮相的机会。也感谢这些文章先期面世的报刊，它们——如《文艺争鸣》《山西文学》《中国图书评论》《书屋》《名作欣赏》《博览群书》《粤海风》《初中生·作文》《太行文学》《太行晚报》等——给我提供了宝贵的版面。为了让我这些冗长的文字"好看"一些，也为了某种意义上的语图互证，我加了些老照片，放了些旧信件，希望这些图片也能为这本小书增色。

2024 年 7 月 2 日

60 后学人随笔 丛书

李怡　主编

李怡《我的 1980》

赵勇《做生活》

王兆胜《生命的密约》

王尧《你知道我梦见谁了》

吴晓东《距离的美学》

杨联芬《不敢想念》